U0044748

覃合理詩歌集（下）

覃合理／著

目錄

附錄

第 880 首.珍惜友誼的可貴

這些日子總感到有顆的不安的心
在為你牽腸掛肚
或者失落或者惆悵
今年（2019）已快過去了
希望明年有春暖花開的明媚
有甜蜜的芬芳帶來希望的好運

整整一個星期的時間了
你都沉默不語
不知你是否安然
失去了你的呼喚
令我的生活更加的孤單
這才將一些感想寫成反省來糾正

連最美的文字也不能形容你的善良
就讓那流水帶走失落和憂傷吧
看著世界天天都不同
看著園內朵朵的鮮花
此時正綻放她們最燦爛的色彩

而路過的相遇
卻不懂得珍惜這緣分的難得
自從我們相識到現在這個時候
便總是爭吵不休
我常口不擇言的令你傷心難過

（繼續第 880 首. 珍惜友誼的可貴）
像這樣的緣分多麼難得啊
而你在遠處卻讓我熱情不減
因為一種內在的美
正在你身上發出璀璨的光

日子一天一天的過去
會有怎樣的一個遭遇和經過
迫使天天的故事重播？
而我今夜
只為你陷入這無盡的思念和牽掛
我對不起的一切是難以挽回的遺憾
總是等到了失去
才知道擁有的友誼是那麼的可貴

第 881 首. 假如我有許多的選擇

沉重的夜晚除了失眠與厄夢
睡不著的應該是我牽掛著你的心
然後把自已想像成你身邊的一棵大樹
任你有路過或停留的選擇
假如我有許多的選擇
那怕是過程步履艱辛
我都願意踏出慎重的腳步
把一生做適當的安排
讓內心從容而淡定

（繼續第 881 首. 假如我有許多的選擇）
那些命運的波瀾起伏不定
若沒有從各種角度來衝擊
就不能看到那朵朵浪花的精彩
所以當作出選擇
就別怕只有短暫的絢麗多彩

不論是剛開始的用心
或到最後灰心了而放棄
我都需經深思熟慮
才能做出那明智和正確的判斷
才能讓那些曾經的選擇沒有遺憾
即使放棄了
也需做出清楚和坦白的交代
為下一次的選擇做好經驗的累積
因為如果是執迷不悟而選擇錯了
那要清醒地反省
再重新選擇將更不容易

第 *882* 首 . 為你守候

我情願在那最寒冷的季節裡
為你守候住這溫暖的天空
使你不幸的生活忘記了些苦澀
使你的夢裡也有甜蜜的笑容

（繼續第 882 首. 為你守候）
祈求風雨逐漸遠離
減弱它對你打擊的沉重
這又何嘗不是一種解脫
是我自作多情嗎?

用真心栽培你那美麗的花朵
讓藍天白雲點綴你的心動
和大地一起呈現你想要的生活
珍惜在你心中的每一個 難得

第 883 首 . 這一路的感想

人生像一場長途的跋涉
當路過的風景如畫令人陶醉
就開闊了視野也增長了見識
而這一路的跋涉常讓我匆匆走過
遇一處的荒涼是明明白白
需用心或忽略都要我再琢磨
順路或繞道也要我多斟酌
那就跟隨自然的腳步
踩著不同的感覺
去感受那環境的神奇和優美

讓未曾路過的美景呈現在眼前
同時看清世界的不同
也找到了生活的目標

（繼續第 883 首. 這一路的感想）
嚮往依然留戀在那幸福的風光
讓我在黃昏的臉色中
看到更多晚景的堅強

我這一路
曾面臨一個失誤的方向
迷惑了我善良的信仰
以及再回頭的希望
我這一路
心甘情願為承諾而勇往直前
用真誠證明我的執著
不曾退卻也不怕困難
我這一路
最難走出的是簡單而平凡
卻常常多了困擾和糾纏
使一些目標的追求無法順利圓滿

為此痛苦和迷茫往往是因前途不明
我只有把觀察和領悟的方向擴展
開闊視野和胸襟才能走出
這一生的逆境

第 884 首. 走出最美的輝煌

你鼓舞的掌聲常使我信心大增
你一番耐心的開導與鼓勵

（繼續第 884 首. 走出最美的輝煌）
更讓我明白許多做人的道理
你讓我深深的感激於你
謝謝你的支持與體諒
我感謝你使我擺脫沉重的心理負擔

我們在人生的道路上
常無法走出滿意的一路順暢
有時也會遭遇挫折和困難
為此只有選擇接受種種的考驗
把承受的壓力變成前進的動力
走好選對的路才能走出真正的順暢

為此走在理想的成功路上
無論沿途如何的崎嶇難行
或經歷多少磨難
也不怕風雨無情的掠過身旁
只要能堅定意志的往向前行
不論走上什麼樣的道路
都要把內心的領悟變成實際的希望
才能走出自己想要的理想
並進一步為自己走出最美的輝煌
來迎接未來光明的燦爛

第 885 首 .令人感動的友誼

今生我有一個難求的機會

（繼續第 885 首. 令人感動的友誼）
有一場期待已久的相遇
我相信生死輪迴中
只要有數百年的回眸
就能換得今生一次
擦肩而過的美遇
我相信上天的安排
祂正不斷變化那精彩的演繹
我滿懷信心的憧憬
有十分期待的嚮往
我渴望去見一個敬愛的人
那是一個我崇拜的對象

我苦苦的等待 癡癡的盼望
靠的是誠意和無比的耐心
我渴望去找他
找一分寬容和友誼
給彼此帶來安慰和鼓勵
在心有靈犀的愜意中增加些甜蜜

就像他也希望見我一樣
不然他怎麼會如此的在意
且默默的付出和支持
我們彼此寒暄和問候
並聊了開來~只聊些
彼此想要了解的問題
和那溫馨的話語
但我覺得那是不夠的吸引

（繼續第 885 首. 令人感動的友誼）
我還要跟他好好的保持聯繫
才能獲得更多令人感動的友誼

第 886 首.真正的情誼

（詩歌未譜曲）

如果能早點認識你
我就不會迷失自己
相處也許比較容易
人生過得就有意義

我想得到真正情誼
享受那幸福的甜蜜
即使接受任何難題
我也心甘情願為你

想起曾經的歲月裡
知己難尋相遇不易
有你默默奉獻自己
緣深緣淺我會珍惜

如今相遇是種美麗
你為愛打下了印記
感受那溫暖的氣息
像春風吹拂了大地

（繼續第 886 首. 真正的情誼）
播下些愛的生命力
收穫那修來的福氣
成長了夢想的主題
我將承諾好好愛你

第 887 首 . 避免無謂的爭吵

我們需要去了解一個
願意陪你爭吵的人
而他又能時常對你寬容和諒解
也許他就是你想要找的真愛
因為在每次爭吵過後
就能更了解和珍惜對方
然後因為了解夠多了
就可以避免再次的爭吵

社會上有許多各式各樣的人
有些人很理性、客氣又有修養
能接受不同的意見和批評
但另一些則不能
所以我們要有禮貌
還要注意說話口氣、態度和用語
才能避免和人爭吵
以及被他人斷章取義的後果
也不會造成日後更多的口角和誤會
和被有心人士藉故來陷害的不幸

（繼續第 887 首. 避免無謂的爭吵）
其實爭吵並不會有好話可說
就像那一夜突來的風雨
翻了臉的模樣全是囂張
沒有了溫柔的顏色
讓天空變得有點黯淡且不知所措
而那環境在當時的狀況
正被刻意的炒作

讓真情像那日月的光輝
常照亮我們前途的燦爛
使生活的方向漸漸明朗
讓彼此誠信的交往
攜手穿越那幸福的障礙
才能過得輕鬆和自在
或許有時錯得糊塗了
但要知錯能改及避免無謂的爭吵
就讓理智恢復正常
慢慢走出那迷失的谷底
找出一線生機
然後燃燒著的以往熱情
釋放出曾經的溫暖

第 888 首. 他們的愛

守著多少個寂寞的夜晚
看那星空閃爍著亮麗的光彩

（繼續第 888 首. 他們的愛）
彷佛是蒼天在吸引著心愛的大地
祂隱隱約約的看出~他來
說他~已像個遺失靈魂的人
因為他的心已為（她）停留
他也只能為（她）而活
讓他用行動來付出他的所有吧

你們知道什麼是愛嗎?
我認為他們是相愛的
否則他們又怎會如此的
濃情蜜意且難分難捨
為此只知放不下的是
對彼此的牽掛
並想強烈的相互擁有

可惜的是他的個性好強且不懂溫柔
常忘了（她）的勸說和對（她）的承諾
常惹（她）生氣又讓（她）傷心難過
讓（她）濃烈的愛失去了信心
但他知道他們曾經愛過的
（她）讓他感覺什麼是真正的愛

現在的他生不如死啊
不知活著是為了什麼
愛之不得何錯之有
他想再次挽回，重新來追求
讓純純的愛像一場場甜蜜的美夢

（繼續第 888 首. 他們的愛）
像千百世纏綿裡的擁有
就讓（她）教他怎麼重新來追求吧
他不能沒有（她）
他要找回（她）那最愛的生活

第 889 首. 我的臉書好友

臉書中有一些互動的好友
在網路上結緣成為虛擬的好友
我們互相按讚彼此祝福
發表各自用心的創作
分享所有的喜樂和哀愁
準備調整好希望的天空

我們用讚來相識
就此開始也因此結束
我們經得起考驗
常相互讚美和鼓勵
支持著期待分享的成果
追求著那美麗的生活
我們避開煩惱也避開失落
想避開一切的一切希望都能

期望得讚的太多
就加了好多好友
每天忙於應付回讚回留言

（繼續第 889 首. 我的臉書好友）
創作就不能專注了
水能載舟亦能覆舟
水能凝成冰也容易消融
何況我們都了解
那些沒有微笑的路口
多是沒有用心的過客
即使多停一會兒留下那分笑容
在人海茫茫中仍只是路過
能攜手同行的有幾個

讓我們多互動吧
像那實際生活中的好友
誰能多創作多付出
就幫誰按讚得越多
我曾想著一件事
當我們不再是好友的時候
我那臉書的貼文會不會再有
你的來訪和經過
那些歡笑已在模糊中
我發現我的淚水還在流

第 890 首 . 一個鄰居好友的不幸

我永遠忘不了那難忘的時刻
是他前天夜晚離開後的不幸~
還有之前他高高興興

（繼續第 890 首. 一個鄰居好友的不幸）
拿錢來還的那一幕
我們還開開心心的談話
我問他工作還順利嗎?
他笑著說：「沒有問題」但還了錢離開後不久他就出車禍了
那是一個年輕的生命
他的世界充滿著希望
前天他領了人生的第一筆工資
並在第一時間就來還錢
我們還有說有笑的……
我問他：「領薪水要怎麼用」
他說：「我要先買些東西送給爸媽，
其餘的包紅包給爸媽好過年。」

他是那麼孝順、善良、天真又懂事
他的笑容還遺留在我的腦海中
他說過的話也還在我耳邊回響
他說：「我懂事了也會賺錢了，以後我要好好努力工作，賺錢來孝順父母。」
如今他逃不過死神的安排把他接走了

他賺了人生的第一筆錢、
還了第一筆債
也第一次捨得把賺來的錢
用來孝順父母 那是多麼難得
我感慨命運的安排 人生的無常啊

（繼續第 890 首. 一個鄰居好友的不幸）
為什麼他會這麼不幸
我傷心難過得流下淚來
他不幸的遭遇
讓我領悟了生死禍福的含意
從今起我會更加珍惜身邊的親友
最後我只能祝福他在天堂好好的安息

第 891 首 . 有時候

有時候我想去看
一些花開的美麗
但是我的過敏

有時候我想去欣賞
所謂自然的奧祕
但是我又沒有用心

我看不出那些自以為是
我也不了解那些所謂生存的用義
我像是一朵溫室的花朵
期待這一切順利

第 892 首 . 感謝精彩的創作

我常沉醉於那一片思索的天空

（繼續第 892 首. 感謝精彩的創作）
想像她浪漫朦朧的詩情畫意
讓生活綻放出美滿的笑容
在日子裡無拘無束的遨遊
等一切溫柔輕輕的來訴說
在反覆的捉摸中
仔仔細細的推敲出那生動和活潑
過程裡不論是美妙詩句或好的文章
還是動人的歌曲什麼都不能讓她錯過

在那夢幻的美麗中
我感謝那些精彩的創作
並從中截取了一絲半縷的好內容
描寫成幾首勸人向上的詩句
讓靈感飄到眼前來回穿梭
而那以前從未聽過的故事
也立即轉成令人心動的畫面
在思緒中湧現

我知道那創作並非偶然
也不只是輕描淡寫而是刻骨銘心
我往往過於在意那完美的追求
讓偶然飄來的靈感不知所措
而我無知的灑脫只想讓人耳目一新
卻常常得不到認同而引起我的失落
我看著不同的疏失只有隨機應變
想像成自己像一棵樹的堅強
或擁有一朵花的笑容

第 893 首．春色滿園

那迷人的春色滿園
撩人心醉
把滿是芬芳的氣息散播
讓園裡的花兒鮮豔的開了

多麼美妙多麼神奇
多麼浪漫多麼令人賞心悅目
真希望那嚮往的美好出現

傾訴著甜蜜的未來
盛滿對自然的熱情
綻放出燦爛的笑容

這春天生機勃勃
打扮得花枝招展
開朗了我的心
我想沒有什麼比這更加清新

第 894 首．一個要求見面的故事

可是為什麼每次要求的見面——
所能得到的答案 總是被否定後的悲傷
為什麼見面那麼難啊
不能肯定的原因恰似那夢中的糾纏
為什麼一切要歸諸緣分~那定數是什麼

（繼續第 894 首. 一個要求見面的故事）
明明是真心的相戀為何要苦苦的掙扎
明明是幸福的生活卻要小心的躲藏
為什麼要感到失去時才會去珍惜
那一個曾經受創的心愛啊
為什麼要我等到視茫茫髮蒼蒼
才會憐惜我眼淚的不止啊
我只有用最好的詩來描寫愛情
那愛情是什麼~是要有身分的保障
還是要有那幸福的希望
我滿懷著希望與天真
感激你對我的期盼
我將帶給你最愛的關懷與溫暖啊
我嚐思索著你的考量~為何矜持的你
總是那麼多顧慮，你可願見我一面
那對你是多麼難而掙扎的事啊
你確定會仔細的斟酌反覆的思量
所謂的見面或不見面
但我依然等待你那心花怒放的好模樣
那是我朝思暮想的希望

第 895 首 . 呼喊

是誰給我活下去的理由
帶我去看那人生的風景

（繼續第 895 首. 呼喊）
那嬉戲散步的天真
只是孩子的無理取鬧
無法理解
單純只為你

一再的強調
像孩子單純的心
你像母親的溫柔
我永遠害怕失去你

我們是血肉相連唇齒相依
那麼簡單
我一再的呼喊的是那自然
讓我不再害怕孤單了

第 896 首.《心經》中那段話的真諦

我當然明白：
《心經》中那段話的真諦
祂說明了：「色不異空，空不異色，色即是空，空即是色」的含意
我當然了解：
什麼是「色」什麼是「空」
而所謂「色」並不是大家常聽到的
那句「酒色財氣」中「色」的意思
而所謂「空」也不是大家所了解的

（繼續第 896 首.《心經》中那段話的真諦）
那句「空無一物」的嘆息
我知道一些有關於「色」與「空」的解釋~但大多宗教的說法和佛教的解釋也不太一樣，其所要表達的意境也沒太大的差異
我所領悟到的「色」: 是指可以眼見為憑的物質現象
但大多是從「我執」的「虛妄心」所變幻而成的「虛妄象」~所以是「空的」
而「空」的內容：並不是什麼都「沒有」反而是樣樣都「有」
它是指世間萬事萬物的「虛幻不實」
它的一切都是「因緣結合」而成的
「生滅不定」的無常
所以沒有真實的「常數」與「實體」因此名為「虛假而不實」
而「不異」的意思是指~（離不開）
就是「色不離空，空不離色」的意思
我們也要從「緣起性空」說起
才能澈底了解《心經》那段話的道理
那「緣起」是指什麼?
它是「宇宙現象」的原理
是「諸法因緣生，諸法因緣滅」的真理
它讓我們了解世間一切的事與物
並不是「無中生有」和「本來無一物」的
它包含了「所有條件」的「產生」和「組合」
是根據「因」與「緣」的關係而由來
也因各種「因緣的消散」而導致「滅絕」
因為「假有」所以「本性」是「空」的
如果「不空」那就不會真「有」了
也就是說明了「真空才能生妙有」的道義

（繼續第 896 首.《心經》中那段話的真諦）
我當然聽過：
「明鏡拂勤拭」的道理
也知世界中萬事萬物的「因果關係」
我曾不止一次的研究那「修道」的好處
祂使我領悟「萬法歸一」的實質
而能看透人生的「無常」和「空虛」
在「無」的境界裡不斷的探索與掙扎
我在明白所謂「無我」後
才能從「心」中找到真正的「覺性」才能去「修練」所謂的「真我」
而能避免被外在所干擾
從「根本的自主」產生的「自性」
讓這個「我」達到名符其實的珍貴
並從「無我」順利回到「真我」的境界
但需先從我這個「假我」的
「修身養性」來做起
才能早登所謂「明心見性」的階梯

第 897 首.今生為你

今生我倆該如何取捨這段感情
我的情緒很低落
但你不知如何安慰我
我縱有千種風情滿腹的真心
也不過是一場過期的美夢

（繼續第 897 首. 今生為你）
你沉默無語言使一切變得冷漠
這些天天氣有點冷
那天空佈滿了大片烏雲
我的心也跟著黯淡了許多——

孤燈下
你默然的打開一片黑暗
一層薄薄的霧惆悵在你的身邊
你無法彌補那天空的缺陷
溫柔的你
忙碌於那一段無聲的網路
一些無法寫下的詩句

你的心事~那曾經哀怨
都隨風飄散在不言之中
我依然為一朵花在嘆息
至始至今我不曾放棄
那冷冷的星月、黯淡的天空、彎彎的路

那是以往我倆曾經的怦然心動
那是一場難分難捨的夢
最傷心的還有我的脆弱
我那生死相許的無知
只能以我今生殘餘
報答你那憐憫的遺棄

第 898 首.珍惜活著的每一天

我已領悟了生命中唯一的可貴
就是要懂得~「珍惜活著的每一天」然後以自己短暫的生命來
成就一切閃耀出人生的光輝和燦爛的未來
在時間的支配與節省之間學習應有的認知
讓悟道的心與日俱增
用可貴的生命做出一番作為

讓那不可抗拒的命運
依然掌控在我自己的手裡
譬如在晴天霹靂的下午裡
任何安慰和關懷雖是好意
只能盡人事而聽天命
譬如在此起彼伏的波浪裡
任何的雄偉壯觀均是美麗
只能知所進退的海闊天空
又譬如在經歷了春天的勤勞裡
才獲得了秋天豐收的喜氣
過程中雖有風雨飄搖和閃電雷擊
但也阻止不了我奮發向上的決心

這樣的命運令我感受得具體而深刻
看到時間的洪流忽忽過去
洶湧的衝向那不可預測的未來
使得時間、生命、青春一去不復還

（繼續第 898 首. 珍惜活著的每一天）
我只有把僅剩的時間好好利用
像它一樣勇往無懼的前進
才能把命運好好掌握把時間好好珍惜
而不再浪費時間和生命
為此我該多寫些有意義的詩和文章
讓更多人了解生命的可貴和意義

第 899 首.面對「生老病死」的問題

看花開花謝潮起潮落的規律
這或許是人生嚮往的一種美麗
那亙古不變的定律
存在著自然的更替
但面臨「生老病死」的問題
卻使人有執迷不悟的情緒
還在戀戀不捨的~感嘆不已
永遠也放不下那顆脆弱的心
就讓要經歷的生理變化過程
順其自然的暫且安心
這是我所領悟的堅強
也是我面對生命的勇氣

我們為什麼要去信仰那永生的未來
難道「祂」是一種寄託而不是迷信
又何謂 :「未知生焉知死 ?
未能事人焉能事鬼。」

（繼續第 899 首. 面對「生老病死」的問題）
這是什麼樣的道理？
這句話的意思是要我們把「生」
這件大事了解清楚
然後做好自己的本分
上至孝親下至、養兒育女
而「死」只是一個必經的自然過程
只要「生」過得安心
那「死」就能無悔
我只有以「無知」為警惕來虛心學習
才能領悟這「生老病死」的趨勢
讓一些善良的天性一些執著的真諦
還有今天積極的用心相信這「道」的真諦
和明白 :「朝聞道夕死可矣」的道義
然後為這一切來付出心力

這樣的邏輯非常簡單
我卻用一生的時間
來親身經歷這「生老病死」的劇情
讓傷痕纍纍的故事一再發生
主宰了我的一生
讓許多快樂的期待離我而去
從而失去了機會的好意
想再追回的祝福已不多
我不能再大意了
我得讓生命有意義的繼續過下去

第 900 首.唱歌是美好的

唱歌是美好的
可以使心情舒暢
唱的人興高采烈
盡情的投入
聽的人
情不自禁地沉醉

那迷人動聽的歌
是誰要唱?是男人或女人
但只要唱得好就能動人心弦
而許多人喜歡欣賞邊唱邊跳的表演
喜歡在舞台前大聲叫好
那偶遇是機緣
願我們有緣
像歌迷與偶像那樣親蜜

節奏搖晃着我們
把心情跳得更好更快樂
歌聲高漲了我們的情緒
讓熱情的活力感染成一片
待曲終人散下台揮揮手
那主角笑容滿面
他常以最美的情懷
唱盡所有辛酸與快樂
他像一蝴蝶飛舞
穿梭無礙在你我之間

第 901 首.他的愛情

那真摯的愛情盡是纏綿
讓兩個形影不離的親蜜
快樂幸福的結合在一起
從此生活有了默契
過著溫馨浪漫充實和諧的美麗
讓洋溢的情深可以寄望得無窮盡

或許那愛情盛開的美麗
那笑容的甜蜜令人陶醉
所以吸引了他嚮往的追求到那裡

他摘下一個繽紛的愛情
編織成美好的未來
他讓真心在風雨中搖曳依然挺立
但似乎都掙扎不過緣分的註定

他仍然繼續表達這愛意
呈現自己真實的感情
流露對愛的渴望
用行動付出美滿和甜蜜的努力
他要讓這愛情圓滿
煥發出迷人的絢麗
增加些青春浪漫的氣息

第 902 首.有時候我要的不多

有時候我要的不多
只要平常有顆認真的心
而現在我的時間也不多
但要做的事情卻很多
每天總有做不完的煩惱
有時候我想的不多
只想學會一些該放下的理智
讓心情輕鬆讓生活自在的過
然後去看開許多無奈的結果
學會接受一些失去的立場

儘管我經歷了許多苦難
至今才懂得珍惜那難得的收穫
體會那幸福的得來不易
但只要有心就不怕再錯過
有時候我的能力不多
所以賺的錢也不多
但總是盡心的讓一切順利的通過
讓聊勝於無的想法有了原則
有時候我的知識不多靈感也不多
但看的書卻不少而如今卻走到
這山窮水盡的地步
我也從未埋天怨地過
因為我相信那柳暗花明
的優美就在前頭

（繼續第 902 首. 有時候我要的不多）
有時候我的智慧不多
且有很多的~「不多」
在「不多」的世界裡想像著另一種美麗
有人說數大就是美
而我也只有在那「不多」的環境裡
想像出美的風采、美的事物及東西
來克服物質貧乏的困惑
以及培養出那滿足的心理
把所有的「不多」積少成多
完成許多的美好心願
過著不可多得的享受

第 903 首. 一個癌症好友的堅強

我剛打聽到一個消息，知道他病了。

他已住進，一間癌症的病房。但我不知他還能堅持多久，我只能向上天祈求多給些慈悲，讓善良他多留些時候。

我想像他正躺在病床上，與癌症對抗，所以我決定去看他。

我帶了些禮物，包了一個紅包，還帶了本經書。我希望他與經書為伴，以虔誠的信仰作為精神的支柱，重新接受病痛的考驗，而能從容淡定的樂觀堅強。讓生命的火花，再次點燃他的希望。

而煎熬對他來說，總是要面對的不安。我當然希望他，不要慌張。我只有想辦法來安慰他，讓他有自信的言語，來說出，那令人無法想像的病況。而沉悶的治療期間，他已不在乎那外表的美醜了。我問他有什麼感受？他笑言坦然的說：「我從未

（繼續第 903 首. 一個癌症好友的堅強）
放棄希望，而且現在已有了信心，能過一天就要快樂一天。」他又說:「我將與癌共舞，調整好自信的舞步，隨著生命的節奏，跳出美好的瞬間」。我聽了很感動，我相信他已跳出了，熱愛生命的自然。

第 904 首. 我怎能沒有你

我怎能沒有你
如果沒有你~我的世界
將有昏暗不明的恐懼
你似一顆亮晶晶的星星
一閃一閃散發著你的魅力
用希望點綴了夜色的美麗
在我的天空裡放光明
光彩奪目的照亮我茫然的前方

我已無法離開你
如果沒有你~我的天氣
將有變幻無常的沮喪
你似一顆熱情的太陽
讓我的四季能常披著新綠
只要一抬頭
就能看見你耀眼的光茫
讓我找回那失去的光明
是你給我溫度讓我在寒冬裡持續
是你鼓舞了我的智慧和心靈
讓我的青春充滿朝氣

第 905 首 . 那暫時的迷惑

為什麼你告訴我
那花的憔悴啊
讓我看到那美麗
在欺騙我
我只相信花的溫柔
相信它綻放的美夢
我不忍心看它朵朵心碎
因為我的多愁善感

那暫時的迷惑
讓我一再的借酒澆愁
好酒好像填不滿，我的哀愁

我一再的解說
我的難題
但是沒有人能懂

這世界好像與我不相干
我也不屬於這世界
我好像一隻誤闖叢林的小白兔
不知如何的逃脫

第 906 首 . 失敗

失敗從沒有成為真正的教訓

（繼續第 906 首. 失敗）
那是屬於一個人的過失
還是一群人錯誤的決策
令所有失措都喪失良機
也變成難以挽回的失落

誰在失敗的谷底中
燃燒希望
那成功的火花可以維持多久
那灰燼的溫度
可否溫暖我的美夢
成為煥然一新的開始

第 907 首.愛的笑話一則

愛你一萬年~愛你經得起考驗
這句話許多人說過也聽過
讓我們了解生活中還有許多愛與溫暖
時常圍繞著我們
也讓我們深深的感動
但也有不少的考驗和折磨
在身邊低沉的漫過
這或許暫時當作笑話一則
才能讓那心情有點好受

我們都曾受過傷害
也曾傷害身邊最關心我們的人

（繼續第 907 首. 愛的笑話一則）
但我們都用心的付出過
也從未放棄啊
只是有時候付出的太多
反而造成自己和別人的負擔

有時候想得太多又讓心情變得沉重
有時候傳了很多訊息不但被忽略
反而容易遭到封鎖
又有時候想打電話想表達關心和問候也會被人當成是囉嗦
到後來電話也打不通
甚至被列入黑名單

這樣的結果讓人心情低落
讓人心裡著急~只想著還該不該說
且也不知道要再說些什麼
再多說只是傷心
那情何以堪的失落是否讓人重新再思考？還有什麼地方做不夠多？還是那裡又做錯了？

第 908 首. 我的愛意

我等了很久
終於可以見到了你了
那心動的感覺是難以言語
有點說不出的熾熱

（繼續第 908 首. 我的愛意）
你還是我想像中的美麗
我的世界因有了你而精彩
讓我們把握生命中的點滴
帶著所有的祝福陶醉在愛河裡

我追求了很久
終於得到你的信任
你給了我~你的真心
讓我有重生的絢麗
我要用來時間證明
我愛你的痴情
用山盟海誓來承諾我的愛意
讓最大的考驗經得起一切的模擬
讓最甜蜜的幸福成全我對你的愛意

第 909 首. 我站在一個位置

我站在一個位置往前看你——
而你不在我前方
我停在一處風景回頭望你——
只見那燦爛的陽光
我耐心的尋訪也走出不少滄桑
只為開闢屬於我們共同的園地
把所有的風景都描繪
並除去所有前進的障礙
但我只見所有樹木站在那裡

（繼續第 909 首. 我站在一個位置）
無精打采的向上伸展
任憑風怎麼吹也不動心
似乎所有的美好都看不見我
任憑我孤獨的路過

只有你才能找得到我
而你卻視而不見
讓我所有的靈感和創作
都蒼白了無力也沒有顏色
你不理我——
是因為我所有的理論是乏味？
讓人看不到我的新鮮
還是我的坦蕩也失去了光澤
不能讓所有人滿意
我好像忘了那隻疲倦的蜜蜂
累了自己也甜蜜不了
一些人豐富的想像
我像在追求一些不實的夢幻
繞著世外桃園不停的打轉

如今我只好乖乖的站在這裡等你
讓你帶我走出迷惑的森林
然後把你看成是我的一切
一切都聽你的讓我自己有存在藉口

第 910 首.「合理」的角度

我決定以良好的心態
來迎接那明媚燦爛的朝陽
用積極樂觀的思想讓實際行動起來
做好努力的準備讓每一天都有進展
而不是只會做白日夢
我決定以簡單的方法
來看待那美好的人生
把大事化小、小事化了
而不是把人生變得複雜和困難
學著由「合理」的角度來檢視和分析
從中領悟出自己活著的意義

我不再對些不關緊要的小事
做出斤斤計較
不再任無端的煩惱糾纏於心
造成內在的不滿和壓力
而讓自己悶悶不樂
也不再為~以往的得失
做出無奈和悲哀的表現
而令自己無法釋懷

我要把心胸放寬 眼光放遠
不讓那真情錯過不讓些遺憾造成
讓心態保持自然平衡
而能順應天理循環
以一種正確的思維和自信的活力

（繼續第 910 首.「合理」的角度）
來面對身邊的一切考驗
才能發展出能力所及的理想
和真正適合自己的事業
進而堅守既定的目標
然後開創出新的格局，為人生好好奉獻

第 911 首.學習快樂的你

快樂的人生~快樂的你
只因你有一種美好的心態
你常為家人、親友加油打氣
也不厭其煩的為人
解釋人生的道理
自從認識了你
我已明白人生的真諦
而能及時心甘情願的
為這社會、國家、家庭及親友
做任何有幫助的努力

今生所有的愛只為你纏綿
而駐足的心也渴望守候著你的美麗
因為你有一個快樂、幸福的天地
讓人想跟你學習且想在此久久停留

讓我們來學習你
用智慧建立的光明未來

（繼續第 911 首. 學習快樂的你）
感受你魅力與內在的細膩
分享你揮灑出的溫馨甜蜜

讓我們來感謝你
常帶著心滿意足的笑容
優美的笑看一切氾濫的無知
把阻塞的思想開通
令抱怨和忌妒收斂
然後積極的整頓
使生命的長河再度暢行無阻

第 912 首 . 步履輕鬆的面對曲折

再多走一會兒
我們將發現原來的路
竟是那樣曲曲折折
它浪費了許多的時間
也讓我們在擁擠的難題中
過早的失去耐性
並想從多次的懷疑中逃脫
最後只能爭先恐後的彼此推擠
共同迎向人生註定的坎坷

再多想一會兒我們將明白
原來人生的旅途
已給我們許多的選擇

（繼續第 912 首. 步履輕鬆的面對曲折）
那最順暢的路往往只是一條
若有所失的假設
我們總不能奔走極端
也不能漫不經心的略過
在一場無法回頭的旅行中
不讓遺憾再次闖入心頭
也不管要走多久才能走完
這條考驗的困惑
只要我們的步履輕鬆
就不怕一切嚴峻來折磨

第 913 首 . 我有一個遐想

我有一個遐想
它與眾不同
因此發現了離奇與誇張
我向那未知的結果好奇的追求
讓無限的希望向外界開敞

我有一個遐想
它值得收藏
讓主題繽紛了愛的世界
在那誘人的夢中誕生
從此離開了沉溺
並改善我想像的渴望

（繼續第 913 首. 我有一個遐想）
我有一個遐想
它仍需假以時日
踩著充滿藝術的魅力
攪拌浪漫與多彩的結合
置身那優美廣闊的懷抱
任風吹不動我的心意
也不因有人的冷落
而改變我另類的思索

第 914 首 . 走出迷失的路口

為何讓我一個人
徘徊在那冷清和寂寞的街頭
我想找尋一群樂觀的腳步
把充滿希望的祝福放飛
飄向親愛的你
讓吉祥和如意圍在你身邊繞
讓現在疑惑的我
走出那迷失的路口
把失落遺棄在煩惱的叉路上
帶著自信的風采慢慢走向你的期待

我曾踩著穩健勤快的步伐前進
穿越那眼前的迷霧
為尋求正確的方向而努力
但如今仍看不清未來是什麼

（繼續第 914 首. 走出迷失的路口）
此時只有溫柔的微風吹拂著我
使我想起你的溫柔
也讓我心煩意亂的呼吸
就此舒暢了許多

在這憧憬的街道
要是有你同行那該有多好
可惜當時的過客都行色匆匆
沒人在意我一臉的茫然
而我漫無目的的走著表情也許凝重
使得一些路過的精彩忽略了我
讓我不知道要走到那裡
也不清楚該走到什麼時候

此時內心的空虛讓我少了些靈感
而乏味的生活也讓一些詩不盡如意
這讓我一時頗感困惑
我想你是我的良師益友
你可以為我來解說一些疑惑
可以讓我在人生的路上順利許多

第 915 首.愛的路上之領悟

即使愛的路長達千萬里
我們也是要有耐心來走通
即使要經過的曲折很多

（繼續第 915 首. 愛的路上之領悟）
但總有一天我們會懂~
也能真正的來掌握
即使沿途有心花朵朵的喜悅
有那深情凝眸的心動
還有徘徊許久的邂逅
但有一天我們會發現
原來還在千變萬化的途中
而茫然不知所措
只有先學會愛自己才懂得去付出
讓我們多愛一些懂得愛我們的人吧
減少去埋怨那些令人失望的結果
同時也對那些不懂得愛我們的人
多點關懷和尊重絕不能再對他們冷漠

愛的路上要珍惜的很多
但有誰能懂、有誰能真正的去栽種
不要辜負那真心的花朵
多珍惜一些值得珍惜的成果
因為有一天我們若想重頭
怕早已找不到~那滿意豐收的路口
愛的路上不懂得愛的人很多
或許暫時的理念不同
目標也絕非一致
所以同行很久也沒什麼良好的互動
但他們遲早會邂逅
為此只有坦然的面對那該愛的人
讓喜歡的愛不是相欠

（繼續第 915 首. 愛的路上之領悟）
讓珍惜的愛不會錯過
讓愛是真心的擁有不是累了就想放手
讓愛是一種心動的感受
而不是那些可笑的虛榮
請大家一起為愛來鼓勵
好好的為愛讚美
請大家帶著甜蜜的笑容
一起為愛來守候

第 916 首. 我的人生

我的人生從沒後悔過
儘管苦多於樂
我的理想也未曾放棄過
即使要經歷不少的艱苦和折磨
我也要認真的繼續奮鬥
絕不會因此而退縮
我怕的是一些必要的用心
和努力永遠不夠多
但我從不向那命運低頭

我常抬起頭仰望那片羨慕的天空
也曾遭遇過不少困難和挫折
而此時經過的暴風雨
正淋濕了我的脆弱
也打擊著我的傷口

（繼續第 916 首. 我的人生）
讓我舉步維艱的寸步難行
這意味著我還沒有
足夠多的用心和抉擇

上天把我冷落成一個失勢的英雄
而今流落於一片的荒涼中
偶我拾起身邊的一場夢
在你關懷的途中
找到那片希望的田野
我只懊悔於一些不必要的穿著
束縛了我的靈活
當身邊有了你溫暖的問候
就不怕寒風刺骨的痛
當頭上有了自己的一片天
就能看到那雨過天晴的彩虹

第 917 首 . 我是你的千里馬

有些失蹄已模糊不清
而無法給個交代
有些印記凌亂已變得錯綜複雜
且一時也沒有了頭緒
甚至連查都查不出來
這令我的頭還在疼痛
我還沒學會你教我的本領
不知如何在貪婪的戰亂中

（繼續第 917 首. 我是你的千里馬）
卸下一些虛偽的面具
然後去妝扮成
能駕馭自己生命的千里馬
讓你美麗的臉孔
減少一分無辜的哀愁
讓我的心永遠向著你吧
你是我的良師益友也是我的伯樂
希望我是你的千里馬
能在馬欄裡安靜的等著你
不敢再恣意的揮蹄
多年來我已記不得你的哭聲
我使你傷心的任性
總來得那麼突然而且時常
這令你站在得與失之間難以取捨
讓你的眼淚擁有不少的壓力
害你在黑暗中摸索著前進的信心
這是何等的沉重打擊啊
沒有人可以提醒我
該如何一心一意的跟著你
因為沒有人了解我
但這已不是什麼問題了
你是我的伯樂你有一雙
慧眼識才的先見之明
能帶我突圍而出帶我跑出天生的潛力
所以我已是你的一部分
你也把我當成你的熟悉
而你已知我心似鐵的頑固

（繼續第 917 首. 我是你的千里馬）
正等待你磁性魅力的吸引
來為我打上深深的烙印
讓我載你跑出一片理想的天地
載你成就一切的開始、載你縱橫馳騁
在那無邊無際的希望裡

第 918 首 . 愛情的傳說

愛你那麼久
才發現你還沒有接受
自己居然能夠有理由
不顧一切的為你守候

面對一個來勢洶洶的對手
從眼前經過
看見他的表情輕鬆
我豈能無動於衷

愛情的經歷也不過如此
想那時的苦苦追求
如今面對的是場
風雨中沉默的失落

有夢的情人啊
那你說心理有誰？
一個有關你的傳說
其實只是被謠傳在途中

（繼續第 918 首. 愛情的傳說）
我想知道
如果我真的沒錯過
那麼就不必再擔心
是不是也不會難受
難道還必須去求證
你那曾經的愛

第 *919* 首. 領悟詩：「吉凶禍福有來由，但要深知不要憂。」的感受

拜讀過「唐朝」詩人「白居易」的一首詩
覺得他寫得頭頭是道且見解精闢
其中前一段是：「吉凶禍福有來由，但要深知不要憂。」
這讓我深思到他的先見之明
所以想給大家一個參考
而做以下簡單的解釋：「1. 我們要先理解，所謂『命運無常』的遭遇，2. 才能領悟出那一切『成敗得失』，以及『吉凶禍福』的經過，3. 然後得知它只是，『因緣』造化弄人的『結果』；4. 那既然深知了它的原因，就不需再煩惱，也不必憂愁了。」

第 *920* 首. 那美麗的路過

彷彿的燦爛與輝煌只是些美麗的路過
這可讓我走了一路的艱辛與折磨
那要到什麼時候才可讓我
無拘無束自由自在的漫步

（繼續第 920 首. 那美麗的路過）
彷彿這一路還未看清楚所有
其實它並沒有那麼多的坎坷
也沒有阻礙人的荊棘遍布
那令人羨慕的風景我知道的也不多
將使我有很多的顧慮

為此我只有踩著自信的腳步
且步步為營
才能安心的~腳踏實地
然後步步順利的度過那旅途的考驗

第 921 首. 領悟的風景其實很美

那風景其實很美且隨處可見
那一念的瞬間其實很妙
且往往是最好的選擇
當同時有幾個畫面從眼前閃過
我們能看清的又是些什麼
只有任其在生命中優美的蕩漾著

可惜難以預料的路過行色匆匆
同時也沒有特別在意
讓最基本的期待
沒能把迷人的風光盡收眼底
令欣賞的心情也猶豫了很多

（繼續第 921 首.領悟的風景其實很美）
我喜歡大自然的無拘無束
那令人的心動是如此遼闊和深遠
而清新、優雅及自在已讓我
融入了絕妙的喜悅之中
看~那讓人欣賞的花朵也在其中

我已領悟了天地萬物相融合的因果
也清楚了：「遠看成嶺側成峰，遠近高低各不同」的看法
那是因為我們站的位置不同
所以從不同的角度
看到的景像當然也不同

第 922 首.再接再厲

沒有什麼困難可以使我灰心
除了沒有了目標和失去了勇氣
即使沿途坎坷崎嶇、泥濘難行、
有強風豪雨、有黑暗的疑慮
我也會記取經驗和教訓
勇往直前的無所畏懼

沒有什麼問題可以使我停留
除了已到達了眼前的目的
然後在途中做片刻的休息
就馬上要繼續的來努力
以維持原本良好的效率

（繼續第 922 首. 再接再厲）
我願是一匹忠實的好馬
來奔向既定的目的
去為人生跑出一場比賽的好成績

但或許我也會有那麼的一天啊
會因暫時沒有了目標和使命
而令我感到沮喪和灰心
為此我應該從長計議
並且腳踏實地的量力而為
所以平常我只有不斷的鞭策自己
並時時認真學習天天用心向上
才能充滿自信的再接再厲

第 923 首 . 你的笑

你的笑
那麼的自信
來往在是非中
吹開了我的心情

你的笑
那麼的動人
綻放在失落的谷底
溫柔的帶著幾分愜意
趕走了我瞬間的空虛

（繼續第 923 首. 你的笑）
你的笑那麼美麗
那分傳遞
好似起舞的彩蝶
燦爛了我正在欣賞的憧憬

第 924 首 . 你的溫馨

有些朋友已經離去
有些回憶也已經模糊
只有你的光采依然亮麗
你對我的教導如那閃亮的明星
綻放出耀眼的美麗
還有你一言一行樣樣合乎禮儀
完善了我許多人生寶貴的經歷
那值得我好好的來學習

我希望能跟上你智慧的腳步
遠離那跌落谷底的情緒
走出理想的一片天地
我感謝你不斷恩惠的賜予
開啟了我智慧的心靈
我捫心的問自已說：
就需這種的知己
讓我無微不至的地方
再也看不到還有腳步再猶豫

（繼續第 924 首. 你的溫馨）
你再三的寬容
讓我領悟了人生的哲理
能成為朋友絕不只是一種幸運
能在風雨中同行又豈能不珍惜
只有你已沒有什麼可以失去
因為你讓這愛的世界 感到你的溫馨

第 925 首. 一個希望

那是一個希望
在黑暗中點亮了前進的道路
是我所有方向中
最幸福最美麗的一個指引

那希望在我心湖表面拂過
泛起智慧的漣漪
是原本陷入空虛和冷漠的沉靜
從中得到動力
並開創出新氣象和新希望
使我沉澱的心情逐漸升華
且劃出一個圓滿的效應
那希望也在我腦海裡
掀起浪花朵朵的雄心壯志
並帶來整船滿滿的收益

（繼續第 925 首. 一個希望）
那希望在祝福的夢中停留
每天翻滾出嚮往的寄託
它讓所有的快樂醒來
把全部的憂愁化為烏有
我欣賞那風光的美好
想那會是最好的結局

第 926 首. 杜絕心直口快的不是

相處久了
偶爾也會為了一些小事吵吵鬧鬧
但在爭吵中要有良好的風度來做溝通，才能平心靜氣的相互容忍和諒解
然後讓一切過著幸福快樂的生活
讓我們在爭吵後
我能為此認真的反省
杜絕心直口快的不是
引燃那智慧的火花
照亮我前方的光明
可以讓我順利的繼續向前

那決心需要些甜蜜的笑容
可以讓我心花朵朵的綻放
輕鬆走入那一片美好的風光
那勇氣需要明燈的指引
可以讓我有勇往直前的目標

（繼續第 926 首. 杜絕心直口快的不是）
來面對機會而不怕困難的挫折
去堅守應遵循的方向
成功踱到那領悟的彼岸

我不問那玫瑰帶有多少的刺
還是荊棘中能開出多少的豔麗
我願折下一支只為你
不管被刺痛的手還在淌血
這花摘下只為裝扮你的美麗
讓著鮮紅的色澤代表我
對你的真心

第 927 首 . 領悟那曾經的美好

我和空氣說話
跟模糊的鏡子打招呼
跟那頑固的脾氣做辯論
那氣氛有時沉悶有時清新
沉悶時令我無法理智的呼吸
而當清晰時
又令我陷入意亂情迷的熱情中
看著鏡中的現在已經蒼老許多
感覺歲月在臉上的親吻
只留下那愛的刻痕
我已記不得那以前的天真與無邪了
頑固就如這樣的我

（繼續第 927 首. 領悟那曾經的美好）
已然發現離那曾經的美好
也如此的遙遠了

我不能時常的一無所知
也不能一直來自圓其說
喝多了自己的墨水
終究是無法調好像樣的顏色
而我最接近的一個好友
常勸我的是忠言逆耳
要我看清那閃爍世界的不定
要我明白任何事非的得與失
其實是要選擇出~對的放下或執著

我到底錯過了什麼
為什麼折磨自己也辜負了好友
我已接近了信仰的源頭
但仍像捕風捉影的一無所獲
只能對自己交出一張虛偽的笑容
和一些奢侈的貧窮
為此我需放下虛榮的尊嚴
和冥頑不靈的個性
還有愚昧無知的執著
才能在那時間的考驗中
得到朋友的認同

第 928 首.
領悟《詩經》:「窈窕淑女,君子好逑」的經過

她是個迷人的女子……
像「詩經」所描寫的動人模樣
是:「窈窕淑女,君子好逑。」的美夢
是:「求之不得,寤寐思服。」的偶像

我正領悟了其中的經過,那「詩經」意思是說:「有許多正值荳蔻年華的男子,和一些風度翩翩的君子,他們很喜歡她,且喜歡她有內外在美的溫柔,總想盡辦法來追求著她。
為此追求不到的時候,便會有那幸福難得的感受,且有:「相思無盡,情意長。」的失落。
他們在或醒或夢之間,常不停的想念著她,常為她翻來覆去的,睡不著、吃不下。
這或許讓多的追求者,為此覆沒,且也由不得他們三心二意,總要做出選擇,且會遭遇這種經過。
假如當一場美夢的追求落空,將使他們傷心難過,或許哭得夠傷心吧,而於她無損。
其實這種追求的失敗,只是個必然的成長,定不用質疑,那大同小異的遭遇。就當:「落花有意,流水無情」的巧合。
這也是所有正人君子,難免的失落,就讓那追求的必然,再學習。讓他們去懂得那,追求不易的成果,才會去珍惜那所謂的難得——

第 929 首.領悟「想開、看開、放開」的智慧

每天重複著自己則須不斷的反省

（繼續第929首.領悟「想開、看開、放開」的智慧）
才能領悟出現實生活中一些人生的哲理
進而以智慧和本領來解決那些「想開、看開、放開」的問題
然後用正確的心態來努力
這或許的遭遇
不管如何的轉變
也無論是幸運或者是不順利
都將因此減少了些不必要的失意
那原因很簡單也不是我們無能為力
只是要多明白些情況
和了解在那方面的不足
才能讓努力的方向再確定

因為有些問題
無法單靠努力就能如意
還需「天時地利人和」的配合
才能得以順利
為此我們必須
找些最好的理由做依據
來投入那必須的堅持
像時鐘的鐘擺來回不厭倦的擺盪
重覆著一次次的推進
然後運轉出力量的繼續
向前跨出屬於自己的領域

看那人生的追求
過程雖然艱辛但也美麗
沒有什麼改變不了的環境

（繼續第 929 首. 領悟「想開、看開、放開」的智慧）
也沒有解決不了的問題
只要我們有信心
那就用最好的心態來承擔起責任吧
找一個能夠安心的理由
讓各種希望的話題永遠不會過時
所有期待的鼓勵重覆著提醒
看各種真實的幫助與勸慰
源源不斷的湧進
看那處處的得意
已不再是遙不可及的憧憬

第 930 首 . 戴口罩的安心

戴上口罩掩住口鼻
新一派保守的氣息
只剩眼睛
敏銳的觀察這世界
多了些豐富的想像力
這令人欣賞的方式已接受了些新奇
那隱藏的臉孔真正目的在那裡 ?
除了防止被病人口沫飛出傳染
還能減少流行病毒的入侵

那呼吸在口罩的自我保護區裡
維持著該有的生趣
同時也在那熱氣騰騰的包圍中

（繼續第 930 首. 戴口罩的安心）
繼續了未完成的努力
它安慰了我們心靈的壓力
也藏起許多
令別人看不到的表情
那戴口罩有多重要？
它牽掛著預防和治療
只要自行配戴
戴一個安心和預防
旁人看了就會心安
就如此簡單的呼吸

它是那麼注重衛生
我們把它叫做口罩
且令我們的魅力不減
無損我們的完美形像
戴上它與其合而為一
能強化了我們的身體
且阻擋了病毒入侵
健康了我們的世界

第 931 首. 請相信你的現在

請珍惜陪你流過淚的眼睛
那勝過一群同你歡笑的氣息
請原諒那不告而別的時光
不再為此錯過而耿耿於懷

（繼續第 931 首. 請相信你的現在）
讓該慶幸的現在增添些神采
足夠你樂觀來面對這一生
就用你慈祥的現在
來寬恕那帶走的青春年華吧

請相信生命的可貴
讓滿足的色彩鮮豔了你的人生
祂不止為你表演了精彩
也令你拍案叫絕的過了難關
請相信你的現在~你現在需要的是：
「那顆領悟了（想開）和（放下）的心」
它懂得讓你如何付出、如何的去愛
它不會讓你再受傷害
會帶你走出失落的悲哀.
然後在「彼岸」的世界裡逍遙自在

第 932 首.有時候的茫然

有時候覺得有點懶
有點提不起勁了
那並不是真的懶了
而是有點茫然
就像要保持好身材
便要平時多注重飲食和保養

（繼續第 932 首. 有時候的茫然）
有時候生活上遇到了挫折
但我不擔心那結果
也不害怕過程會受傷
因為我知道
那是老天爺給的考驗
遲早會安排得圓滿和妥當
祂不會令我沒有了希望

只是祂一直將我的無知
看在眼裡且看不下去
並發現我糊塗得可笑
所以暫時以另一種安排
來給我暗示和打擊

有時候祂無法給足夠的幸運
是要我了解人的一輩子~
「不如意十常八九，當常想一二」
也要我領悟「天下無難事
唯堅忍二字為成功的要訣」

第 933 首 . 成就

如此有了成就得意的我
像擁有了夢想的翅膀
一樣的自信和堅強
在廣闊天空裡高飛

（繼續第 933 首.成就）
在自信的藍天翱翔
展開了我希望的擁有
飛往那理想的天空
讓一切的追求給了我期待
去開創屬於自己的領域

我們都曾有過不少的挫折
且努力得也不是很順利
讓期待的收穫越多則不思珍惜
為此我們當用心觀察領悟的天空
讓追求的目標有所正當
安全也得到了保障
才不會飛得越高摔得越重
只是收穫不一定每次都能預期
就當失敗是經驗~成功是燦爛
當一種磨練一種逆轉的選擇
讓我們敢於面對這一切的不同
我們要做「事前諸葛」來巧妙的運作
讓每次的努力都會有結果

第 934 首.合理的要求

如果有一天——
我不再堅持是非對錯
只為了擺脫自己的弱勢
而去迎合那黑白不分的色彩
在我的人生還會有什麼希望的顏色？

（繼續第 934 首. 合理的要求）
我當清醒啊要有正確的原則
憑一點堅持是合理的理由
合理的解釋 也是合理的希望
一切都是合理的

我希望合理的世界
不要有無理的要求
我希望合理的天空是一片燦爛光明
而不是烏雲密布的莫測
合理的一生，是我們要遵循的目標
希望大家能了解合理的用心

第 935 首 . 你最了解自己

我想明白你……
繽紛的世界是什麼顏色
想尋找的彩虹
會橫跨多少希望的天空
想依靠的肩膀要有多寬多廣的溫柔
想要的感情需有多少真心的問候
感覺迷茫的你想該有所進展了吧
那現在的你是否有改變的決心
是想改變裹足不前的現狀
還是想掌握浪漫永遠的美麗……
我將拭目以待
因為這世界上

（繼續第 935 首.你最了解自己）
也只有你最了解自己
而你理想的煩惱
多次想要改造這世界
但卻不懂先改造自己
所以成功不是你必然的結果
失敗也不是你偶然的經歷
你仍需下決心的去做
持續你已累積的經驗
在過程中好好學習
才能發揮出好的能力
不要再空等幸運的來臨
要創造出機會來屬於自己
才能永遠立於不敗之地……
你不能辜負了這番努力
要好好珍惜那難得的風平浪靜
為了自己想要的美好前程
現在你仍需好好的努力
才能成為你所要的理想實際
你要感謝上天一再給你機會
以及親友不斷的鼓勵
使你有了向上的信心
但騙不了的事實
總在你最沒把握的心裡
伸出了考驗的手
阻擋了你前進的動力
這令你的歡喜憂愁
恐將成為虛偽的表情……

（繼續第 935 首. 你最了解自己）
這或許
是你太專注於眼前的美麗
似乎忘了背後還有的陰影
你要讓世界為你升起
以最燦爛的光彩趕走你失落的陰影
以你最真的心守護著自己
讓你不僅僅是想做個夢而已

第 936 首. 我懂得了你真心

我懂得了你真心陪伴
才會發現
你的笑是那麼真那麼美
像朵綻開的玫瑰
嬌豔著美好的青春
開放出朵朵的祝福

我懂得了你真心認同
才會明白
你滿懷著熱情成熟了魅力
那麼動人明確
迎著微風浪漫飄逸
迷人的芬芳使人陶醉

我懂得了你真心關懷
才會珍惜

（繼續第 936 首. 我懂得了你真心）
你溫柔像母親的細心
暖暖的叮嚀
為我指點了迷津
那麼心動的感情
思思念念不停
反反覆覆不膩
訴說著永遠不變的真心

第 937 首.讓希望像團纯青的爐火

既然希望像團純青的爐火
那就讓它燃燒個不停……
燃燒得更旺而我從沒冷過
既然世界上需要溫暖
需要加油 需要冬天裡的一把火
何不多燃燒自己照亮別人
索性就多付出一些……
讓乾柴枯枝繼續地準備
用全身的熱情鼓舞起風的承諾
就算燒過了頭已成灰燼
我也放出了人生中的一點光明
如果希望比夢想更實際些
那成功是應該那一點的回報
只不過完成了我一點的得意
我不用去懷疑……
黑暗中會有什麼顏色什麼寄託

（繼續第 937 首. 讓希望像團純青的爐火）
眼前的模糊我還看得透嗎？
只要保持一把自信的溫度
那無盡處的冷落就讓它飄搖的錯過
此時我只有凝視著目標勇往
以希望填平這無邊的坑洞
我知道總有一天我會成為灰燼
身體也會累倒！
但是留下的是我的光明讓大家記得

第 938 首 . 轉折

那些走過來的堅強
在溫馨的祝福聲中
以自信來成長
那些醒過來的覺者
在夢想的期待聲中
瞬間領悟
享受艷陽中的另一種美
沐浴著智慧的光輝
我試圖看出那樣轉折
努力踏出門檻的阻礙
讓關在裡面的失落
是過去的不是、凋零的折磨
和憂鬱的寂寞
讓那些色彩未乾的夢
可以再柔和

第 939 首 . 思念

此刻我正翻閱一頁歷史
記憶在眼前是變化的風

今夜的思念綿綿
一陣落下
無盡的牽掛
灑向遠方的你
點點是浪漫

珍惜的陶醉依舊
像你迷人的彈奏
於是有路過的耳朵
傾聽這熱情的景色

第 940 首 . 我喜歡

我
喜歡平平淡淡的日子
隨性而走
把喜愛的工作靜靜做完
喜歡簡簡單單的生活
放手無奈的解脫
看開在意的折磨
用一杯茶滋潤心靈的乾涸
思考著天命難違的後果

（繼續第 940 首. 我喜歡）
喜歡實實在在的成長
去嚐遍酸甜苦辣的人生
到風雨中去磨練最好的選擇
無論中間經過多少曲折
也會肯定自己
不讓懶惰誤了所有
願以反省的激流湧進心田
來溫暖那無辜的寒冬
讓自己擁有兩袖清風的快樂

第 941 首.愛情的美妙

有多少的可能
把愛情當成是場的考驗
然後用愛情來幸福人生
有多少人可能嚐到了愛情的美味
卻又不知如何的來形容
然後用甜蜜來想像成枝頭上的碩果
我覺得愛情像瓶美酒
喝多了可是會醉人
也會失去的方向和原則

我們都看過許多愛情的詩和歌
而每首都是轟轟烈烈的描寫
因此令人感動
我們該怎麼想像那偉大的愛情

（繼續第 941 首. 愛情的美妙）
就把它當成一場美夢吧
讓我們在夢中看見另一個未來的夢
而夢中的世界雖美
但醒來或許是場空

也許愛情讓很多人迷惑且越陷越深
就像有些人的過敏（遺傳）
永遠也醫不好
只能預防和遠離那些過敏源
有誰能解釋愛情而又不失理智
就讓他們各說各話的自圓其說吧

為此偉大的愛情有多少人真能體會
我認為那需不斷的斟酌和探索
有句話相信大家聽過：「夫妻本是同林鳥，大難來時各自飛。」
或許嘗試的愛情因意志不堅
而容易受其他美色誘惑吧

我們要能領悟：
只要相愛了就要無怨無悔的有情有義，也不該再相互來懷疑
及受外在的誘惑，為此當不該愛（不適當）和不能愛（不論）
或得不到的愛（差距多），
就不該再有妄想（胡思亂想）
和強求（無理的要求）的思維，
才能品嚐出愛情的美味
享受那最好的幸福結果。

第942首．我怕蒼天變了心

現在的我依然故我
想把快樂分享給別人
但擺脫不了我心的沉重
願意把真誠的祝福親送給好友
卻無法使那牽掛和期待
獲得最美的結局
想找到適合的世界
畫出那柔和的天空
但目前無法如願
只因我依然故我的結果
所以只好暫時的放下畫筆——
放下一切煩惱和憂愁
為美夢而睡為清醒而活

我終於承認了那未命名的顏色
也接受那些不同色彩的調和
我只怕那天——
這蒼天會因故變了心
讓我錯過了那美麗的彩虹
我只當是人生的一過客
在孤獨的旅途中無奈的沉默
思索著走著如何走出那阻礙的困惑
因此就有人指點開我的江山
讓我清楚的看到那山水的美麗與柔和

（繼續第 942 首. 我怕蒼天變了心）
我想多唱些歌曲來助興
讓一切陶醉於掌聲的吸引中
想彈唱出那嚮往的喜悅
讓生命充滿精彩的生活
而當生活的音符
才慢慢跟上人生的節奏
自在的我才發覺歌唱的輕鬆

隨著那曾經的舞台自由的發揮
我卻怕蒼天因故變了心啊
那是因我依然故我的結果
我仍是曲高和寡的主唱者
欲求那和音的支持與合作
現在我還需多用心來琢磨
原來我還是希望
唱出那首首難得的佳作

第 943 首 . 他忘恩負義的反省

（她說）:「我好心好意的幫你，你卻誤會了我，你怎麼可以忘恩負義？」
他說 :「感謝妳良言的教誨，給了我機會，也幫助我那麼多，我會好好反省，努力改過。不論費盡多少心力，
用多少金錢和物質，我也要知恩圖報。但目前請妳先諒解我，我不能言而無信的（違反規定的原則），才不會讓其他人來懷疑我的人格。」

（繼續第 943 首. 他忘恩負義的反省）
他再沒有更好的解釋——
能把所有的誤會澄清
只有透過理智來祈求~
願那繽紛的陽光
灑向兩顆寬容的心上相同
等到他們都意識到錯過的時候
就能心平氣和的退一步思考再前進
而解開他們成見的神奇
祂正透出了真實的寫照
用「道的正見」
讓他們看清事物的原來面目
在慈悲的天地化為平靜
畢竟他們還需用心……
在天地中好好的修身和反省

第 944 首.
領悟「天下本無事，庸人自擾之。」的先見之明

朋友們要知道 :「那天下本沒有什麼事」
要記住 :「會困擾的還是我們自己，不要無事生事自找麻煩。」
我拜讀過《新唐書· 陸象先傳》
中的一段先見之明
他說 :「天下本無事，庸人擾之為煩耳。」這是他積極樂觀的先知先覺

（繼續第 944 首. 領悟「天下本無事，庸人自擾之。」的先見之明）
我也知道後人領悟了「他的用心」
將這句良言改為淺顯的俗語
讓它流傳至今且成為
無人不知無人不曉的至理名言——
後人改成:「天下本無事，庸人自擾之」讓它說明了世間深淺的道理

為此我研究了
「古中國唐朝」~「陸象先」的見解
大意是說:「世間根本沒什麼了不起的大事，卻讓那些見識淺陋與平庸無能的人不知所措，讓他們無故的騷擾了自己，還錯把容易的事給辦砸了。
他認為:凡事要從『根本』的問題解決，才能減少那些不必要的困擾。」
為此我們該好好運用這句良言
在修行上才能有顯著的成效
也能積極樂觀的不再煩惱

第 945 首 . 你是閃亮的智者

我清楚的看見
你在黑暗中發出耀眼的光茫
掛在天空放光明
是一顆最閃亮的希望之星
含情脈脈的眨著眼~多美啊

（繼續第 945 首. 你是閃亮的智者）
點亮了我生命的光彩
讓我感到親切和溫馨
你溫柔的對著每一個人微笑
感動了現在和未來的夢
安慰著各式各樣的心情
在寄託和牽掛之間
你是冷眼旁觀的智者

我們並不熟悉啊
但我只記得你談吐優雅舉止大方
有一付溫柔的眼神
掛著和藹可親的笑容
讓內在散發著淡淡的清香
正飄出善良、天真和優美的氣質
而我卻有無地自容的羞愧
隱藏著我的不妥——
且失落的不止這些
還有自欺欺人的放縱

而我有舉棋不定的性格
常期待著奢侈的奇蹟出現
但目前我並不在意位置的高低
只需要先熟悉周圍的環境
還要了解自己的能力
才能做成未來的美夢
那能用什麼做依靠的根據
我想了很久也反省了其中的過程

（繼續第 945 首. 你是閃亮的智者）
最後只覺得可惜的其實是
我自己的不爭氣和不用心——
為此我只有好好的跟你學習
學習你點亮自己照亮別人的智慧

第 946 首 . 妳說了精彩

妳說：「美好的時光之所以精彩，是因為有了在乎、認同、欣賞和追求的適當。」妳說完後……
優雅的轉身笑著離開
妳依然那麼樸素大方而且美麗

我在屋外陪妳走了一段甜蜜
讓一絲喜悅飄向妳
帶著我的溫情
訴說了浪漫的心語
且纏綿著那一刻的點點滴滴
吹開了心動的友誼

隨著一陣風搖曳著好心情
目送妳漸行漸遠的優雅身影
為此風的告白也顯得天真了
讓樹上的枝葉跟著附和起來
願那真實感受拉近妳我的距離
帶著我的理想祝福徹底感動妳的心

第 947 首.這愛你沒負擔

你從不曾說愛我就這麼簡單
所以你才覺得這愛你沒負擔
才認為眼中的幸福是那麼輕鬆
我也被這冷水一潑……
感受冬天還沒到來卻已那麼冷了
覺得心情有點發抖
但我情不自禁的心潮澎湃
若沒有你的愛
我將很難在這空間和時間停留
我百感交集茫然若失
我心潮起伏不定
幽幽的思緒萬千無法言說
你常以溫馨來作溝通
用浪漫縮短我們的距離
用陽光的明媚照亮我的前方
為我撫平憂鬱的迷惑
告訴我微笑的魅力……
你說：「你若釋懷振作，前途的燈火將輝煌如白晝。」
是的也許我會漸漸地走向成熟
如果幸運領悟才是我最後可得的欣慰
你說：「愛是此岸兩頭相望的默契，兩情相悅的自然，當一方無心插柳，期待也是一種寄託。」
我已知道問題要及早解決
才能走出谷底的失落
因此我得解開束縛……
在各種努力的機會下擁抱你的智慧

（繼續第 947 首. 這愛你沒負擔）
如同學習中孩童的害羞
用我多情的善良
向著你指示的方向發展
直到看清歲月後黃昏的自若

第 948 首 . 作家的嚮往

嚮往那種雲淡風輕的描寫
用心揮灑的詩情畫意
於是我重複著寫作……
一天又一天
坐困這裡我終於累了
但看那麼多反應是熱烈
也欣慰了許多
欣賞那種創作藝術的美妙
讓攤在陽光下的新鮮
已不算什麼稀奇了
於是我慰藉於
大家對此好印象的認同
接受就快達我預期的要求
於是我的世界有了光彩
而我的報酬是喜悅
肯定為此忙碌而苦悶的創作裡
我永遠不曾後悔也不埋怨
因為我知道那總比……
飽食終日無所用心
的觀念要好一點吧

第949首.那些人交代的滿意

那些人交代的滿意
是為了避免正面的衝突
所以採間接迂迴的方示來前進
那當然只是一種選擇
但只要能掌握得恰到好處
也能找到絢麗多彩的自然風景
有些人
喜歡開門見山的說明來意
是為了說清楚講明白……
那關鍵的問題
從而縮短彼此的距離
也能解除互相的猜疑
進而轉化成輕鬆自如的美好清新
有些人
寧願去妝扮正面的美麗
是為了掩飾背後的艱辛
從而強求那現實變化的順利
也不顧客觀的理智已笑著遠去
想再一次挽回只剩心靈的空虛
讓那自以為是的偏見
免去妄想的是非
誠實的交代出他們的滿意
因為人生是那麼短暫
不該在懷疑的錯下去

第 950 首．（她）常常想他

（她）常常想他心裡有他
不是因為一時的孤單
也不是寂寞無奈的苦悶
只因他的風采吸引了（她）
讓（她）的思念無法承受起折磨
想把心裡的話向他傾訴
（她）常常做錯事又說錯話
讓他生氣又難過
他卻像細雨般的溫柔
讓（她）看見他的寬容
總是特別的開闊
那一定是因為他很樂觀
才顯得他這麼的親切
（她）常常忘記他的教誨
把對他的承諾拋諸腦後
方便於自己的主張
而不虛心接受別人善意的批評
讓不滿足的現狀也無可奈何了
總認為自己沒什麼錯……
（她）知道自己缺點很多
還是讓他牽掛未減
他常說（她）「朽木不可雕」
所以常調教（她）提醒（她〉
為（她）付出了時間和心力
以後若是他忙於自己的舞台
（她〉還是會記得他的叮嚀……

（繼續第 950 首.（她）常常想他）
會好好努力
或許（她）還有迷惑
但總能漸漸的覺醒
做一個腳踏實地的人
在今生感謝上蒼有他相伴

第 951 首.人生如戲

人生可以是多姿多彩
也可以是充滿挑戰
只要我們能刻苦勤奮
就能接受各種挑戰掌握美好未來
所以一場戲可以被重演
一念之間也可以扭轉乾坤
但消逝的時光不會重來
每個人都有想表達的意見
假如沒有耐心
那就看不完此精彩的變化
原來人生就像一齣戲
總在錯過了才知道要珍惜
也在領悟後才明白需不斷的成長
想讓生活激起更多美麗的浪花
隨著波瀾起伏的豪情奔騰……
演出最後才發現
真正要的壯觀遠不如預期
那就需多盡些心力少些妄想了

（繼續第 951 首. 人生如戲）
有時候覺得自己像一艘孤舟
載滿了酸甜苦辣鹹心中五味雜陳
但只要有好友的鼓勵和相伴
就能免於無助和孤單
我希望那情節像一幅美圖
等著用心去描繪未來幸福的形象
像一朵花的熱情綻放出甜蜜的色彩
期待著浪漫~吸引來者羨慕的目光
讓那美麗的時光延續著主宰
等待更多綠葉貼心的來陪襯
讓我們演好自己的角色
在人生的舞台感恩所有的支持和鼓勵
以一顆善良的真心快樂的付出
迎接每一場好戲的到來
讓每一個故事都有完美的精彩

第 952 首.每個人的不同

每個人都在討論人生
說著自己故事有多動人
但是有多少人能懂？

每個人的經歷不同
所思所看難免有差異
只有自己了解那冷暖

（繼續第 952 首. 每個人的不同）
我們都需要認同
都需要鼓勵
那誰來當上帝的使者
讓我們了解所謂的奉獻？

我無知的探索
希望找到善良的源頭
那本性的初衷
我會深刻反省人性的弱點
讓人生不再迷惑

第 953 首 . 選擇冷靜的時候

當他選擇冷靜的時候
情緒會漸漸平靜下來
因此減輕了焦慮與壓力
他應該
站在正確的角度觀察
懷抱起樂觀來思考
把它們想像成輕鬆
然後試著處理問題
把話說清楚同時把事情辦好
才能在逆境中保持穩定來應對
最後衝破難關順利成功
當他左思右想的時候
那曾經的美好早已來到

（繼續第 953 首. 選擇冷靜的時候）
是非原則也有了恰當的把握
讓該堅持的不再削足適履了
為此他應該在那感動的時刻：
「盡本分、守規矩、時間、承諾
和重方法、重成效」
才讓冷靜的頭腦遠離的是非
讓朵朵希望順利的開放

第 954 首.它們已領悟了成熟

掛在樹上的青澀尚未成熟
還有希望在成長中
它們甜蜜的等待飽滿
於花蕾滿枝的果園中
熱情飄香於喜悅的季節
讓彩蝶飛舞著的追求

它們在雨中的收穫
讓所有顏色顯得清新
即使過後沒有精彩
只剩空虛一片也不覺得可惜
因為它們已習慣了自然的問候
習慣用多少堅強換取多少成果
這豐收藏起它們許多的夢
它們滿足了所有人的生活
它們的歌正大聲的唱出
一首首眉開眼笑的快樂

第 955 首．夢想的歡喜
（詩歌未譜曲）

群星閃耀數不清
個個為愛放光明
閃閃發光好神奇
彷彿在對人眨眼睛

一顆顆 小星星 亮晶晶 都是遙遠地
它有你期待的美麗也有我夢想的歡喜
光輝傳奇說不盡
天長地久心連心
一往情深只為你
山高海深多少恩情

一顆顆 小星星 亮晶晶 都是遙遠地
它有你期待的美麗 也有我夢想的歡喜

第 956 首．欣賞

你看……
清晨的陽光輕輕灑落愛的熱情
像母親的溫柔
祂喚醒了沉睡的甜蜜
點亮了生活的點點滴滴
蓬勃朝氣的迎接新的一天
為我們增添了所有希望的指引

（繼續第 956 首. 欣賞）
無私的溫暖這片大地
那畫面令人心曠神怡
欣賞吧凡喜歡祂的真心
也在認同著祂的奉獻
你看……
多麼美的描寫
多麼美妙的詩情畫義
真該好好的把握一番
讓我們專注地欣賞每一幅藝術
用羨慕的眼光肯定這些光彩
不要急著捕風捉影
也不要忙著想出話題
你看……
那是一道明媚的時光
讓他寫下美好的結局
但那些詩詞並不出色
只描寫一些人生的輝煌、
浪漫的愛情還有些生活的愜意
如今都得到了好的回應
你看……
自從他走入那光鮮的世界
他的創作已包圍了人們的笑容
但那些暗示似乎有待明確
令人遐想著他若有所思的用心
你看……
那麼多來自好友的鼓勵
互動頻繁的問候、關心和鼓勵
抒發了他的幽情

第 957 首 . 是網戀的領悟（1）

是網戀……
有天真、浪漫、夢幻和寄託
有自以為是的迷惑
那網上的天空
彷佛已打開人間的甜蜜而去
是那美麗的傳說……
而我生平沒有寫過
如此得意而順心的創作

它使人留戀不再孤單……
然而現在卻非常的貼切
它似乎還自得其樂
還自以為的深刻
將心思灑在那片學習的園地中

第 958 首 . 網戀的領悟（2）

讓心情平靜的退出，那場沒結局的戲。原來人生最痛苦的傷心，不是看著心愛的遠去，而是明知會沒有結局，卻依然不顧一切的去愛著……
請回到原來的自己，打開領悟的門窗，走向理智的邊緣……，讓心寧靜的划出一道真愛的痕跡。

一個熱愛的熟悉，輕輕地搖曳了訊息的具體，尋找那位曾經刻骨銘心的甜蜜，點亮了那思念的明燈，充滿明媚的渴望。他就

（繼續第 958 首. 網戀的領悟（2））

是那個心動的人，來自遙遠的（網戀），他穿越時空的羈絆，帶來熱情的呼喚，讓整個頁面突然亮了光彩，使滿心歡喜著期待。

他帶來一片真心的遐想，帶走一片失落的惆悵，讓漫長的以往突然覺醒，縮成一頁小小的確幸，讓期待的上網不再是茫然，每一次都能看到明亮的話題，他們正遵守臉書所有的規定，讓渴望的祝福成熟美滿，讓（網戀）如飄落的希望，在冷淡的化解中，放下了自己的多情。

第 959 首 . 感謝你為我付出了所有

成功之後我還需繼續的努力
除了享受那美好的光榮時刻
也要接受更多任務的付託
所以就通過遙遠的現實來考驗吧
讓完成的進度有所遵循

我還得在那兒創造更多的輝煌
依然的你還在幫我……
還像我良師益友一般地
教導著我的一生
然而小有成就的現在
是必需感恩的……
但你還是功成身退了
這令我非常的不捨

（繼續第 959 首. 感謝你為我付出了所有）
我知道你正忙於新方向的準備中
要我在行動中去體會付出的樂趣
要我明白「逆水行舟，不進則退」
這句話的深刻含義
我不能再辜負你的期待……
也不能違背我的初衷……
因為有今天的成功
要感謝的還是你
只有你肯為我付出為我加油打氣

第 960 首. 我把那難關渡過了

我把那難關渡過了，卻用盡一生的珍藏。我知道那真相，意味著前進，而非無知和懦弱，所付出的代價也將在所不惜。
任何方向只要錯過了選擇，就當及時的回頭……沒有目標必將迷茫。
渴望一些好友，打開我心扉，說：「努力吧！給你加油囉！」。
我被定位在一個高度，比任何人承擔的還多。臉上已沒有可敬的笑容，
也看不清現實的縮影。你告訴我：
「外面已聽到了風聲，減少了許多~人來人往的觀賞。」我的頭腦頓時失去了客觀，思想敏銳的摸索著過往。
我反反覆覆的忽視，因此徘徊在路口。讓陽光也揮別了燦爛，只見烏雲翻滾。模糊的你還在向我招手，當是我猶豫的考驗？讓一個教訓，致命了我的無知。我隨身攜帶的燈光，照亮的已不只是黑暗，它讓我看到了失落的痛，以及暗藏的危機。我信

（繼續第 960 首. 我把那難關渡過了）
仰的世界，正設法打開我的窗，但我必須親自面對，那閃爍不定的緊張，尋找出 穩穩妥當的方向。

第 961 首.蓮花

最值得欣賞的是，每個人心中的那朵蓮花;雖出於污泥中，仍綻放出它高雅的芬芳，雖長在凡塵俗世裡，仍能保有它最聖潔、最崇高、最無私的善良。

第 962 首.那是一段長長的夢想

那兒有……
一段長長的夢想
每天走不完的清新
看不完的花草樹木飛禽走獸
我很想去的一個地方
那兒很遠很遠很美很美……

那兒有……
乾淨的水和明媚的陽光
那兒可以……
放眼山川秀麗的壯觀
唯美神祕峽谷的浪漫
幸福細水流長的纏綿
神奇美好的自然風光

（繼續第 962 首. 那是一段長長的夢想）
那兒有……
我最真誠的嚮往
最完美的遐想
但心總不能憑空幻想……
不能在同一處奢望太久
否則對現在和未來都是迷茫也是負擔
有時也該到另一片風景欣賞
像那風風雨雨一樣的瀟灑自然
而它們也不願常常面對那些
禁不起考驗的挑戰

第 963 首 . 他們滋潤了我的心

現在我心分外的平靜
沒有被情緒干擾的問題
看什麼都很順眼
處理事情也有了自信
因為有許多的提醒
許多的愛護在關心
他們讓我學會
如何控制自己的情緒
需不斷的反省和改進
讓我了解
當我越清醒就越能活在當下
而不去奢求未來
當我越樂觀就越能放下

（繼續第 963 首. 他們滋潤了我的心）
而不去計較那無謂的得失
當我越是平靜就越自在
而不會在乎那美中的不足
他們如同涓涓細流滋潤了我的心

第 964 首.它成熟的預期

偶然的狂風驟起接著雨雪紛至
於是它祈求了陽光與晴朗的賜予
渴望著自己成長的順利~
妄想可以不經風雨摧殘
不再受傷害的打擊
可以自然的茂盛？

然而一番周折之後……
如它的所願的順利長得很高且得意
它很感謝那期待的美麗
但此時遠處傳來了空虛的聲音
發現它只有表面的歡喜

原來它的遭遇~發人省思
像在訴說著成長的必需
雖沒有什麼高深的理論
但讓我們領悟了那成長的含意……
所以成熟的飽滿不能只靠風和日麗
需經惡劣的侵襲以及風雨的肆虐
才能在環境的考驗中結出美滿的預期

第 965 首．領悟「孔子」的一句話

「子」曰：「唯女子與小人難養也，近之則不遜，遠之則怨。」這是聖人說過的一句話，它含有深刻的意義，並不是在說她們的不好，也不是無端的貶低女人和小人。她們或許比我們聰明，是我們的母親、妻子、女兒、媳婦，她們常以德服人、母儀天下。

其實這句話的背後有個故事，讓我們來了解它的前後，就能明白「孔子」當初這句話的道理，也不會再斷章取義的誤解和懷疑了。

這個故事的是說：當時「孔子」曾受「衛國」國君的盛情邀約，來到「衛國」觀摩和學習。這段期間他發現（他們）只是想，藉他的知名形象和深厚內涵，來抬高（他們）自己的身價，和貶低別人的聲望罷了。而不是想真心支持他，來這裡幫民眾做教化的。那時有「衛靈公」的夫人，竟為了炫耀自己的尊貴，而暗諷了孔子，孔子查覺後，便感嘆和質疑的說：這「衛靈公」是喜愛德才者多，還是喜愛女色者多？於是孔子便說了這句話：「吾未見好德如好色者也」。同時也說了：「唯女子與小人難養也！近之則不遜，遠之則怨。」

這個故事告訴我們，凡想要高高在上和高人一等的人，除了要有品德和智慧，還要能虛心受教，理解這個人生是要先學會尊重，才不會目中無人。

第 966 首．讓我們快樂的努力

我們究竟要用多少努力
才能爭取到想要的人生

（繼續第 966 首. 讓我們快樂的努力）
要有多用心才能領悟那……
英雄豪傑令人崇拜的氣概
剛毅之士令人讚揚的堅強
詩詞歌賦為此吟詠的美妙

讓我們快樂的努力……
學會堅強掛著笑臉迎風挺立
勇敢去闖帶著信心馳騁沙場
抓住那輝煌~在期待的目光中閃閃發光
堅守自己的崗位不離不棄
即使面對壓迫也不妥協
面對打擊也不退縮
倒下了也不惜獻出了寶貴的一切

讓我們熱情的繼續投入 ……
保持好頭腦的樂觀
並對任何事物盡心盡力
且心無旁騖的勇往直前
來化身為正義的使者
成就那偉大的事業……

第 967 首 . 讓我們惺惺相惜

當我們面對面
來相互尊重且惺惺相惜
心連心來團結和互助

（繼續第 967 首. 讓我們惺惺相惜）

你我之間已沒有距離
我感到欣慰也很榮幸
讓我們
多一些關懷少一些指責
多一分真實少一些虛偽
讓相處中的和諧漸漸一致
讓人生觀肯定我們的追求
世界觀認同我們的思想
價值觀支持我們的行動
讓所有適合的互助演出動聽的旋律
在充滿和諧的舞台上
展現我倆美好的風采
突破障礙的困擾戰勝偶然的紛亂
曼妙的贏得熱烈的歡迎
讓所有的條件清晰和堅定

第 968 首 . 清明感恩

清明時節感念恩
回鄉掃墓拜先人
滿懷虔誠心誠懇
保佑平安到永遠

第 969 首.漫長的寫作

漫長的寫作使我字字斟酌……
我必須用心才能言之有物
必須理直氣壯才能免於空虛妄想
漫長努力振作了我……
使我的夢想我的詩情
在烈日下開花結果……
此時突發的奇想迎刃而解
開創出這片理想的園地
可這摸索的第一個結果
還沒有從我預期的心裡飄落

我該用那一種方式
來傾聽那優美劃過的天空
我希望的是悅耳、清新、洪亮、
熟悉而且渾厚的質感
我該用什麼方法
來靈活那多變無常的世界
處理些複雜的未雨綢繆
我只有從長計議的做好萬全準備
才能好好的掌控那不同

就讓它飛來……
希望的創作遠離疑惑
合理的解釋好人生吧
就讓豁然開朗的我掃去塵埃
擦亮眼前的詩與夢

（繼續第 969 首. 漫長的寫作）
為此仰望理想的天空，用心來調和
讓我在那裡找回失散的顏色
讓我不再兩手空空的度過人生

第 970 首. 領悟愛情樂在其中

如果緣分讓我們走在一起
那就讓陽光陪我們快樂的經過
如果時間讓我們快樂了所有
那就讓我們好好珍惜這段關鍵時刻
愛情的道路若不樂在其中
那來許多甜蜜和幸福
愛情的方向若不明確
又何以面對那歡笑和感動
怕的是愛情的路上有：
彼此猜疑的空間、互不信任的危機
以及相互隱瞞的故意
只有坦誠的手牽手
才能領悟那心靈的芬芳
只有心連心的互敞心扉
才能品出真實的內涵

如果讓我們遇到心愛的人
那當然要懂得用心來追求
把尊重排第一讓坦誠沒有距離
要捨得付出時間、心血、勞力

（繼續第 970 首. 領悟愛情樂在其中）
還有一切責任的承擔
甚至付出最重要的真情
勇敢的向我們的愛情告白吧！
反覆的確認那幸福的擁有

如果有足夠的信心
跨越前面的障礙
那繼續的目標就有希望
如果她生氣是因為愛你
走到天邊也會回頭……
那孤獨的道路只是短暫
冷清像像風呼嘯而過
打擊不了我們足夠的自信
快樂如同一首輕快的歌
讓每一個動人的音符
沿途縈繞久久不停

第 *971* 首 . 想你的牽掛

仰望你的天空
飄著幾縷美麗的雲彩
讓心中充滿自在的遐想
感受你的境界
吹來陣陣清新的微風
讓心靈享有浪漫的舒暢
傾聽你的旋律

（繼續第 971 首. 想你的牽掛）
如鶯聲燕語般的溫柔
令我深深陶醉其中
讓心情越發的璀璨起來

無論走到那兒都會想起你……
你的牽掛、你的爽朗笑聲
你的心動模樣以及你甜美的一切
還有你那頭披肩的秀髮
像花蕊一樣戀著春風……
像朵朵（勿忘我）幸福的綻放
讓我嚮往於未來的希望

無論身在何方都會面對……
更完美的無疵
但遠不及你一個心動的呼喚
只有你才是我的未來
我不想去追求另類的完美
也不想等到有任何的缺憾
因為只有你才可能屬於我

第 972 首 . 一曲相思

（詩歌未譜曲）

一曲相思情未了
任我寂寞隨風飄
聲聲悅耳聲聲繞
夢裡魂牽夢裡妙

（繼續第 972 首. 一曲相思）
一曲相思情難了
神魂顛倒為你笑
詮釋愛情到白首
海誓山盟情未老

一曲相思真正好
愛你的心停不了
愛你今生沒距離
永遠無悔等你到

第 973 首 . 牽掛的風

思念像一縷牽掛的風
輕輕吹起我心的漣漪
它吹得很圓滿很開心
很幸福也很輕鬆
它總是那麼的好
不需任何的回報
也沒有所謂的負擔

它輕輕搖擺著你的大方
吹來高貴的氣質
瀟灑你風度翩翩的才貌
優雅出你動人表情
它姿態優美舉止端莊
像一朵鮮花的含蓄
嫵媚了你溫柔的笑容

（繼續第 973 首. 牽掛的風）
它像你飄逸的長髮風情萬種
在我的思緒中飛揚……
讓我為此情有獨鍾
它時刻令我想起你的不同
你已無所不在的深刻了我

第 974 首 . 浪花

那捲起的浪花一個接著一個
不停的打了過來
它總是那樣一波未平的一波又起……
閃耀著它的夢想和希望
朝著它奮鬥的目標
全力以赴的再接再厲
它的形狀千姿百態
模樣可愛得令人讚賞……
有時像隻小棉羊、有時變成小獅子
又有時像海鷗一樣的栩栩如生
鼓動著它的翅膀堅強的向遠方尋訪
此時大海也扮演起盡責的母親
傳遞出她溫馨的愛意
讓那些單純善良的小動物們
在她懷抱裡任性的撒嬌和玩耍
使它們感受出她的親切
是如此的令人神往
為此它們已繼續朝著她的開闊

（繼續第 974 首. 浪花）
勇敢的向前闖
臉上不時洋溢著開朗的笑容

第 975 首.站在山的一隅

站在山的一隅遠遠望去
只見天空一片蔚藍
層層雲霧縈繞
似裊裊炊煙升起若隱若現
俯視山下一片綠樹成蔭
一簇簇不知名的小花
正含情脈脈
妝點著它嫵媚的風韻
這真是個休養生息的好地方

站在山的一隅
真有不識此山全貌的感嘆
只因身陷此境中
被那些遮掩的假像
暫時所蒙蔽了雙眼
只有用心來分析
才能拆穿它的偽裝
只有一探究竟
才能了解它原來的面目
所以遇到有疑慮的問題
當全面周到的考慮

（繼續第 975 首.站在山的一隅）
才不會有
主觀和片面的模糊和差異

站在山的一隅
為此愛的真面目來用心
讓我們重新認識了它的美麗
那些山中飛揚的神采、
輕柔的和風細雨、多變的神祕、
自然的生機還有幽美無比的詩意
正在解釋著它的雄偉壯麗

第 976 首.我不能停下積極的腳步

我從不想過
那樣消極的一生
看到他們有過不去的門檻
聽見他們有知難而退的嘆息
對什麼事都心灰意冷
抱著得過且過的心理度日
因為消極
常令人處於絕望與孤立之中
是一種「不慕榮利」的假像
實際上增加了內心的空虛
為此我該向那些積極的人學習
在每一次的困難裡創造機會
用樂觀的態度投入其中

（繼續第 976 首. 我不能停下積極的腳步）
才能減少被消極所束縛
和其造成的不良後果
於是上進成為我自然的反應
所以我不能停下積極的腳步

第 977 首.他難求的美夢

那經過並未久遠
但他已飽受折磨
歲月緩緩為他
擦去流下的眼淚
讓他清醒的調整好情緒
走出那失落的谷底

他依然記得那些誓言
只是（她）不再熾熱——
（她）已不被火熱的激情所點燃
也不為重溫的舊夢所延續

為此難求的美夢
他不得不多做些努力
那或許是個憧憬
比所有滿足還可貴
也或許那美夢正是
成就他未來的最好標的

（繼續第 977 首. 他難求的美夢）
（她）不願意相信他——
說他已不像從前那樣單純
也不願再仔細聽他說甜蜜
這會叫他很為難
只是（她）已開始懷疑他
將他列入觀察的名單

第 978 首. 一本「合理詩集」走天下

我沒有時間, 再寫更長的詩。我的生活緊張忙碌，好像每件事都纏著我，但我還是希望，用我最後青春，來譜寫詩歌，
用無悔的奉獻，和滄桑的智慧來啟迪人生. 抒寫偉大的創作，那怕是小小的靈感，也是我用心的傑作。
除了決心，我還要持之以恆，才能在工作與家庭之外，應付自如。
左手的書本才放下，右手的筆已有著落。寫作原是一本很正經的書，結局之美，由快樂悲傷來詮釋，像落日西沉的光輝。
我依然振作，展示心中的一片純潔。
指望你那朵，美了整個頁的留言。
我為何在孤燈下徘徊，想去點亮那一盞希望。我要寫下的什麼呢？
我那本曾被人重視的（合理詩集）
現有人還在討論中。

第 979 首.他們相遇的故事

他們倆此生相遇，彼此互愛讓:「一念起，天涯咫尺；一念滅，咫尺天涯」的（心念）相近.這使他感到慶幸，沒有因此，錯過（那緣分）的提醒.讓「不遠千里」而來的選擇，有了嶄新的開始，讓他甘願，為（她）付出代價，把所有美好回報給（她）……

時間如此匆匆，讓他充滿詩意的精明，留下難以描述的缺陷，錯失了美麗，但他卻獨鍾情於（她）……

（她）的期待已不在話下……

（她）說:「人生不過是一場戲，那可當真的，要知珍惜，想鬧著玩的，也要有分寸；但千萬不能有「戲弄的心裡」今生有緣相聚，能走在一起，就該努力來適應，珍惜這分得來不易。要感謝那，最美的際遇，感謝那緣分的安排，讓彼此相知相惜。」

他聽完，受益匪淺，也豁然開朗了，覺得:「聽君一席話，勝讀萬卷書。」，讓他很佩服，也很感激。他會好好聽（她）的話，好好的跟（她）在一起。錯失

第 980 首.只要有你走入我心裡

（詩歌未譜曲）

只要有你走入我的心裡
我就有美妙的創作造詣
會變成你最欣賞的旋律
我定竭盡所能達成目的
只為譜寫你唯美的主題

（繼續第 980 首. 只要有你走入我心裡）

只要有你走入我的心裡
我會讓什麼都變得可以
會為你跳躍音符的活力
踩踏出青春節拍的足跡
悠揚更完美動聽的旋律

只要有你走入我的心裡
我會為你唱出嘹亮清晰
讓音樂散發浪漫的氣息
為愛情注入幸福和甜蜜

只要有你走入我的心裡
人生成長就有蓬勃朝氣
生活過得就會順順利利
目標前進也會歡歡喜喜

第 981 首 . 多少文章

多少文章令我欣賞
有的像孩童的天真
富有想像的誇張
這是天生自然
但我也是不羨慕
從不模仿

（繼續第 981 首. 多少文章）
我夢想的寫詩
就像談話一樣
說出來就是自然

多少年了我也寫了很多
但寫出都是那樣

我曾捫心自問
為了什麼？
為了直截了當
像花一樣自然
像鳥自由的飛翔
牠的羽毛
我從不在乎那些新生的蛻換

第 982 首 . 希望的感情

吹風的夜晚
捎去思念
讓愛飄遠
輕撫你美夢的邊緣
想你清瘦的身影
孤單的路口徘徊
多情應笑我——
「夢裡不知身是客」
只有夢裡意纏綿

（繼續第 982 首. 希望的感情）
沉思的夜晚
融化我疑慮
豪放出醉人的詩意
讓文采一瀉千里
消散你冷漠的淡定
以「思念」為題——
是我希望的感情
寫一首「終身相依」
奉上真摯的心意
讓深不可測的靈感
振振有詞

第 983 首 . 你陽光的美好

你陽光的美好爬上了心頭
為我灑下痴心的愛一片
讓我濃情的思緒來飛揚

你穿越時空
期盼與我常相守
用那最深深的思念
點亮我心中的渴望

你情不自禁的吸引
用真情來牽掛
放飛感人的文字

（繼續第 983 首. 你陽光的美好）
飛向我的身旁
讓我為你寫下
感恩的詩幾行

你任思念的雲彩
等待了時間的漫長
可理想中的你
正為我敞開了心扉
讓我感受你的溫暖
徜徉在你愛的天空

第 984 首.（新冠狀肺炎）的警告

一顆（新冠狀病毒）
讓我了解——
（它）病源於（野生動物）的傳導
而非（人工刻意的製造）
也非（陰謀家蓄意的造謠）
（它）強調衛生、保健及
安全距離的重要
讓全世界都面臨前所未有的煩惱
只能提出（緊急防疫措施）
來避免（疫情嚴重的擴散）
（它）讓我們知道（它）有
（蝙蝠俠）一般（超強的本領）
而且（變化）的本事也很高超

（繼續第 984 首.（新冠狀肺炎）的警告）
（它）讓我們見識了
所謂的（神祕和奧妙）
如果我們不想被（它）傳染
只有（勤洗手）和（多戴口罩）
以及少到（疫區閒繞）
並且多上網看些報告
才能了解（它）在那裡有確診
那裡因（它）有封城
就讓（它）繼續的減少
（隔離）到好
直到世界都變得美好

第 985 首.對你不變的痴迷

用一行詩意寫出想你
以真實情感尋章摘句
讓幾句浪漫製造氣氛
是我對你不變的痴迷

陽光又一次給我提示：
「請我敞開你的心扉，
讓溫暖融入你的生命」

第 986 首 . 你有好心眼好人生

你那雙迷人的眼睛
特別的美特別明亮
綻放出亮麗的光彩
洋溢著青春的魅力
在蓬勃朝氣裡流徜

你有好心眼好人生
特別真實特別善良
明察秋毫無所不知
處處留心謹慎處世
讓內心無愧心安然

然而你優美的專注
讓一雙明察的心眼
有種敏銳的洞察力
把問題看得更透徹
對情況也瞭如指掌

你有雙感恩的心眼
講誠信能以德服人
曾教我用心靈思考
讓心眼美出了自豪
閃耀著智慧的光茫

第 987 首 . 愛你總是無條件

（詩歌未譜曲）

相隔兩地常思念
始終不渝守諾言
雖然相聚很遙遠
最後還是會實現
把愛播種在心田
讓此愛從此蔓延

想你是一種自然
愛你也無法改變
難分難捨的情感
遊走在幸福邊緣
只有讓我更思念
想你在夢裡纏綿

愛你總是無條件
痴情等在你面前
有朝一日感動天
唱曲痴情動心弦
傾訴甜蜜的笑顏
讓你快樂到永遠

第 988 首 . 我跟隨你

我跟隨你不會迷失就這麼簡單

（繼續第 988 首. 我跟隨你）
你使我頻臨的絕境重新看到了方向
你是我指路的明燈使我開始有了希望
我佩服你不怕困難就這麼喜歡
你使我整個計劃變得如此周詳
你是我信仰的力量
讓我沐浴在你熱情的光影中
沒有疑惑沒有徬徨蓄積出進步的能量
我雖不及你但我懂你的開闊
為了成就自己我必須找出真正的輝煌
想開成朵朵的燦爛還要你細心來栽培
你慶幸我的改變還為時不晚
感到很滿意很開心
牽引我投入具體的解決方案
你送來的溫馨多麼芬芳
飄著希望的花香沒有憂慮的自然
探索了我藏在內心深處的答案
令我發出天真的想法
在這裡改變了我的無知和不安

第 989 首. 讓我們努力的園地

有什麼漫長的努力
可以讓我們不在乎時間的快慢
就讓我們在這塊（心靈的園地）上
多種些希望的花草吧
為多采多姿的生活添加些浪漫

（繼續第 989 首. 讓我們努力的園地）
那樣心情就不會有荒蕪的蒼涼
也能有所期待的夢想著——
那一刻的欣喜早點到來

有什麼希望的明媚
可以照耀出生活的燦爛
綻放令人向上的清新
滿意我們期待的光彩
就讓我們在這（希望的園地）
多用心開墾吧
即使最後未如預期
但其中的精彩
也會讓我們有光明的未來
因為我們知道——
努力原本是人生的常態
只要等待好時機的成熟
我們就有下一翻功夫的機會

有什麼簡單的結果
需要我們耐心來栽培
就讓我們在這（理想的園地）
撒下希望的種子吧
收穫那幸福與愛的圓滿
或許只需短暫的等待
和多一點的滋潤
就能有茁壯成長的美妙
可時間是寶貴的啊

（繼續第 989 首. 讓我們努力的園地）
有時也會讓我們無言與無奈
但只要我們肯付出——
就會有意想不到的收穫

第 990 首. 你隨風唱起了飄香

（詩歌未譜曲）

你隨風唱起那令人思念的飄香
我遙相呼應你甜蜜歌聲的嘹亮
那花兒都來自我們心愛的故鄉
在萬綠叢中開滿了迷人的芬芳

它的身姿優雅嫵媚動人放光茫
它的清香飄著我倆放飛的夢想
它的精彩吸引一睹為快的舒暢
也吸引出彩蝶聞香而來的好感

牠因此陶醉和痴迷的熱烈奔放
心想去追求那美妙的甜蜜幽香
於是展開深情的翅膀為愛飛翔
飛舞著熱烈追求的希望和夢想

第 991 首. 我今天心好痛

我今天心好痛

（繼續第 991 首. 我今天心好痛）
聽到好友對我的批評
心跟著難過
痛的有點失去知覺

因為我把好友看得太好
所以別人當我是工具
我只是在盡我的原則
盡量配合

我從不奢望有什麼好友
因為我不是千里馬
我也找不到伯樂

第 992 首. 希望的曙光

（詩歌未譜曲）

那是一道希望的曙光
處處灑滿燦爛的芬芳
讓我走向明媚的陽光
跟上陽光璀璨的輝煌
請祂照亮我人生方向

那是我心裡的陽光
點燃我希望的夢想
讓我承受得起負擔
在逆境下學會成長

（繼續第 992 首. 希望的曙光）
就讓我帶上自己的陽光
睜開眼迎接光明的希望
推開窗妝點開心的臉龐
敞開那曾經徘徊的心房
感謝祂送來縷縷的幽芳
滿足我幸福甜蜜的嚮往

第 993 首 . 女人

對
你是女人
你掌握了我
我在你控制的範圍內
不知所措

你總是高高在上
令我莫名其妙

女人我愛你
我也怕你
你為什麼一直掌握我
難道你都需要男人
為你撐起一片天嗎？

第 994 首．走出陰影

如果想走出黯淡的陰影⋯⋯
那就多接受些陽光的指引
切不可抱著觀望的心情
任其擴展的範圍侵犯不停
仿佛讓場場噩夢跟著來臨
無論如何擺脫都將揮之不去
最終如影隨形的影響我們前進

它們（陰影）將在
各自的立場上尋找根據
繼續來脅迫和制造危機
在心靈上留下傷痛的領悟
讓人了解它們的無情與無義
為此像噩夢的如影隨形⋯⋯
可能反客為主的傷害了我們自己
令人無法逃離的被它所控制
進而影響了我們一生的自信

所以我們不能單靠逃避⋯⋯
當勇敢的走出來面對陰影
擁抱陽光般的堅強與自信
在陽光的成長中
領悟那最輝煌的心情
才能活出最佳的角色
而在英雄的眼裡⋯⋯
惟一不怕就是那陰影的靠近

（繼續第 994 首. 走出陰影）
他渴望克服與消滅對它們的恐懼
然後活在自己光明的世界裡

第 995 首 . 如何舒緩壓抑的情緒

在無法排除的苛刻範圍內
如何來舒緩壓抑的情緒
處理整場無情的打擊
和灰心喪志的失意
只有及時的來放鬆心情
擺脫消極、釋放負擔的壓力
才能把所有不滿從心裡除去

不可聽任情緒持續的低迷
唯有理智的來選用權宜之計……
做出適當的調整和分析
讓呈現眼前的壓力
突破重重的難關變成自信的張力

最後還需及時彌補不足的缺點
以平和的態度來接受所有嚴厲
不可任其長時間的壓迫自己
才能達成能力所及的積極

第 996 首.她歷劫而來

那麼她，歷劫而來，和我再續前緣，為我付出那麼多，我卻視而不見。她遠遠的不忍離開……替我把苦難的惡魔，狠狠驅除到外，把歡喜的心懷，深植在我心海。

她像一位，法相貌莊嚴的菩薩。以慈善為樂、慈悲為懷、慈和為愛。在我紅塵路上，陪伴了我一段迷惘，可惜的是我，一時沒能領悟，但她隨時都會出現，對我來關懷。

因此我必須從各種，難以想像的美貌中，仔細分辨，且牢記在心，才能在充滿驚喜的偶遇中，用十足的真誠，來感謝她~給我帶來的美好人生。

啊！多麼幸運，神奇，難忘的記憶，多麼感人的藕斷絲連，多麼美好的再續前緣，讓我時時刻刻想起，那緣分的可愛。我該把那原來「明鏡台」上的塵埃擦去，讓它恢復原來的光彩。

第 997 首.彩蝶的詩意

在我眼裡每隻蝴蝶都有
浪漫的瀟灑和開朗的熱情
牠們有著翱翔天際的本領
也有充滿詩意的活躍
你看牠們多麼甜蜜……
在花園裡飛舞著多情
追逐那濃郁的花香
累了就停那盛開的花朵上
像是花朵長出了翅膀
吸引我譜寫許多優美的樂曲

（繼續第 997 首. 彩蝶的詩意）
為了欣賞那漫天飛舞的彩蝶
我將走入一座五彩的花園裡
呼吸著百花齊放的清新
和另一個朋友人寫詩來助興
他和我都有同樣的心情
並領教過牠們的魅力
且一再歌頌其中體現的深情

他和朋友認真討論過具體
帶回震撼的美麗與想像
讓主題變化得很實際
我會把靈感寫上他們的訊息
另外的創意也一併傳過去
這個靈感的主題告訴我：
「花園裡有許多詩情畫意，
可以在那遐想出，令人愉悅的詩意。」

第 998 首.（她）不忍說的〈指責〉（故事）

那是一句，（她）不忍說的〈指責〉。（她）說：「對不起，我因不忍責怪你，擔心你會為此難過。」有些話怕說出來造成傷害，會使他們的情況變得更糟，所以（她）一直掙扎，不忍說出口。為此徘徊在矛盾與猶豫不決之間，讓心裡難受。

他知道她心裡，想說的是什麼，但他現在也無話可說，他非常感謝（她）的教悔，讓他能知恩圖報，也能分辨是非善惡，並寬容他許多的過錯，但（她）在教他的同時，他又犯了許多

（繼續第 998 首.（她）不忍說的〈指責〉(故事))
的錯，讓（她）一直難過在心頭。他說:「對不起我錯了！」，他真的好想再對（她）說:「可不可以請你，再給我機會，我會對自己的言行來負責」。

他看(她)已顯出，一副平靜的臉孔，並要求他立刻改過。（她）說:「我不想，夾在寬容與放縱之間，左右為難！」，所以他已請（她），嚴厲指責和提醒. 是的，因為（她）是他的良師益友，而且（她）有善解人意的智慧，才能化解他的頑固。可以讓他心服口服，做出所有的調整。現在（她）還能希望他做些什麼？他對（她）保證說:「我可以在你的期待中，完成所有的要求……」

第 999 首.你的愛

（詩歌未譜曲）

你的愛是遙遠的未來
熟悉的在我夢裡澎湃
前路滿佈難關與障礙
使我無辜的觀望徘徊

難道是我愜意的心態
不自覺的瀟灑與豪邁
似乎吸引住你的現在
要我陪你走一段精彩

倘若可以飛越距離障礙
那麼我將決定與你相愛

（繼續第 999 首. 你的愛）
在甜蜜的日子裡真心相待
然後攜手共創美好未來

第 1000 首. 人一輩子

人一輩子
要怎樣才能過得好……
我想能開心最好
雖然生命只有短短數萬天
但也該先看淡得失
才能使自己平淡……
然後能心靜，進而能安心
安心後能自信~自信後能心寬
心寬後能從容不迫~能處變不驚
人一輩子要怎樣才能過得快活……
我想能順心就好
雖然有時需忍受孤單
但生離死別~定要看淡
才能讓自己坦然……
沒有人可以保證
能陪你一生照顧你一世
因為他們（時間到了）自然要走
所以要先學會堅強
人一輩子要怎樣才算有理想……
我想能簡單就好
雖然不如意事十之八九

（繼續第 1000 首. 人一輩子）
但只要樂觀積極的去開創
一切就能順利也會簡單
假如無法預測未來那就計劃現在
把酸甜苦辣鹹當做人生的歷練吧

第 1001 首 . 效率與環保

也不知道誰先誰後，不約而同的打擾了清夢，只知道他們從原本，轟轟烈烈的纏綿，變成現在，細水長流的淡薄，其間他們並沒有，真正的見面過。

也因為不曾實際相處過，所以還不算分過手，現在他們只好帶著無奈的不捨，嘆息的走向各自的街頭。儘管其中多變和曲折，也曾有精彩的大起大落. 但他們不知要從那裡，開始把握，也不知要走到那裡，來做停留，只有茫然的不知所措。

如今他們都願意相信，緣分的理由，註定了今生的邂逅，也相信那些無心的插柳，締造今天浪漫的訴求。假如他們有心栽花，就該好好的表達綿綿愛意，那怕是沒有結果，但也會有美夢。而今無法預料的情節，讓人難以捉摸，我願祝福他們的（網戀），順順利利且長長久久。

第 1002 首 . 我是凡人

（詩歌未譜曲）

我是凡人渴望被鼓勵
需在親友支持下學習

（繼續第 1002 首. 我是凡人）
描繪那幅平凡的天地
揮灑自我才華的畫筆

我是凡人我有悲有喜
有自己的驕傲和謙虛
可以過好自在的安逸
也能生活得神采奕奕

我是凡人需友人愛惜
渴望在每個關懷眼裡
度過每個無助的孤寂
走出前路滿佈的荊棘

我是凡人總需要積極
只有堅持不懈的努力
才能再創非凡的新機
在不平凡中創造奇蹟

我是凡人我樂此不疲
失敗中我多次想崛起
需遵循著成功的案例
一個不被打敗的勇氣
讓我變得樂觀又積極

第 *1003* 首.我們有好眼光

（詩歌未譜曲）

我們有自信的眼光
前進在成功的路上
沿途有美麗的風光
不斷的荊棘與徬徨
正考驗我們的方向

我們有理想的眼光
前進到彼岸的遠方
滿懷信心努力向上
靠雙腳踩出了希望
讓人生更光明輝煌

我們有成長的眼光
繼續在進步的路上
為幸福開拓了夢想
引父母期待的目光
不怕艱難用心來闖

我們有敏銳的眼光
閃動出愉悦與歡暢
前進在聰明的路上
開啟心靈智慧之窗
看清人生美好真相

第 1004 首 . 他感謝（她）的寬容

是的，他應該由衷的感謝，（她）的寬容……感謝（她）一再給他，改過自新的機會。

這其實是他，平常為人處世的偏差。

造成今天，他的焦躁、迷茫、容易緊張、且頑固得不知變通；這也是他人生的一大諷刺，諷刺的是，他的一錯再錯，還有他。不知及時的悔過及改進……

這當然會給（她）帶來，很深的傷害，同時也令（她），非常心痛的難受。他見（她）時常的傷心難過，他心裡當然有萬分的不捨，這是他深深的罪過啊！

為此，他也要感謝他自已，因為他最後已經知道，要改變性格，也知道要如何的，知恩圖報了。

這次是不是因為（她），已想通了想讓他，有更加明理的機會，所以（她），早已不再追究他的（不是），否則（她）早就，沒耐心的放棄了他，不會讓他有機會，在（她）面前表演那些，自責的（要死不活的樣子）……

第 1005 首 . 你點亮了我的光明

或許因為我們志趣的不同
導致為學之道也會有差異
但我真的很想多了解你的本領
也希望你能多關注我的心情
讓我們的交往能有進一步發展的熟悉

（繼續第 1005 首. 你點亮了我的光明）
現在我很感謝你對我的濃濃情誼
為我帶來那麼多人生的歡喜
也替你自己製造不少生活的樂趣

為此我該多用心跟你學習
學習你的樂觀積極和為人處世的用心
來讓我的人生有所依據
因為你跟我說過這個話題：「人雖有長短，但只要懂得如何用人，就容易，取彼之長，來補己之短，最後連破銅爛鐵，也容易來煉成鋼。」
為此良言牢記在心讓我此生受用不盡
你看我已點亮了自己的光明
讓人生因此陽光燦爛

所以你無須擔憂於我的未來
更不必刻意來迎合我的現在
總之我很感激你的真情流露
羨慕你的率性灑脫
像一種無牽無掛的樂逍遙很美……
可以毫不猶豫的放手一搏
掙脫那束縛的枷鎖保持奮鬥的姿態
追逐你夢想的人生

第 1006 首. 領悟「孔子」的「求知」之道

假如什麼都想知道，那一定什麼都要有，「自知之明」。

（繼續第 1006 首. 領悟「孔子」的「求知」之道）

我看過〈論語為政，第二篇，十七章〉,「孔子」教學生的一段對話，內容如下:「子日」:「由！誨汝知之乎！知之為知之，不知為不知，是知也。」

據我所知，我的淺見如下:「(由) 名為『仲由』，字『子路』，是『孔子』的學生。其句中的（誨）字有教導的意思；(知)字，是知道和明白的意思. 其詞中,〈知之為之〉的(之) 字是語氣詞，沒有含意；詞中〈是知也〉的（知）字，是真知和明智的意思。」

所以我們，當進一步來了解「孔子」對「知」的解說，依我淺見，給大家參考如下:「仲由啊！讓我來教導你，一些學習的基本態度，例如：你確實知道了，才可說知道；你確實不了解，才可說不了解，千萬不可勉強和造假，這樣才是真正的『求知』之道。」

第 1007 首.
領悟：「太陽底下，從沒新鮮事」的說法

相信許多人都曾聽過,「古希臘」哲學家「希羅多德」，的一句名言:「太陽底下，從來沒有新鮮事。」那為什麼，會沒有新鮮事呢？又為什麼會引起那麼大的爭議呢？而導致許多人的質疑及不認同呢？

一連串的問號告訴我們，以前的人，對人、事、物的看法和做法，比較簡單和單純，而現代的人早已（人心不古）了，因此對人、事、物的看法和做法也傾向於多元，而且又有現代高科技的發展，可以一日千里，日新又新，所以現代的每天，都有新鮮事可以期待了。

（繼續第 1007 首. 領悟：「太陽底下，從沒新鮮事」的說法）

從歷史的觀點，告訴我們可以用（哲學的邏輯）來推論，所謂：「太陽底下，從來沒有新鮮事」的說法，它說了：「推論 1. 在太陽底下，絕大部分的（人）、（事）、（物），以前都曾發生過了，推論 2. 所以現在，只是時間前後，地點差異，以及名稱不同的問題而已，以前發生過的，現在還是會再發生，推論，3. 結論是：太陽底下，還是看不到所謂新鮮事。為此我認為這個（邏輯推論），很容易被（現代科學）所推翻，因為現在科技，一日千里，日新又新。雖然（哲學）是（科學）之母，但是現在還是科學為主。」

當然這些歷史的記載，還是幫助了我們很多。它可以清楚的告訴我們，許多事實的根據，以及前因後果，讓我來了解現在的問題，避免我們再犯，前人同樣的錯。它也告訴我們，要小心來避免所謂「前車之鑑」的錯誤，讓我們有「重蹈覆轍」的認知，所以不管太陽底下，有沒鮮事，歷史它都在告訴我們，（好事）對人類的重要。

第 1008 首 . 永遠的愛

一切恍如隔世遙遠的夢啊
飛快地你依然旋轉在我的周圍
只有你肯為我靜靜地飄逸
還在渴望那一刻突然的清醒

你的笑容灑落無數的驚喜
讓愛的花瓣無意的在我心糾結
紅玫瑰園裡我將採下
你春天的浪漫

（繼續第 1008 首. 永遠的愛）
愛情是永不退色的臉孔
愛你是一副安靜純潔的畫面
生命的浪花反彈的閃光
漫不經心的訴說了什麼？
你可以回答我嗎？
愛你可以是永遠的愛嗎？

第 1009 首. 你開導在我的前方

走在深淵的危險邊緣上
有你不斷的開導在我的前方
形影不離的陪伴著我的成長
趕走了我的無知和迷網
為我帶來無盡的歡喜和希望
讓我在逆境中能處之泰然

走過花開花謝的美麗變化和循環
有你守護了我的每一個夢想
夢裡有我們共同的理想和憧憬
相信只要努力我們終會如願以償

你說：「不要為了，看見難得的風光，
就忽略了腳下，深淵的黑暗。」
要我多明白後果的誤判
是會造成跌落和不能自拔的難堪
讓我深深體會到你對我的用心良苦

（繼續第 1009 首. 你開導在我的前方）
看見你守護我的盡心盡力
瞬間激盪起一股暖流遍心房
我只有個簡單的希望
希望不要辜負你對我的情深意長

第 1010 首 . 讓我們學習心安的生活

真正的得意的時候
是開心的生活
會放開心胸
踏實地做好自己
能謙虛謹慎
不會刻意炫耀自己的光榮
會顧及周圍人的感受
做到得意而不忘形
能讓人喜歡和認同

真正失意的時候
不要傷心得說不出口
也不要以為
沒人能理解我們的難過
就讓自己辛酸和淚流
我們不必擔心
傾聽我們訴苦的人他的不好受
因為那些關心我們的人
還是會有基本的互動

（繼續第 1010 首. 讓我們學習心安的生活）
真正心安的生活
是順其自然的時候
它不會有情緒來干擾
能在生活的壓力下
全心全意的投入和付出
讓內心保持寧靜和坦然
不會在轉眼之間就改變
也會存在於長久的風光中
我們看生命的花開花謝
雖然無常但有綠葉來相伴
讓我們熟悉了平常的自然
而不執迷於困惑
我們看明月難得幾時有
看人生的起起伏伏潮起潮落
就在我們心安的時候
一切都會有美好的感受

第 1011 首. 我喜歡的圓滿人生

我喜歡：充實、忙碌、愉快、
有趣又幸福的圓滿人生
喜歡（合理）的安排好所有時間
來充實豐富自己的生命光彩
讓忙碌的生活是順順利利
讓喜歡的工作是認真負責

（繼續第 1011 首. 我喜歡的圓滿人生）
我喜歡：忙忙碌碌的自己
可以贏得應有的認同和尊重
可以獲取成就非凡的豐碩
讓所有理想多了嚮往和寄託
因為忙碌可以讓我自己
有事可做而沒時間來胡思亂想
也不會覺得無聊、空虛和寂寞

好不容易等到有休閒的時刻
我喜歡和家人、親友們
靜靜的享受那種喜悅的難得
那是一種從容不迫的生活態度
能靜靜的找回忙碌中
錯過的驚喜和感動……
為理想價值的人生大聲喝彩吧！
為心中最愛的美滿家庭投入所有
全心全意的來完成人生神聖的使命

第 1012 首. 人生因此而美妙

（詩歌未譜曲）

人生因此而美妙
以美滿為好目標
一開始總是美好
只有愛你的心跳
讓幸福陪你到老

（繼續第 1012 首. 人生因此而美妙）
還有當你是個寶
你是我的忘憂草
只要有你沒煩惱
你是永遠的依靠
但願相隨伴榮耀
無論天涯到海角
讓心情艷陽高照

只要有你常歡笑
此情在心永不老
一心一意對你好
愛你是如此美妙
點燃了愛的火苗
讓愛真正的燃燒

深知對你情未了
痴情我永不變調
愛你在心很重要
任憑風雨吹不倒
愛你是我的驕傲
深情的把你擁抱

全心全意來回報
多麼熟悉和美妙
我已為愛在祈禱
祈禱幸福來圍繞
等你喜愛的步調
讓你歡欣樂逍遙

第 1013 首 . 有堅持就有勝利

歷史教育了我：只要有堅持就有勝利
所謂：「天下無難事，只怕有心人。」
這句話讓我了解
只有真正去克服所有難題
才能體會出其中的意義
才能改變困境和自己的一生

每當我遭遇失敗與挫折的時候
總會想起這句話的道理
然後告訴自己千萬……
要想開點別灰心喪氣
因為我知道只要有
「事在人為」的決心
和堅持到底永不放棄的勇氣
那麼一些很難達成的目標
也會有「得道多助」的支持

所以我相信只要能腳踏實地
就能在人生的道路上順順利利
雖然路上還是會有荊棘密佈的危機
但只要有足夠的信心，努力與堅持
就能在創造的理想機會中
得到應有幫助和鼓勵
然後開創出美好的天地

第 1014 首 . 喜歡人生如大海的灑脫

我喜歡海的一望無際
喜歡她寬廣自然的懷抱
以及被她深深吸引住的神祕
我喜歡人生如大海般的灑脫
有潮起潮落的變化莫測
有波瀾壯闊的美麗畫面
有一望無際的藍色世界太美了
其中雖有起伏不定的波濤洶湧
但只要過得心安自在
就能活得自然灑脫

因為灑脫的人不拘小節
始終不屈也不會刻意強求
他有一種智慧懂得放下
一種境界懂得面對
一種大方懂得禮讓
一種氣度勇於擔當
一種莊重沉穩實在
然後讓人生過得有意義

第 1015 首 . 细水流長的感情

曾經以為愛一個人
像一場不願醒來的美夢
多麼希望這場夢能延續

（繼續第 1015 首. 細水流長的感情）
明知道這樣的想法
在真實的世界裡欠缺了什麼
也懷疑起自己的自作多情
總覺得需要的是真摯又實際的感情
假如不能真誠的相互守候
那麼就算每天形影不離
也無法彌補虛幻的缺陷

而在感情的理想甲板上
你卻保持高冷的姿態
讓我滿載柔情的蜜意
有些鬆弛和晃動
然後你再以漫長的多彩
來考量及磨合我的真心
讓我細水流長的感情
慢慢滲出得有些吃力

但我知道絕不能半途而廢
總要經得起時間的考驗
也不能再辜負你的期待
我要讓細流長的感情
保持一路的暢通

第 1016 首 . 愛情像大海

總以為愛情應該像大海

（繼續第 1016 首. 愛情像大海）
一樣的深一樣的寬廣
也能獲益良多的受用終身
雖然其中過程變幻莫測
有時一波未平一波又起
讓人難以捉模它的神祕
但只要我們心意堅定
克服情海中的迷航
就能有一帆風順的美滿

我喜歡你是因為
你的樂觀你的善解人意
還有你如此地明亮也如此地傑出
掌握幸福當自己的人生舵手
開始小心翼翼高揚起自信的風帆
在逐漸升高的迷航中找到堅定的方向
不慌不忙的歷經考驗和苦難
在轟轟烈烈的愛情旅程中展開了希望
越過波濤千層浪的情海
航向我們幸福快樂的彼岸
讓情深似海的我無法抗拒你的愛
對你永不改變

第 *1017* 首 . 出軌

很多的出軌，都會覺得，自己做錯了事；
都會反省，當初為什麼，沒能抗拒誘惑；而去拈花惹草，

（繼續第 1017 首. 出軌）
造成現在婚姻的不幸，和危機；而愧疚的坦白了，自己的不忠；希望得到配偶的原諒。

其實不管，是潛意識中的，精神背叛，或是肉體的背叛；都會造成，家庭的破碎，和不美滿；也可能造成，夫妻反目成仇，最後分道揚鑣。所以如果發現配偶出軌，或是自己出軌；都應認真檢討，婚姻中存在的問題；然後試著去化解困難；而不是睜隻眼閉隻眼，等待問題自動的解決。這樣當問題，得到雙方的認同和諒解；婚姻就會再度走向美滿；雙方也會有安全和信任感。

第 1018 首. 最好的時候

遇見你在最好的時候
使我相信
在生命的浪花中
有那麼多澎湃的夢

遇見你在最美的時候
使我相信
在人生的長河裡
有那麼多美麗的曲折

漸漸的
我們是會見面
儘管細水長流
要經過影響的高山、

（繼續第 1018 首. 最好的時候）
丘陵、平原才能匯集
而我已開始期待那豐富的多彩
等待遙遠的你流入我心中

第 1019 首.命運掌握在自己手裡

每個人都相信
改變命運會有更美好的人生
改變自己會使生活更加美滿
改變任何的不順遂
會使成就更加卓越
要做自己相信的事
因為相信就會成就傳奇

重要的是我們要能自信與堅持
只要相信自己能做到
讓好思想造就我們的好行為
好行為養成我們的好習慣
好習慣形成我們的好性格
好性格決定我們的好命運
所以一切命運還是掌握在自己手裡
也只有及早做好了心理準備
堅持不懈的努力到底
才能坦然面對即將到來的考驗
達成自己原本想達成的目標

第 1020 首.考驗最初的真心

最初的心決定與你相愛
一心一意希望你幸福快樂
這樣的想法
讓我無法停止對你的愛
我願在翻滾著
驚濤駭浪的情海中
與你相隨相伴
蕩漾於幸福的海藍

而你卻把我的身分
安置在理想的虛擬空間
並保持高度的警覺
這讓我的夢想沒有了實際
只變得虛幻飄渺
也讓我在真假虛實的平台上
來回的穿梭且徘徊得躊躇不前
看似真實而深刻
卻改變了我的生活狀態

據說你是為此不明現象
考驗我最初的真心
可以避免我
一時的意亂情迷
讓理智與感情區分開來
這讓我有點清醒的算盤
算起愛情加加減減的微妙變化

（繼續第 1020 首. 考驗最初的真心）
會更加樂觀和進展
也會有幸福美滿的未來

第 *1021* 首 . 最好的選擇

我好痛真的好痛
痛的不止是身體
還有心痛
我以為
苦痛如影隨形
遊蕩在身邊的塵土
正通往一條必經的路
在記憶深處揮之不去
像失了魂魄
我以為
人世間的苦
人世間的痛
忍一時風平浪靜
退一步海闊天空
苦中作樂是最好的享受
我以為
苦痛如同家常便飯
在於你如何調味出可口
清淡還是最好的選擇

第 1022 首．人生在世（一）

人生在世不過短暫百年
雖然無法處處滿意
但總要好好的活下去
要生活得有價值
生命才會過得有意義
那就要有所作為
就讓我們
在為人方面踏實做人
堅持互助互惠的原則
在處事方面踏實做事
堅持認真負責的原則
還要有崇高的理想及遠大的志向
才不會苟且偷安的隨波逐流

第 1023 首．心潮澎湃

從我追求你的那一天起
滿心的期待在心裡澎湃
你是我的情也是我的最愛
現在的我只有對你愛不完的愛

從我愛上你的那一天起
始終懷抱著美好的未來
希望每天睜開眼睛
能看到你與幸福同在
其快樂無比常笑開懷

（繼續第 1023 首. 心潮澎湃）
從我決定與你攜手的那一天起
對你的愛就比山高比海深
也不管未來有多少風雨阻礙
都無法停止我對你的愛
總想著與你同甘共苦恩恩愛愛，
持續到天長地久永遠也不分開
那是我心甘情願守候的現在
也是我想要追求的美好未來

第 1024 首. 人生在世（二）

人生在世不過短暫百年
是痛苦與快樂的結合
在失敗與成功中變換
有時風平浪靜有時波翻浪湧
或許有些遺憾和挫折
但風雨過後就是彩虹
人生依舊有美好的未來

要改變命運決定人生的出路
就要先改變信念強化正面的觀點
有好的信念就有好的思維
有正確的思維就有正確的出路
有成功的觀念就有成功的方向
所以觀念比能力重要
能力能決定我們想要改變的方向

（繼續第 1024 首.人生在世（二））
人生在世不過短暫百年
只要懷抱好信念勇於改變
就能成為自己想要成為的人
但如果沒有堅定的信念
又如何在逆境中度過危機
找到希望的理想和目標
創造出生命的奇蹟
所以只有足夠信念
才能改變現在創造未來

第 *1025* 首.有些背景

人需要有些背景來支撐和襯托
就像一幅畫的焦點引人關注
它往往有鮮活的感受
且讓人願意樂在其中
成為大家討論的主題
讓人了解得更多也更深刻

人的一生離不開背景的支持和作用
但有些人的身世背景顯然高高在上
不是一般人可以跟得上的節奏
往往曲高和寡或裝飾得過於華麗
讓人認不清其訴求的焦點和價值

（繼續第 1025 首. 有些背景）
人都有先天背景和環境的不同
有的人生來註定平凡卻不認命
憑著白手起家來成就非凡
有的人註定福祿壽樣樣不缺
卻仗著自命不凡的行事風格
與正統的觀念格格不入

所以難得先天安排的好背景
這是可遇不可求的修來福分
我們可以選擇把它扛在肩上
或是瀟灑的把它放下經過
放下失意、悔恨和痛苦的包袱
少些攀比和計較
就能輕裝前進的來突破差距

為此有背景的好處
容易使人得意忘形
反而有不思進取的放縱
我們只有接受現實的考驗
加上後天努力和任勞任怨
才能成為識時務的俊傑
假如有不滿意的背景黯淡
就可以考慮加強前景顏色
才能重返亮麗的舞台人生

第 1026 首．守住了幸福的天空

月光下我守住了幸福的天空
靜靜看著月色如水般的晶瑩
照耀了我們的夢想和希望
內心世界忽然多了亮點
閃耀出生命的光芒
帶來無盡的希望
照成一片理想光明前途
美麗如你的神彩飛揚

我們都喜歡月亮
喜歡那曲動人的旋律
在我們心裡蕩漾
而此時此刻一切是那麼好美
可以讓我們盡情的想像
陪你穿梭於快樂與幸福之間
抹去心中暗淡的色彩
讓希望的生活是無憂無慮
渴望的生命是熱情奔放
在無憂無慮的幸福中徜徉

你的笑容還是那麼美
眼神溫柔而明亮
歷經多少風雨也不會變得冷淡
激起無數愛的漣漪
在我心湖裡蕩漾
儘管歲月曾經催得太緊

（繼續第 1026 首. 守住了幸福的天空）
讓你沒能留得住青春
但我不只一次地設想
想收穫那一簇的美滿
讓腳步從遲疑變得穩健有力
可以守得住一生一世的承諾
纏綿於此生情感的奔放

第 1027 首. 人生在世（三）

人生在世不過短暫百年
沒有人願意向現實低頭
一切無奈只是藉口
沒有人願意放棄夢想
一切執著必是寄託
沒有人願意浪費時間和精力
一切付出終有收穫

人生不是等到才開始行動
不是學到才開始成長
不是失去才開始後悔
一切都如煙雲過眼
又何必盲目的執著
只有願意放棄不當壓力
才能讓日子過得輕鬆

（繼續第 1027 首. 人生在世（三））
看眼前風景忽暗忽明
在虛無飄渺中高低難辨
真有不知所措的感嘆
一切都是稍縱即逝
一切都如在夢中
只有從黑暗的夢中醒來
才能再次走向人生的光明

第 *1028* 首 . 你是我的心肝寶貝

（詩歌未譜曲）

你是我的心肝寶貝
一生中只有你最美
我們呼吸相通關係密切
誰也不願意離不開誰

你是我的心肝寶貝
相信有你就有光輝
我們血脈相連相依相偎
誰也不忍心讓誰受罪

你是我的心肝寶貝
閃耀著智慧的敏銳
我們生死相依形影相隨
誰也不忍心讓誰憔悴

（繼續第 1028 首. 你是我的心肝寶貝）
你是我的心肝寶貝
真心付出無怨無回
我們彼此了解坦誠相對
誰也不忍心對誰誤解

你是我的心肝寶貝
謝謝你給我的一切
我將你的愛放在心裡面
使我左右逢源有最美感覺

第 1029 首 . 生病

從我生病的那一刻起
疼痛在我體內堆積
它是一種折磨
形影不離
多麼沉痛的打擊

雖然耽誤許多行程
我仍然堅持上進

甚至能想像出
它獨特的教訓
躺在夜裡
痛也睡不著
忍耐是最好的藥劑
恨之無法形容的言語

（繼續第 1029 首. 生病）

而我試著
打開那新鮮的空氣
找尋健康的氣息
讓希望吹散不幸的憂鬱

第 1030 首.人在健康的環境中

人在健康的環境中
巧妙了一生的浪漫
天是高高的藍
地是幸福的新綠
一場天時地利人和的約定
有那樣澎湃的條件
空氣因此清新美好
讓人更接近夢想

人在健康的環境中
快樂是一種思想
健康是一種財富
保持機能正常發展
洋溢出生命的美好
沐浴在無比歡樂中

人在健康的環境中
營養是生命的基礎
運動是健康的活力

（繼續第 1030 首. 人在健康的環境中）
讓智慧隨著年齡增長
世界因此更圓滿
築夢才能永續發展

人在健康的環境中
懷著激情奮鬥
努力得越多
遇到的阻力就越大
只有經歷風雨的考驗
才能閃耀出美麗的輝煌

人在健康的環境中
有享受環境衛生的權利
使心平氣和適應良好
身體強壯沒有疾病
保持最佳的生命狀態
構成美麗的嚮往

人在感受幸福的同時
需要的是健康
拋棄不必要的壓力
身體才會更健康
前途才會充滿信心
不要等失去了健康才倍感憂心
疼痛了心煩意亂才恐懼生命的無常
苦難了生活的逼迫才患得患失
這樣的後果只會縱容了消沉
讓情緒失控任其擺佈

（繼續第 1030 首. 人在健康的環境中）
一切美好的努力
是理想最大的心願
讓我們深思重寫一章
以青春為名義
捍衛單純的天藍
健康幸福的快樂
讓我們為美而生
回顧過去展望未來
一切掌握在我們手中
事業、工作、家庭雖然重要
再苦再累也要先照顧好身體
有錢可以買到好的保健
但買不回已失去的健康
沒有健康一切等於白忙
有健康才有好的本錢
才能打拼出美好的希望

第 *1031* 首 *.* 原來愛情的唯美

原來愛情的唯美
需要用一生來解釋
是兩人心意的相通
兩情相悅的相守
然後用一生來維持
才有幸福的甜蜜

（繼續第 1031 首. 原來愛情的唯美）

原來愛一個人
可以很簡單
當可以愛的時候
捨得付出懂得把握
當無法愛的時候
捨得放下懂得成全

原來愛情的關係
是一種浪漫的追求
我們都在為這種完美努力
只有坦承的面對
才能把愛情看透
才能細水長流的長長久久

第 1032 首 . 你歌唱著美好

用快樂姿態
歌唱這世界的美好
一遍又一遍……
唱出的是你的青春
最美妙的音樂愛情
你的美我已經發現
溫柔地在我心纏綿
散發著魅力無限
那時候的幸福是真的
你設下了舞台好美

（繼續第 1032 首.你歌唱著美好）
引發大家的共鳴
唱出心事隨心編曲
抒發健康的感情

用開心搖擺
歌唱這人生的百態
一遍又一遍……
唱出的是你的熱情
最美妙的會心微笑
你的樂觀將我心靠岸
讓煩惱隨風飄散
讓生活更加美滿
那時候的天空無語
你展現歌唱的才藝
用音樂與大家對話
唱一段清新撫慰心靈
培養高尚的情操
總有意猶未盡的樂此不疲

第 1033 首.牽手到永遠

千言萬語只說一段
我愛你純潔的打扮
希望牽手走到永遠
甜蜜圍繞在你身邊
突破最困難的距離
表達我的真心真意

（繼續第 1033 首. 牽手到永遠）
左思右想只想一曲
我愛你動聽的旋律
希望牽手唱到永遠
輕輕撥動思念心弦
彈唱出牽掛的情歌
想你在我左右纏綿

思前想後只想一起
我愛你熱情的奔放
希望牽手愛到永遠
想你甜蜜湧上心頭
想你想得心太安靜
只想聽你訴說心曲

我愛你是我的唯一
喜歡有你在的感覺
習慣你闖進的世界
是多麼甜蜜和溫馨
想為你好好活下去
想幸福有更好將來

第 1034 首 . 做一個實在的人

讓我們做一個實在的人吧
老老實實的靠自己的本事
來解決眼前的一切難題

（繼續第 1034 首. 做一個實在的人）
雖然依靠別人很幸福
但是依靠自己才是真本事
只有實實在在的修養好自己
找到自身存在的問題
才能用心的面對美好的人生

讓我們做一個實在的人吧
因為只有踏踏實實的做人
實實在在的辦事
才不會有偷機取巧
和好高騖遠的心理
也不會再抱怨世態淡涼
才能腳踏實地走好每一步
成功的走出困難中的機會
建立偉大的事業人生

讓我們做一個實在的人吧
做個寬容實在的智慧人
讓心靈充滿理智的光輝
生活自然充滿亮麗的陽光
因為有很多的困難和挫折
阻礙在我們的前方
等著我們盡心來克服
如果連自己都不夠努力
那麼別人又如何來助我們一臂之力
就算想拉也不知道從何下手
所以從今天開始
就讓我們做一個實在的人

第 1035 首 . 端午

每年五月到初五
歡喜包粽過端午
粽是平安和幸福
紀念屈原的習俗

每年五月到初五
划划龍舟掛菖蒲
配帶香囊送祝福
身體健康百病除

第 1036 首 . 生命其實很美

我終於放慢了
那追求已久的腳步
舒緩了緊張的節奏
讓生活趨於平淡
美妙的看待身邊的風景
給心智留一點真相
給愛的人留一點空間

我終於領悟了
生命的欠缺
懂得拼湊完整的人生
不會再做無謂的強求
也能珍惜目前的擁有

（繼續第 1036 首. 生命其實很美）
生命其實很美
只在一念之間而已
我不想讓圓滿消失太久
想從錯過的描述裡
找回形容的佳句

經過了不斷的考驗
我振作了很久
使一個清醒的大腦
遠去無知中的失落
設法將一個心意
反複述說著甜蜜
化為幸福的長久

第 1037 首 . 快樂和常樂

你快樂嗎？快樂可以很長久，也可以很短暫。
我認為「法喜」才能常樂，因為天地萬物，皆有「法」可循，有「規則」可依，自然能自得其樂. 所以不違背天理，能怡然自得，所以心中有「法」、有「規」才能常樂。
有人說：「及時行樂」，古德亦云：「佛在靈山莫遠求，靈山只在汝心頭，人人有個靈山塔，好向靈山塔下修。」所以「法喜」不需遠求，又能「及時行樂」。
其實「法喜」的快樂，就在我們身邊，等著我們用心去探索，祂不必刻意的去追求，也不必捨近求遠；而能自然的擁有，是最好的「根本之道」，且能長久；就如果實的收穫，需時機來

（繼續第 1037 首. 快樂和常樂）

成熟，若是強摘必不會甘甜，只能短暫的滿足，如夢幻中的泡沫。

有很多快樂的方法：如修行、法喜、助人、行善、無私奉獻，為大愛付出、捨得放下、不自行煩惱……

既然有那麼多快樂，在我們身邊，且舉手可得，又何必捨近求遠的去強求，那虛有其表的快樂？而被物質和虛榮所迷惑呢？同時擁有內外在的快樂很簡單，只要讓「法喜」充滿內心，生命就能發光發熱。

第 1038 首. 交一個朋友不容易

有人說交一個朋友不容易，要好幾年的互動才能熟悉，才能有更進一步良好的友誼；也有人說得罪一個朋友很容易，只要三兩句的忠言逆耳，就可以讓多年經營的不易，一夕之間隨風淡去。但是我個人認為，這好像不是朋友的定義；因為我向來不怕得罪朋友，只要我對得起朋友，也對得起天地良心，就不用怕得罪的不好意思。

一個好的朋友，如果不能互相容忍，也沒有寬容的心，單憑幾句吵架的話就來賭氣離去，這種朋友也不能算是好友。朋友就是要和我們同心，「朋」這一個字的意義，是要有相對平等的心；所以沒有相對的容忍，當然就做不成朋友。一個好的朋友，要能互動、鼓勵、包容、諒解還要能互助，才稱得上好友；這不是說我們，可以隨便拿朋友來發洩心情；我們應該更謹慎小心來注意禮貌，多替對方著想才能讓友誼更長久，才不會因為幾句吵架話就各走各路。

第 1039 首 . 人生在世（四）

人生在世不過短暫百年
在繽紛燦爛的花花世界
回想往日的輝煌與黯淡
有時陽光明媚有時陰雨綿綿
除生死之外無大事
快樂是相對痛苦是絕對
之所以會苦
就是妄想太多奢求太過
之所以會樂
就是樂觀知足為善最樂
在失落消沉的無助波折
仰天感嘆離「八苦」得「十樂」
忘掉過去滿意現在樂觀未來
知昔日的煙雲已是過往
讓榮華富貴順其自然

第 1040 首 . 你是我唯一的亮點

（詩歌未譜曲）

天亮了美麗的祝福無限
溫馨得只為我們纏綿
那兒有我們美麗的畫面
用熱情來開始新的一天
讓陽光露出甜蜜的笑臉
讓地球為愛轉一圈
你依舊是我唯一的起點

（繼續第 1040 首. 你是我唯一的亮點）
天亮了美麗的幸福耀眼
洋溢著溫馨可愛畫面
那兒有我們共同起跑線
用夢想來一路衝到終點
讓陽光幸福我們的笑臉
讓時間為愛轉一圈
你依舊是我唯一的原點

天亮了美麗的氣象萬千
為此美夢再次的展延
那兒有我們守候的空間
用真誠許下彼此的諾言
讓陽光溫暖我們的家園
讓努力實現個個心願
你依舊是我希望的亮點

第 *1041* 首 . 愛

不適合的愛
就像不適合的裝扮
再怎麼好看
也會遭到冷落
所以我們只要愛對人
就能慢慢找到對的人生

（繼續第 1041 首. 愛）
愛是一種高尚的情操
一種微妙的心理狀況
存在著各種各樣的原因
描寫得最美最真的感情
像甘醇的陳釀
入口令人沉醉
像美妙的春風
傳播在無窮的時空

當我們漸漸明白
它還是很玄妙
總纏綿在我們的美夢中
點綴了我們夢想的夜空

第 1042 首 . 愛的付出很容易

其實愛的付出很容易
只要你懂得愛他的全部
懂得包容他的所有缺點
當然就很容易追求到手
這話雖然沒錯但只說對了一半
原因在於不能盲目的行動
讓毫無條件的付出
反而是一種自作自受的心痛
造成雙方對愛的認知不同

（繼續第 1042 首.愛的付出很容易）
其實愛的付出很容易
只要你懂得適當的承諾
表明對愛的執著
坦承相對的回應和關愛
減少對方過分的要求
就不會覺得很沉重

其實愛的付出很容易
只要你在愛的過程中
掌握方向的實際
減少雙方對物質的揮霍
再以實質精神層面來做訴求
這樣你對他好他才懂得感恩
才能讓彼此愛的付出
是有意義有原則的互動

第 1043 首.愛情美滿

如果相處久了
感情變得淡了
學學拉近距離
學學怎樣忍讓
學學如何包容
就能遠離隔閡

（繼續第 1043 首. 愛情美滿）

如果走著走著
感情變疏遠了
學學兩人同心
學學彼此配合
學學步調相同
就能一起度過

如果愛情美滿
幸福就不會遠
感覺就不會淡
讓甜蜜上心頭
生活變得快樂
就能怡然自得

第 *1044* 首 . 想要和需要的意義

人生的意義
在於你想要做什麼
不在於你需要做什麼
因為你想做才會投入
成功才會在眼前
因為你肯去做才會積極
才會有想要的收益

成功的意義
在於你想要如何努力

（繼續第 1044 首. 想要和需要的意義）
不在於你需要如何努力
因為你想要努力才會踏實
前途才會充滿自信
因為你想要努力才會上進
才能提起勇氣的一鼓作氣
才能達到你努力的目的

幸福的意義
在於你想要得到什麼
不在於你需要得到什麼
因為你想要得到才會開造
成長才會幸福美滿
因為你想要得到才會有付出
才能得到一直想得到的實際

放膽地去做吧
不要等到了失去勇氣
雖然每天堅持努力
不一定會有結果
但成功永遠比失敗還多
雖然每天步履艱辛
但就長遠看來
必然會有所進展
記得滿懷希望和熱情
做起事來才能順順利利

第 1045 首.感同身受的美麗

或許只有哭泣
才能解釋我的傷心
或許只有難過
才能讓我步步為營
或許只有重新振作
才能讓你滿意
人只有在苦難中
才能成長才知道珍惜
才有輝煌的點滴
如果
沒有親受風雨的無情
又怎麼學會堅強的獨立
沒有流過淚的心痛
又怎麼知道快樂的歡喜
沒有付出過的心力
又怎麼知道成功的艱辛
沒有失過戀的黃昏
怎麼知道花前月下的美麗
沒有一次又一次的教訓
又怎麼讓我刻骨銘心
沒有一次又一次的反省
又怎麼讓我記取教訓
沒有親身經歷
又怎麼讓我有感同身受的記憶

第 1046 首.識時務者為俊傑

無論前路是如何的開闊
形勢是如何的平坦
假如不識時務也不知變通
縱然能明辨是非方向
看清時勢潮流
還是不能在順境中
一路的披荊斬棘
也無法在迷途中知返
終將沉淪在
時運不繼的荒蕪天地裡
無法尋求任何的補救措施
感受無助和消沉

多少歷史教訓痛定思痛
多少進退失據難以承受
現在我們只有擇善而從
才能當斷則斷的免受其亂
只有正確的自我認知
保持善意的初衷
才能識時務的成為俊傑

這麼多詞語在我們的領悟中
已顯得格外的醒目和可貴
它已做出正確的行為提示
教我們如何在不被利慾薰心
不依附權貴之下播種斑斕

（繼續第 1046 首. 識時務者為俊傑）
培養出懂得人情事理
懂得通權達變的大智大慧

第 1047 首. 解決人生的問題

人的一生活得越久
所遭遇的困難和問題
自然也就會越多
但只要學會心平氣和
就越覺得人生的美好
有幸福美滿的快樂

人的一生其實都在
忙碌與奔波中生活
若想要真的解決困難
就不要急忙著找方法
而是要先看清問題的癥結
問對重點和內容
才能研究和了解出問題的所在
得到正確的答案和解決的方法

而處理的過程中
雖有難以預料的變卦
也有不盡人意的結果
但只要我們真的想做
也有人願意一起承擔
就一定能找到解決的方法

（繼續第 1047 首. 解決人生的問題）
繼續努力的往前走
而成功的大門就不會時開時關
我們的付出就會有具體的表現
錯誤也不會再次的發生

第 1048 首. 合理的利用

我們不要怕被人利用
因為只要合理的利用
就說明我們還有價值
有能力做出一番成就
合理的開發和利用
是發揮物資的精華
是以人事物做憑藉
來達到預期目的和效果
就像廢棄物可以回收
可以減少資源的浪費
就像我們合理的利用
別人的知識和經驗
來彌補自己的不足
所以只要合理的利用
就能事倍功半
也能真心的互助合作

第 1049 首．永遠別想不開

永遠別想不開……
別增加自己的折磨
別讓挫折感越重
別在痛苦中流淌
別遺失曾經的快樂
因為那是一個痛苦的漩渦
會令人在矛盾中打轉
俘獲人內心的脆弱
流動人靈魂的困惑
翻湧人焦慮和躁動

永遠別想太多……
別活在別人的掌聲中
因為來的是偶然去的是當然
只要有點想不開就別再胡思亂想
只要能換個角度凡事必然豁然開朗
只要不想太多壓力就不會變多
想那開導的也已足夠
總會讓人有所領悟
或許現在失去的比得到的多
但未來仍需用心來追求

第 1050 首.你給我帶來希望
（詩歌未譜曲）

你給我帶來少多希望
教我在困境中朝著前方
相信希望就會降臨頭上
讓我有活下去的堅強
看見每天都有新的朝陽

我相信你向上的力量
因為你的前途有保障
能讓我登上幸福的彼岸
我相信你未來的夢想
因為你的前途是燦爛
讓我有熟悉的陽光

我相信你愛的信仰
教我走好每一步的平坦
讓我認清正確的方向
用寬容的心學會體諒

你是我理想的榜樣
使我不斷的成長
滿懷著美好的希望
開始一切新的挑戰
讓我的世界變得更加寬廣
滿載著你期待的目光

第 1051 首.他若愛你會有行動

你說愛你的人
說得最多的三個字
就是「我愛你」
而你正巧也愛著他
他讓你有心動的感覺
我說愛你的人
重來都不會靠嘴說說
需要有付出的行動
我說他一定會……
想牽起你的手
希望你能感動
愛你到最深最久……
甚至可以為你拋棄全世界
為你忙碌到忘乎辛苦的存在
當你是唯一的選擇

其實愛情需要付出行動
千萬別輕信人說「我愛你」
也別再自我感動……
因為愛你的人不會說許多愛你的話
卻會付出許多愛你的行動
或許他只想讓愛情局限於甜蜜中
想讓希望的美夢點綴得奪目耀眼

他若是愛你當然會有行動
會讓愛說出口會讓甜蜜有結果

（繼續第 1051 首. 他若愛你會有行動）
他若是捨不得你當然會有行動
會放不下你會想陪在你左右
他若是想抱著你給的承諾
當然會有行動
他會飛越距離的障礙
無怨無悔的到永久

第 1052 首 .假如的應對

假如沒有新鮮的靈感？
又何必傷腦筋
將最心動的字眼放入「詩」中
用苦心經營來排列文字的浪漫
假如一波三折又沒有突發奇想？
又何必用抽象的難得
變幻出無窮的花樣來定論寓意深長
假如現在平淡無奇而未來豐富多彩？
又何必急在一時的找尋
那絢爛繽紛的遐想？
就讓跳躍式的思考迎面而來
張開美麗的翅膀任那思緒飛揚

假如老是沒有靈感
寫作的時間也不多？
當以「散文」來清晰我們的邏輯
就不用每天費心來思量

（繼續第 1052 首. 假如的應對）
但終有一天也會有突發的靈感
假如另類的詩情畫意能撼動人心？
就多些時日來領悟藝術的情感
假如「詩」像「飛龍在天」的輝煌？
若只當它是一種意境的遐想
那會見首不見尾的迷失方向和夢想
假如沒有那麼多閒工夫？
把美妙的思維連接起來
那會模糊了我們的概念
也會讓人不解其中的奧妙

第 1053 首 . 女人

女人找男人需要找可靠和穩重
但男人找女人卻想要找可愛和美貌
這天空並非都是一成不變的美麗
只要想通了想開了未來
放眼世界才能開闊視野
美貌使女人更有光彩的亮麗
可愛使女人更有將心比心的溫柔
會替人著想使女人更有美好的未來
而溫柔、高貴、典雅
使女人更有良好的形象
所以女人就像上帝派來的美麗天使
她將帶給我們更多的幸福甜蜜
每個女人都應該好好的愛自己

（繼續第 1053 首. 女人）
把自己當成一朵鮮花來努力
綻放出富貴和嬌羞及純潔的芬芳
吸引更多讚美的智慧和目光
世界上有女人就有愛情的美滿
有女人就有家庭的溫暖
但是現在有多少女人
被局限於現實利害的職場
徘徊在一無所獲的愛情小道上
被虛偽的甜蜜和浪漫沖昏了頭
而歷史是美好的記憶
它告訴我們女人的重要
要我們好好的尊敬女性
關心女性的需求和問題
因為她會幫我們把握好幸福
讓我們對未來充滿信心
再創燦爛輝煌的人生
所以我們要好好的愛家庭
也要為幸福的江山盡心盡力

第 1054 首. 善待緣分

緣分就像美麗的風景
陪我們在春暖花開裡
一旦相遇就註定緣分
總有許多陌生和熟悉
在生活之中來來去去

（繼續第 1054 首. 善待緣分）
我因此確信緣分的難得
這或許有許多的不圓滿
縱使情深緣淺難免分開
但只要有誠意知道珍惜
就不會徒留心酸和無奈

許多緣分錯過了才知道可惜
所以只有善待緣分才能幸福
只有善待感情才有溫暖陪伴
只有相惜才能讓天涯變咫尺
只有連心才能順利交流下去

第 1055 首. 是你給了我重心

自從有了你
生活就有了重心也能過得如意
是你開啟了我的心扉
讓我感受到世界的美麗
在黑暗中看到希望的光明
在光明中看到希望的遠景
在遠景中找到希望的目標

是你給了我啟示
牽引我走出困境的天地
讓我漸漸的相信了自己
所踏出的每一步
都在為人生而努力

（繼續第 1055 首. 是你給了我重心）
是你給了我勇氣
帶我去面對恐懼和壓力
讓我在失落中慢慢崛起
所踏出的每一步
都是為了更接近你的期許

第 1056 首. 一起走過的時光

當我們一起慢慢變老
不再是當年的意氣風發
才發現歲月爬滿了皺紋
刻化出一條條坎坷的痕跡
心中不禁湧起一陣酸楚
你是否還能理解我對你的心
說陪我走到海角天涯的甜蜜

當我們一路走來
相信自己創造的未來
穿越那風雲變幻的時空
背負了命運改變的沉重
你是否捨得多一點寬容
陪我看細水長流的幸福
在平淡生活裡感知滿足

當我們一起走過
多少青春時辰的歡暢

（繼續第 1056 首. 一起走過的時光）
輕快跳起愛情的流逝
已不再是當初的心馳神往
才發現歲月已滄桑了容顏
風霜也令我們增添幾許白髮
心情像花飄落一樣的失意
你是否對我還有一點耐心
回想你當初眼神的柔和
承認那愛慕的無邊無際

第 1057 首. 溫暖的渴望

來到寒風吹徹的人間
即時被雨水浸濕心情
帶來刺骨的冰寒
早已麻木了冰冷
開始四處探望
但除了極度渴望熱愛
似乎別無他物
能帶領我們經歷的
都是對生命的悲憫
對溫暖的渴望
只要我們細細的品味
就能置身其中慢慢陶醉
只要我們懷著欣賞的心態
就會發現處處有風景
處處有溫暖的陽光

（繼續第 1057 首. 溫暖的渴望）
只有歷經嚴寒的殘酷
才懂得對溫暖的渴望
即使活動得毫無興致
蒼白無力的一躍而過
扭曲了朝思暮想的景象
但總有人願意伸出援手
陪我們一起度過生命的嚴寒
溫暖的拭去斑斑的淚痕
教我們和諧的與寒冬共處
讓暖暖心意在胸口流淌

喜歡陽光帶來的暖洋洋
但也要學會感恩的收藏
因為我們冰冷的身子
需要有溫暖的保障
不能任寒風吹走了健康
我們應該多注意自身的狀況
多穿些衣服多喝些熱湯
來禦寒保暖
多感恩的將溫暖收藏

第 1058 首.親愛的我想你

親愛的此刻我想你
因為愛你所以想你
想你已成我的習慣

（繼續第 1058 首. 親愛的我想你）
想像你美好的存在
想像你幸福的未來

親愛的時刻都想你
靜靜想你前前後後
想陪你到天長地久
因為想你一直沒變
因為愛你沒有理由

親愛的想你一輩子
想你不是愛情泡沫
想你不會孤單寂寞
繼續著甜蜜的美夢
經得起平淡的流年

親愛的想你到永久
想你如夢夢如人生
想你如夢如幻似真
想你直到天荒地老
願幸福是長長久久

親愛的想你很快樂
今生能遇見你真好
我的世界離不開你
習慣有你彼此依賴
習慣有你美好存在

（繼續第 1058 首. 親愛的我想你）
親愛的有你很甜蜜
有你就有快樂幸福
有你就有希望相隨
有你世界才算完美
有你未來已不是夢

第 1059 首 . 熱情

早晨光鮮亮麗的職場
處處充滿微笑的芬芳
讓心情隨著陽光綻放
熱情在能力中高漲
自然過得充實圓滿

你從不忍心將我拒絕
要我在培養熱情之前
先養成需要的能力
是你給了我指導
讓我有重生的喜悅
逐步建立自信的熱情

也算替我決定了命運
確定願景的熱情
支持我的目標
讓我有能力在行動中
排除我命運的黯淡

第 1060 首.你快樂在我心田
（詩歌未譜曲）

你心花怒放的笑臉
似一幅美妙的畫面
就停留於我心裡面
在不經意之間浮現

你快樂的在我心田
浪漫在我字裡行間
蘊藏著豐富的無限
成長我生命的春天

你迷人誰都想看見
吐出的是美好芬芳
真實得讓你更耀眼
走進我生命的春天

你朵朵心動的畫面
愛意在腦海中盤旋
傳達你心中的美點
承諾我甜蜜的諾言

第 1061 首.最美瞬間

一葉知秋訴說歲月悠悠
細聽那風吹葉落的灑脫

（繼續第 1061 首. 最美瞬間）
假如歲月靜好留住瞬間
誰不想有最浪漫的傳說
蕩漾在幸福美滿的生活

誰已逝了流年紅顏變老
只留下親切的花容月貌
假如有心潮蕩漾的瞬間
定格在流光溢彩的畫面
誰甘願獨自的飄零失落

假如有千言萬語的甜蜜
充滿情深意重的一瞬間
誰不想述說情意的纏綿
獨留已在時間的旋渦中
徘徊等待癡心的一場夢

歲月滄桑隨著時光流轉
有些記憶已被深深隱藏
錯過了許多也無從記起
假如有種喜悅讓人心動
只要在乎就能天長地久

微笑中看盡世間的冷暖
但總有一些最美的瞬間
永遠停格在堅強生命中
即使千言萬語也說不盡
成了最難忘的永恆畫面

第 1062 首 . 心愛的夢想

（詩歌未譜曲）

來到心愛的你身旁
悸動的心開始流淌
那是我對愛的渴望
那是我天空的蔚藍
照得我一身暖洋洋

來到心愛的你身旁
瀰漫著美好的芬芳
那是我幸福的海洋
那是我飛越的翅膀
把幸福交到你手上

來到心愛的你身旁
愛的路上一路順暢
那是我前途的光芒
那是我對愛的嚮往
把你放在我的心上

來到心愛你的身旁
讓生命充滿著希望
那是我智慧的光芒
那是我對愛的流淌
請允許我為愛歌唱

來到心愛的你身旁
愛一次比一次堅強

（繼續第 1062 首.心愛的夢想）
那是我依靠的肩膀
那是我激情的飛揚
用行動實現出夢想

第 1063 首.今生的守候

你是我今生永遠的守候
是我生命中最美的光彩
我的世界因你豐富浪漫
我該好好把握守住現在

是你搖曳了深情的美夢
滋生出浪漫的最美情緣
只綻放屬於我們的幽香
只開創我們的美好未來

是你給了我一生的圓滿
化作我幸福朵朵的期待
在陽光中盡情綻放艷麗
讓我們生活得多姿多彩

是你輕輕走進我的世界
讓我從此不再孤單寂寞
如今我不會再辜負你了
要讓你的笑聲比眼淚多

（繼續第 1063 首. 今生的守候）
感謝你為我深情的付出
是一種惺惺相惜的依賴
如今我不會再傷你心了
要把你放在心中的最愛

感謝你對我支持與鼓勵
給我信心走向堅強獨立
感謝你愛我純潔與執著
讓我有美滿幸福的生活

有你在就有幸福的存在
讓我們用愛和耐心灌溉
繼續著我們努力的過程
成長更幸福美好的未來

第 1064 首 . 给你幸福

（詩歌未譜曲）

想要多給你一點幸福
喜歡為愛多一點付出
讓渴望的生活更容易滿足
讓快樂的日子過得更舒服
生活在人生的最高處

捨不得離開你我很無助
為了讓你美滿和幸福

（繼續第 1064 首. 給你幸福）
不會讓你一個人受苦
對你的承諾將永遠記住
愛你一生是我最大的幸福

從現在起開始辛苦忙碌
要堅持原則把握該有的速度
會好好努力將目標追逐
願踏出幸福的每一步
在那裡恩恩愛愛同甘共苦

第 1065 首. 掌握幸福的美好

學會用一生的時間來掌握幸福
學那幸福花開的美夢守住快樂
在阡陌韶華裡默寫如花的流年
靜守著對一個人的柔柔深情
假如沒有藉題發揮的美好
那又如何來拉近彼此夢想的距離
如何來交流出情感與心動
假如沒有經歷風風雨雨的飄搖
那又如何學會幸福花開的堅強

學會用淺淺的目光
渲染出幸福的花開
讓淡淡的言語
飄灑下濃濃的芳馨無數

（繼續第 1065 首. 掌握幸福的美好）
那愛的幸福似乎比蜜還甜
其中裝滿了我們美妙的心花朵朵

就讓幸福的種子在心田裡滋長吧
對隱晦曲折的詩意展開一段遐想
在每一個暖暖的美景中洋溢幸福
繼續著那花開花落的閒情逸致

第 *1066* 首 . 引導的陽光

（詩歌未譜曲）

引導我走出黑暗的陽光
請讓耐心照亮我的前方
我想看見那明媚的風光
希望站清楚自己的立場

只要你一點精神的力量
就能放飛我希望和夢想
只要你一點引導的方向
就能堅定我對你的信仰

人生有風雨也會有晴朗
心情有脆弱也會有堅強
只要打開心靈的那道窗
就不會錯失溫暖的陽光

第 1067 首.給自己正確的心態

要把什麼想法裝進自己腦袋
才能認清什麼叫理想的未來
只有給自己一個正確的心態
真實面對每一個人每一件事
才能有好生活以及好的思想

改變不了事情可以改變心態
只有進一步了解和認知狀況
才不會被失敗和挫折所擊倒
人的知識通過學習可以得到
只有確定該有的理想和目標
才不會錯判了所看到的真相

如果親眼所見的不一定為憑
不同看法會有不同的真與假
讓好的想法開拓出好的視野
要認清現況才能讓真相明朗
別因一時的無知而感到迷茫
要忠誠老實辦事才妥當可靠
別因羨慕嫉妒就讓心情低落
要有樂觀思想才有美好人生

第 1068 首.要把什麼想法裝進自己腦袋

你幸福的思想改變了我人生

（繼續第 1068 首. 要把什麼想法裝進自己腦袋）
感恩的畫面在我腦海裡浮現
在陽光中綻放出生命的熱力
在美麗光彩裡我將嚮往不已

你幸福的繽紛吸引我的注意
有迷人魅力在我腦海裡蕩漾
你教我觀念有了美好的轉變
儘管一瞬間卻是難忘的永遠

你幸福的美滿使它煥發紅光
無形間的起伏作用推波助瀾
你盡情享受生命的嫵媚芬芳
在熾熱氣息連接豐富的人生

你讓我看見希望的幸福藍天
讓我了解你幸福天地的定義
希望藉著火熱激情感染大地
讓我聆聽你內心呼喚的深情
張開雙手擁抱你幸福的世界
飛向幸福快樂和你形影不離

第 1069 首 . 快樂需要學習

快樂是一種愉悦心情
需要用心來感悟快樂
快樂其實不是那麼難

（繼續第 1069 首. 快樂需要學習）
難的是自己沒有努力
只要凡事多往好處想
就能改變良好的心態
快樂不是單純的高興
是種內心存在的樂觀
只要凡事從知足出發
就能創造快樂的圓滿

快樂需不斷的被學習
快樂需不斷的來努力
我們總在不斷的用心
要在合理確定目標中
培養感官的美感能力
才能體驗生活的真諦
留下快樂的美好記憶
所以認識和學習快樂
才能真正的創造快樂
感悟快樂和分享快樂

快樂是一種智慧的學習
只要凡事盡責、知足珍惜
心存感恩、懂得寬容、捨得放下
無怨無求，忘記那些痛苦和不愉快
就能以淡然的心態看這世界
人生也會多些快樂

（繼續第 1069 首. 快樂需要學習）
每個人都有自主的生活方式
有的人表面快樂實際上卻……
被生活的重擔壓得喘不過氣
因工作的不如意而受不了委屈
對學業的繁重壓力而困擾不已
所以快樂一定要透過學習
才不會有壓力變大的疑慮
也不會越來越不快樂
多跟快樂的人在一起
才能保持健康的身心
有愉快舒暢的心情

這世界有多快樂
取決於我們學習的用心
每深入一點快樂就會變多一點
快樂的人有一種令人
心動的美麗和樂觀的生命力
快樂的人能在
與人交鋒中發現快樂
放鬆心情的迎接每一天
隨時隨地快樂的笑一笑吧
這不僅為現在也為了將來
因為快樂充滿了生命的活力
是最美麗也是最有魅力的資本

第 1070 首.好話怎麼說

好話教我們怎麼說
不適宜的玩笑別開
開多了會傷人感情
不該問的問題別問
問多了會自討沒趣
太過分的要求別提
提多了會令人反感
不舒服的訊息別回
回多了會自討苦吃
不恰當的評論別講
講多了會造成反彈
不對題的答案別說
說多了會也是枉然
有失身分的話別談
談多了會自取其辱
太敏感的議題別聊
聊多了會搧風點火
別看一時沒有說破
言多必失言多必敗
說不定那天就出錯

第 1071 首.順利的來臨

因為樂觀在我面前
此去前途如此光明

（繼續第 1071 首. 順利的來臨）

我才發現希望一片
如此燦爛如此美麗
像在計劃的風景裡

因為光明在我眼裡
此去前途充滿信心
何必在意愁雲一片
即使遭遇再大風雨
也要樂觀的走過去

因為自信在我心裡
此去前途雖多險阻
但只要有正確方向
有堅持完成的毅力
終會有順利的來臨

第 1072 首. 大海的約會

和朋友一起赴大海的約會
趁著假日看看海吹吹海風
欣賞那片美麗的海濱風光
聆聽浪的呼吸讓心情放鬆

喜歡站在海邊向遠處眺望
享受海風拂面的愜意時光
喝瓶咖啡遠離城市的喧囂
平靜一片心潮起伏的波動

（繼續第 1072 首. 大海的約會）
喜歡這片藍色的海和天空
看夠了心情有愉悅的感受
有何比這更美的安靜時刻
只留顆輕鬆的心隨風跳動

原來幸福簡單得令人歡心
有你的笑聲一路輕柔了我
看夕陽總有說不完的甜蜜
因為有你陪伴充滿了歡樂

原來自信的柔情無須證明
那何不珍惜我們的每一刻
海似乎有一股迷人的魅力
如同邂逅一段美妙的情緣

原來快樂可以如此的簡單
讓生活慢一點心沉澱下來
到海邊來聆聽大海的聲音
讓所有的煩惱都隨風飄走

望著一浪高過一浪的浪花
欣賞波瀾壯闊的氣勢磅礡
懂得海的寬廣才懂得包容
看大海的心胸也變得寬闊

第 1073 首．相信一切都會順利

假如朋友「傷害」了你
要看他的為人是否「寬厚」
做事是否「圓滑」
是否道德是「無虧」
能否與人「交心」

不要無奈、傷心，與心急
難過的日子須要鎮靜
相信那愉快的日子即將來臨
學習儒家的為人處世之道
「吾日三省吾身」
讓自己不斷地進步和成長

有時候被人誤解了
如果不想爭論
可以先選擇沉默
因為我們不能指望
所有的人都會來瞭解你
所以也不必解釋得太多
做好真實的自己就可以

用心憧憬著美好未來吧
明明白白的活在當下
不管現在多麼失落
也不要對失去的耿耿於懷
一切都會過去一切都會順利
就讓過去變成美好的回憶

第 *1074* 首.你是我幸福的雲彩

（詩歌未譜曲）

你是我身邊幸福的雲彩
是我心目中嚮往的真愛
是那麼迷人那麼的可愛
讓我用心的把你留下來

你是我天空最美的雲彩
是我嚮往中美好的未來
是那麼輕盈那麼的自在
只要感受幸福就會存在

你是我世界最美的雲彩
是整片天空最美的姿態
是那麼瀟灑那麼的開懷
放飛了一片希望的光彩

你的愛飄進我幸福雲彩
飛翔於美好的理想未來
帶著微笑在希望中等待
把幸福帶到了我的心懷
填滿我心中所有的空白

第 1075 首．因為有你

（詩歌未譜曲）

因為有你對我不離不棄
我會為你走出谷底
走出最強烈的畏懼
靠自己一步步爬起
逐步擺脫那種晦氣
因為有你是我的知己
你會讓我明白生命的真諦
更真切地看清自己
讓我對人生不再有疑慮
也不會繼續的沉淪下去

因為有你對我有情有義
我會為你好好努力
會堅強的爬出谷底
信守著承諾挺過去
搖曳在你的幸福裡
因為有你使我有勇氣
你會告訴我傷痛的意義
更真切地掌握好時機
讓我重新把希望燃起
踏上你那進步的階梯

因為有你對我盡心盡力
我會為你保重自己
穿過那片阻礙的荊棘

（繼續第 1075 首. 因為有你）
每一步都堅定不移
洋溢著希望的氣息
因為有你是我的唯一
你會給我信心陪我一起
更真切地對我全心全意
讓我抱有感恩的心理
珍惜你給的點點滴滴

因為有你對我真心真意
為了你我什麼都可以
我願虛心向你學習
帶著你祝福和鼓勵
走向你期待的光明裡
因為有你使我有福氣
你會陪我堅持到底
會告訴我幸福的美麗
更真切地守護的心意
為了你我要更加的努力

第 1076 首.「早知如此」的智慧

有時候做錯了會讓人難過一陣子
有時候話說過火了會讓人很受傷
那是因為我們常在犯過錯之後
才會發現自己當初的不該
才會懊惱著當時的不適當

（繼續第 1076 首.「早知如此」的智慧）
所以不要等錯了才想到後悔
要增長「早知如此」的智慧
才不會造成現在的茫然

由於我們都很在乎彼此的坦然
所以常會要求一切很快有圓滿
但那「固執」的結果……
常會使我們越急於尋求共識
反而造成更多不好的影響

所以只要有「早知如此」的智慧
那「當初」的情況就會不一樣
就讓我們來感悟「當初」的不當吧
以反省和思考來自我修養
把「固執」的心先放下
然後開開心心的把心結打開
做一個善意和開放的回應
來達成彼此更好更理想的圓滿

第 1077 首.你幸福的從前

（詩歌未譜曲）

曾經天空是那麼的藍
曾經幸福是那麼耀眼
一切都是美好的起點
一切都是希望的實現

（繼續第 1077 首. 你幸福的從前）
讓我們攜手一起向前
停留在幸福的一瞬間

曾經幸福是愛的圓滿
曾經世界是愛在旋轉
一切有你有好運相伴
一切有你幸福不孤單
願把新夢想圓滿實現
讓新生活更幸福美滿

曾經有你就有多燦爛
如今沒你生活多傷感
像失去藍天一片黑暗
還記得你走過的從前
今不見你美麗的亮點
看不到你幸福的實現

沒你的天空色彩黯淡
沒你的明天痛苦不堪
我整天尋找整天慌亂
還記得你走過的從前
今已模糊讓我心不安
痛苦如同長夜的漫漫

還記得你留下的良言
教我掙脫不幸的羈絆
從模糊裡打開門一扇

（繼續第 1077 首.你幸福的從前）
就這樣走出不捨門坎
自在歡愉把痛杯輕放
在結局中把往事看淡

第 1078 首.他愛你沒問題

（詩歌未譜曲）

他若愛你會離不開你
只會離開沒你的孤寂
他若愛你會騙不了你
若需騙你心也存善意
只會騙你哄你心歡喜
他若愛你會放不下你
若需放下也是不得已
只會放下愛你的顧慮

他若愛你他會在意你
即使沒有那麼多甜蜜
時間也難以抹去痕跡
他若愛你他會原諒你
忍無可忍時不會反擊
退無可退時不會生氣
他若愛你會把你想起
因為有你在等他珍惜

（繼續第 1078 首. 他愛你沒問題）
他若愛你會把你珍惜
會主動連繫保持關係
因為你是他重要伴侶
是如此迷人如此美麗
是何等寶貴何等稀奇
他已把你放在心坎裡
擁你在那幸福的天地
所以他愛你已沒問題

第 *1079* 首 . 改過的誠意

（詩歌未譜曲）

好想告訴你
不管怎樣的結局
每天我還是會來努力

好想告訴你
不管怎樣的風雨
還是一幅美好的絢麗

好想問問你
想和你拉近距離
想和你談改過的問題

如果你對我還有疑慮
請給我機會說對不起

（繼續第 1079 首. 改過的誠意）
如果改過已不是問題
請你千萬不要再生氣

因為錯已留下了痕跡
已是無法抹去的記憶

那就把爭執藏在心底
一輩子也不要再提起

你可以選擇把窗開啟
接納我已改過的誠意

就算給我從錯中學習
我一定笑著充滿感激
一輩子都會安分守己

第 1080 首 . 你像一朵雲的灑脫

你像一朵雲的灑脫
一直飄浮在我心中
如此純潔如此無憂
想找一個角落安歇
徜徉在我幸福懷中
雖然只短暫的停留
也不忘擁抱我寂寞

（繼續第 1080 首.你像一朵雲的灑脫）
你像悠悠的雲飄過
我的思念跟著你走
可當我再抬起了頭
你卻消失在我眼中
雖然記不得你形狀
但可以想像你美好
雖然猜不透你情衷
但可以想像你溫柔

你像一朵雲的牽掛
有濃濃情意和依戀
有無怨無悔地陪伴
使我倍感親切溫馨
就讓我以你的方式
打造你理想的樓閣
安排我做你的配角
沿途跟隨你的行蹤

第 1081 首.打開顧慮的枷鎖

有時候想得太多
會讓順利的門上了鎖
有時候顧慮得太多
會讓輕鬆的門難過
而顧慮就像一把鎖
常常鎖住了我們的需求

（繼續第 1081 首. 打開顧慮的枷鎖）
束縛了我們美好的生活
加重了我們額外的負擔
只有悄悄的將它打開
才能輕裝的上陣
走出從容不迫的輕鬆

有時候不是我們沒有盡力在做
而是我們肩上背負的包袱太重
所以只有放下多餘的顧慮
才能減輕無形的壓力
只有維持一顆從容的心
才能走出顧慮的困惑
就讓我們用積極樂觀的腳步
仔細的掂量每一步
去迎接前方的幸福
才有希望美滿的步驟

第 1082 首. 想你是我的太陽

（詩歌未譜曲）

想你是那溫暖的陽光
從早到晚照在我身上
想你是那甜蜜的模樣
讓我振起愛你的翅膀

（繼續第 1082 首. 想你是我的太陽）
想你是我心中的嚮往
給我快樂是超乎想像
想你是無法抑制的糖
要甜或淡只有先嚐嚐

想你可曾為我想一想
每天都有想不完想像
想你可曾為我想一想
每天只有放不下時光

想你想你是我的太陽
因為有你肯給我溫暖
想你想你是我的希望
因為有你肯把我原諒

第 1083 首. 如何走出困惑的心情

這世界上絕沒有過不去的門檻
卻只有想不開和走不出的心情
那為什麼會有
走不出和想不開的心情？
這是因為一時的「困惑」所致
所以會有想不開及
走不出的現在與未來
為此凡事只要想開了以後
就能遠離那黯淡的陰影

（繼續第 1083 首. 如何走出困惑的心情）
前途也會從此明朗開闊
這個道理其實很簡單
卻有人還是因此沉淪下去
那是因為他們又有「捨不得」的困惑
所以等到有一天
他們真的能在「取、捨」之間
做「明智」和「理性」的選擇及進退
就會有（捨）也會有（得）了……
若是他們一直有「捨不得」的困惑
那他們只有繼續的坐困愁城
和在苦海中沉淪了
所以凡事只要能
想開了就能回頭是岸
捨得了就有海闊天空
明白了就有幸福的現在與未來

第 1084 首 . 你說人間有淨土

（詩歌未譜曲）

你說婆娑世界眾生皆苦
心中難免有許多的感觸
它總「隨心所欲」來去自如
讓人慢慢領悟慢慢成熟

你說痛苦不會那麼無助
只要有誠心就不會孤獨

（繼續第 1084 首. 你說人間有淨土）
你說人生自古誰能離苦
只要諸惡莫作就能幸福

你說苦海無邊眾生難渡
只有回頭是岸才能覺悟
你說旦夕禍福很難預估
只要眾善奉行就有淨土

第 1085 首 . 從此一團和氣

（詩歌未譜曲）

自從這次惹了你生氣
我就深深反省在心底
是我錯你才那麼在意
才會對我那麼的生氣
你已經連理我都不理
我很抱歉不想失去你

如果你連聽也沒興趣
連句話也不想再提起
就讓我寫傳到你訊息
懺悔請求你回心轉意
記得你曾經跟我提起
再吵也傷不了好友誼

（繼續第 1085 首. 從此一團和氣）
無論你是否還在生氣
我都會默默守護着你
因為我在乎你重視你
希望我的錯會有轉機
希望你繼續良好友誼
讓我們從此一團和氣

第 1086 首. 假如我真的離開你

（詩歌未譜曲）

假如我真的離開你
放下得失還有名利
向不捨的世界別離
請原諒我錯的軌跡
因為我已聽不見你

假如我真的放開你
任憑感情不悲不喜
向不捨的人生別離
請你別再為我哭泣
因為我已看不見你

假如你到我的夢裡
要的就是不離不棄
承擔重擔同舟共濟
請你為夢想來努力
因為我已夢不見你

（繼續第 1086 首. 假如我真的離開你）
假如我到你的夢裡
答應你還會再相聚
如今只剩下個空虛
但願我心感天動地
穿越時空向你傳遞

第 1087 首.領悟健康與衰弱

假如當初早一點想通
就不會有今天的衰弱
假如當初照顧好身體
就不會有現在的折磨
即使疼痛得無法忍受
也會忍住淚水的滑落
等到有你來關心問候

早知道需要睡個好覺
安心的從美夢中醒來
才能遠離疾病的紛擾
早知道青春不能常留
也已錯失跟它的溝通
就讓健康的腳步繼續
不讓傷痛再跟我左右

多麼希望能終結病痛……
讓傷害停止繼續傷害

（繼續第 1087 首. 領悟健康與衰弱）
多麼期待病後能快活
減少一些疼痛的壓迫
即使難過我也需看透
希望它只做短暫停留
過後仍有健康的活潑

第 1088 首 . 最愛的眼睛

（詩歌未譜曲）

讓失望離開最愛的眼睛
那選擇什麼才能夠安心
用真心付出真愛的深情
浪漫在朝夕相處的曾經

讓溫柔靠近最愛的眼睛
那選擇沒來由怎解風情
用誠意給足最大的信心
在陪伴裡展現愛的身影

請珍惜此刻寶貴的光陰
把眼光放遠讓前途光明
感謝你常對我指點迷津
陪我走向那美好的心情

感謝你給我聰明的眼睛
讓我看遍了世界的美景

（繼續第 1088 首. 最愛的眼睛）
鼓勵我努力不懈的決心
支持我奮發向上的堅定

第 1089 首.領悟「爭辯」的後果

你掀起激烈的爭辯擊敗了無知的後果
卻只有個表面勝利最後落得徒勞無功
當初我們若能欣然承受能握手來言和
不再有堅持的己見就不會有迂迴曲折

從你生氣那一刻起我的天空是陰鬱的
那種荒涼莫名憂傷只有哀愁湧上了我
我一面後悔也反省才知說錯是一種痛
想起這樣只有自責誰知我苦誰說我錯

你曾說過口蜜腹劍的人喜歡笑裡藏刀
喜歡在背後捅人一刀我聽了感同身受
我知道你在給我指點也在暗示些什麼
現在求你先聽我說你再考慮是否接受

你說害人之心不可有防人之心不可無
種種的因果報應不是不報是時機未到
你從沒有爭辯的立場只有果斷的選擇
所以你說不要為了贏得道理輸了感情

第 1090 首.你給我機會

（詩歌未譜曲）

你給我機會讓我有自新的希望
只要有你就有面對挫折的堅強
你教我失敗不氣餒成功不放蕩
把困難當作是一種學習來成長
把機會當作是一種歷練來加強
讓我創造出前所未有的新方向

你給我信心讓我有足夠的力量
只要有你人生就有燦爛和輝煌
你教我走出一片片廢墟的迷茫
把計劃周詳確保我行進的順暢
在暗淡裡為我開啟生命的榮光
與我攜手共度一生美好的嚮往

你給我天空讓我有希望的曙光
只要有你前途就有開闊和明朗
我所做的種種努力只為你著想
即時再苦再累我也要為你奔忙
是你為我插上扶搖直上的翅膀
讓我有勇氣在逆境中展翅飛翔

第 1091 首．領悟「有備而來」的成長

（詩歌未譜曲）

站在原本晴朗的人生路上
只要堅持就有燦爛的輝煌
給未來明確和遵循的希望
就不怕中途有風雨來阻擋

停在一段失意落魄的時光
只要有備而來就能有成長
掌握更適宜的策略與展望
就不怕努力被所有人遺忘

與其羨慕得天獨厚的景象
不如親自腳踏實地的前往
確定目標還有把握的方向
就不怕前途的山高路又長

有備而來就像那明媚陽光
讓希望在綻放中吐露芬芳
有明確努力的目標和方向
就不怕所有的失落和迷網

第 1092 首．你是我的夢

（詩歌未譜曲）

你是我的夢那麼遙遠浪漫迷人

（繼續第 1092 首. 你是我的夢）
一天天來了又去是閃爍的星辰
是獨一無二舉世無雙美好象徵

來的時候超現實閃爍幾可亂真
去的時候帶走一片黑暗恍如夢
夢醒身邊沒你已消失無影無踪

一切明白了夢雖醒但情有獨鍾
不再難過繼續尋找著愛的美夢
只因那魂牽夢縈的你在我心中

你說夢只是寄託夢醒將一場空
你說好夢難成妄想如空穴來風
你說這分纏綿支撐振作的精神

第 1093 首. 好話好說

好話要好好的說
要說得明明白白
要說得理直氣和
要說得問心無愧
說出該說的關鍵
每句要仔細斟酌

好話要常常的說
要說得恰到好處

（繼續第 1093 首. 好話好說）
要說得像門藝術
要說得相互融合
說的比唱的好聽
好聽得扣人心弦

好話要讚美的說
要說得具體肯定
要說得有聲有色
要說得使人歡欣
避免讚美的不實
要有確切的依據

好話要尊敬的說
要說得自我謙讓
要說得態度誠懇
要說得掌握分寸
避免不當的措辭
進行禮貌的溝通

有一些話不能說
那沒禮貌的不說
有一些話不必說
那沒把握的不說
即使是感情深厚
也要能口服心服

（繼續第 1093 首. 好話好說）

話不想成為插曲
那就以客觀為主
才能說得不偏頗
話若想成為主題
那就要積極進取
才能有內容核心

有人總說不過你
卻想和你說下去
甚至不知說什麼
只要多一點讚美
只要少一點情緒
就有美好的話題

第 1094 首 . 修道的領悟

（詩歌未譜曲）

人生的苦海最苦
有迷失中的難渡
有執迷中的痛苦
若能修道來領悟
若能知足來惜福
不再茫茫於沉浮
就有彼岸的幸福

（繼續第 1094 首.修道的領悟）
婆娑世界最無助
需忍煩惱和痛苦
需解缺陷和束縛
若能求道來彌補
落實修行的腳步
不受困難的拘束
就有快樂和幸福

人生本來沒有（苦）
原來（行道）是條路
（極樂世界）是歸處
要有（修道）來斷苦
加快（行功）的腳步
繼續（立德）的付出
就有（得道）的知足

第 1095 首.那沉默的抗議

（詩歌未譜曲）

感覺那沉默已經不是抗議？
像在逃避在自欺也在默許？
那怎麼可以這樣假裝下去？

如果意見不同該訴諸公議
擇語表達理想的長遠之計
不能只是種不滿的冷處理

（繼續第 1095 首. 那沉默的抗議）
不管那無言是逃避或自欺？
期待那只是種暫時的處理
等待有雨過天晴的好時機

假如那沉默抗議會有轉機
那我們不能繼續沉輪下去
打開心扉給對方留些餘地

想像太陽無語卻溫暖大地
以寬容的心貢獻一點心力
增加更美好更和諧的關係

第 1096 首 . 那夢想的主宰

（詩歌未譜曲）

那青春夢想多姿多采
有希望的人把她主宰
那幸不幸福要看心態
跟著美好的腳步搖擺
用心舞出生命的熱愛
就能迎接那幸福到來

讓我們珍惜美好現在
迎接未來的春暖花開
多給自己鼓勵和關愛
好好的行動努力起來

（繼續第 1096 首. 那夢想的主宰）
讓日子過得足夠開懷
相信那幸福不會空白

讓我們從美夢中醒來
為了與好美生活同在
要對人生做一個交代
充實理想的完美內在
好好努力打造新未來
才能讓幸福腳步加快

因為夢想也變得可愛
生活變得更豐富多彩
有用心的人就有期待
因為夢想也變得實在
人生過得更自在開懷
有行動就有幸福未來

第 1097 首 . 你是我的光明

（詩歌未譜曲）

你的一切足以撼動我的心.
是我人生路上的一道光明
你讓我明白了困難的原因
讓我有足夠的聰明和自信
可以同心協力的一起打拼

（繼續第 1097 首. 你是我的光明）
你總是帶給我無比的溫馨
讓我看到人生最美的風景
謝謝你給我力量向前挺進
讓我學會忍讓融洽了氣氛
可以改善環境和改變不幸

我的世界有你是我的幸運
我們心心相印也相敬如賓
就像朋友也像親人的感情
讓我們好好把握努力前進
一步步地走出希望的光明

第 1098 首 . 領悟那錯的改過

人只有承認錯誤的開始，才能思改過；只有面臨那困苦和壓迫，才有勇敢的奮發。
我記得「孟子」的一句話，人之所以：「生於憂患，死於安樂」，那是多麼令人深刻的醒悟和警惕啊。
我只有在錯誤中學習教訓，才能讓我有確切的反省。我不該再過度沉迷於安樂……因為安樂它會讓我有惰性，沉溺其中不可自拔，也會讓我更加消沉。而憂患和困惑雖令我痛苦，卻會砥礪我人生的堅強，所以我只要活著一天，就該給自己不斷的磨練，才不會再沉迷於安樂的頹廢中，才能領悟那錯的改過。

第 1099 首．領悟人生的目的

（詩歌未譜曲）

我來自何方又該去那裡
覺得該像一朵雲的飄逸
有幾分自信幾分的魅力
輕盈的為天空裝扮美麗
飛舞在希望的理想天地

誰能告訴我方向和目的
努力改變為有用的自己
我想跟他做確切的學習
做一個熱愛生活的進取
領悟在那人生的百態裡

誰能指引我崇拜的勝利
做一個腳踏實地的自己
我想學他做確切的努力
做人前人後一樣的自己
精彩在那人生的舞台裡

第 1100 首．你陪我生命的樂觀

（詩歌未譜曲）

假如沒有你我的世界將會暗淡
是你陪伴我給了我生命的樂觀
假如沒有你我的成功將更遲緩
是你支持我給了我前途的開端

（繼續第 1100 首.你陪我生命的樂觀）
假如沒有你我的人生將更孤單
是你鼓勵我給了我幸福的美滿

是你陪我經歷生活的起伏波瀾
在一次次變化中勇於接受挑戰
是你陪我走過命運的峰迴路轉
承擔起風險面對目標勇往直前
如果沒有遇見你行程將更孤單
是你讓我在錯中知道對的答案

第 1101 首.把如果當提醒的功課

（詩歌未譜曲）

如果人生有早知的結果
誰不希望有最好的收穫
誰會茫茫然的不知所措
誰會錯過那最好的選擇
只有腳踏實地用心去做
把握那機會努力來奮鬥
才會有幸福美好的生活

如果人生有更好的選擇
誰不希望可以重新振作
誰會迷糊的為未來擔憂
誰會讓機會白白地溜過
只有努力向前不再停留

（繼續第 1101 首. 把如果當提醒的功課）
堅持夢想讓希望有結果
才會有趨於完美的生活

如果人生沒如果的準則
又如何有那希望的結果
如果人生沒如果的寄託
又如何專注現在的生活
如果人生沒如果的假設
又如何有信心堅持去做
只有用心負責才有原則

如果人生剩後果與結果
那其中的過程只有盡責
如果把如果當提醒功課
那幸福就不會擦肩而過
如果可以過如果的生活
再苦再累也要好好的過
因為那如果已改變生活

第 1102 首 . 努力吧

（詩歌未譜曲）

努力吧為了那美好的明天
克服困難障礙勇敢的向前
相信夢想一定能夠來實現
憑著奮鬥堅持闖出一片天

（繼續第 1102 首. 努力吧）
努力吧機遇難求只在瞬間
只有全力以赴才能有表現
堅持一往無前才能達終點
成功也會降臨我們的身邊

努力吧為了更成功的明天
只有徹底改變能力的缺陷
改變須從壞的習慣和觀念
努力才會到達成功的面前

努力吧任何時間都是起點
只有堅持目標成功的關鍵
才能以既定終點做新起點
穿越那障礙重重的新考驗

第 1103 首. 人要怎麼做才好

（詩歌未譜曲）

人要怎麼做才可以更好
把該走的人生大道走好
去做對的事要說到做到
把那該完成的責任完了
去實踐道德把壞的改掉

人生要邊走邊修行正道
讓那腳步走得更穩更好

（繼續第 1103 首. 人要怎麼做才好）
只有走好每一步才重要
才不會迷失而自尋煩惱
如果走偏才能重回正道

想想有什麼值得的驕傲
只有讓人生充實而美好
想想有什麼還沒有做到
只有讓成功達預期目標
如果想通人生就會美妙

人一生為了把幸福尋找
為尋找而尋找會迷失掉
其實不用再跟時間賽跑
學那花開花落就沒煩惱
只要付出就能領悟得道

人生就活一次要早知道
何必自討苦吃深受其擾
如果找回那希望和可靠
一定滿足擁有的也不少
要好好珍惜讓幸福來到

第 1104 首 . 知足才有意義

（詩歌未譜曲）

知足總是令人心曠神怡

（繼續第 1104 首. 知足才有意義）
無論養尊處優不思進取
還是一貧如洗難以為繼
都尚且令他們更加滿意
相信還得知足才有意義

知足總是令人歡喜不已
無論自甘墮落不知學習
還是積極上進用心努力
都尚且不怕有負面情緒
相信還得知足才沒壓力

知足總是令人全心全意
無論堅強獨立奮鬥到底
還是軟弱無能差強人意
都尚且令他們發揮能力
相信還得知足才有勇氣

知足總是令人稱心如意
無論天賜良機洋洋得意
還是垂頭喪氣毫無生氣
都尚且令他們腳踏實地
相信還得知足才有實力

第 1105 首. 一個作家的思索

（詩歌未譜曲）

一個作家總在思索

（繼續第 1105 首. 一個作家的思索）
想把夢想空間擴充
想用心的看待生活
把精彩巧妙的融合

有人欣賞他的創作
只因他遐想的遼闊
和我們有些微不同
羨慕他獨有的心得

有人佩服他的獨特
來自他思想的靈活
在求新求變中改革
讓讚嘆的目光停留

這說明他獨一無二
我因此是他的讀者
思想後逐漸的懂得
領悟他世俗的掌握

這說明他另類特色
讓話題多了些活潑
能合理的解釋迷惑
能精闢的分析透徹

我想學些寫作風格
因為藝術震撼了我
把握這機會的難得
有努力就會有結果

第 1106 首 . 感情需要實際

（詩歌未譜曲）

感情需要實際不可光說不練
因為騙得了一時騙不了永遠
想要贏得芳心必須實際表現
要兌現承諾感情才會在身邊

感情需要真心不可滿嘴謊言
因為假的真不了遲早會漏餡
想說甜言蜜語必須時刻保鮮
要真心誠意才會有美好明天

感情需要誠意不可隨意敷衍
因為不實事求是會習慣隨便
想要幸福美滿必須誠實表現
要全心全力才能經得起考驗

感情需要陪伴不可冷淡疏遠
因為融洽和諧才能真心共勉
想要白頭偕老必須親密無間
要珍惜身邊人才能持續向前

第 1107 首 . 每天的努力

（詩歌未譜曲）

每天在文字堆裡穿梭豐富的主題

（繼續第 1107 首. 每天的努力）
讓一雙發現機會的眼睛充滿創意
計畫出具體細節把握描寫的時機

每天都在生活裡堅持創新的議題
讓一個充滿想像的腦袋發揮能力
處理好前後問題改善莫名的關係

每天在挑戰命運裡精進自己實力
讓一個雲淡風輕的日子充滿愜意
放飛文字遊戲遨遊在書香的天地

每天在盡心盡力裡突破重重危機
讓一個充滿壓力的環境成為動力
不向困難低頭取得那期待的勝利

第 1108 首 . 就讓我愛你

（詩歌未譜曲）

就讓我愛你
愛你的堅定不移
任憑一切的打擊
也要再接再厲

就讓我靠近你
靠近你溫柔美麗
任憑那狂風暴雨
也要全心全意

（繼續第 1108 首.就讓我愛你）
因為我愛你
愛你的不離不棄
任憑困難和危機
也要永遠跟著你
因為有你是我的甜蜜

第 1109 首.努力比別人強

（詩歌未譜曲）

要怎樣做才能比別人強？
除了努力沒有別的希望
只有試著去把握好方向
才不會白白的空忙一場
要怎樣努力比較有希望？
除了堅強沒有別的進展
只有堅持改革不斷向上
才不會落得淘汰的下場

每個人都有美好的理想
有目標的人能奮鬥向上
每個人都有自信的輝煌
有信心的人會前途無量
每個人都有努力的夢想
打開心扉就能豁然開朗
每個人都有幸福的陽光
有計畫的人才不會緊張

（繼續第 1109 首. 努力比別人強）
繼續那美好生活的嚮往
只要努力一切會有希望
前方也不怕有人來阻擋
繼續那夢想努力來開創
只要用心目標會在前方
前途也會有自信的明朗
因為努力是我們的信仰
讓我們在奮鬥中再成長

人生中總有失落和徬徨
只有領悟才能走向堅強
時間總有些不安的匆忙
只有安心才能發揮專長
努力不需要很高的智商
懂得付出的人會有希望
沒有誰的幸運從天而降
只有努力才能比別人強

第 1110 首 . 領悟「道法自然」的真諦

古代「中國」有一部很有名的「道德經」，它幾乎無人不知無人不曉，是我們行為的典範。其中有段真理，寫得頭頭是道，內容如下 :「人法地，地法天，天法道，道法自然。」相信這個道義不會難懂，大家都能有所領悟。但我還需再解釋一下，句中「法」字的意義。在這裡的「法」是指行為的效法和規範……也就是說這些真相，是需要效法和遵循的規範，說得實

（繼續第 1110 首. 領悟「道法自然」的真諦）

際一點，「自然」就是「大道」，是一切的根據，所以「順其自然」就是「道」，而「盡人事聽天命」也是「道」，只有明白這一層的意義，才能懂得「道法自然」的真諦。

第 1111 首 . 領悟「擇善固執」的真諦

（詩歌未譜曲）

對該「擇善的固執」我們都已熟悉
它是出古代中國「禮記・中庸」的
「誠之者，『擇善而固執』之者也。」真諦
擇善要以仁為中心以誠為根據
固執則需有堅持的智慧與勇氣
所以合乎仁義的就要堅持下去

平常我們不能有失仁義和禮儀
只要堅持是對的就要堅持到底
對該「擇善的固執」我們都要盡力
要放手去做就算失敗也沒關係
才能朝著正確的方向走出勝利

有心的人懂得「擇善固執」的真諦
他有足夠的智慧和思考的邏輯
會接受建議來反省傾聽和學習
會選擇善良仁義堅持自己願力
並以無比的毅力和決心來積極

（繼續第 1111 首. 領悟「擇善固執」的真諦）
如果說「固執」是「執著」只要是好的
就能在對的時候堅持對的努力
只要能「擇善固執」就能腳踏實地
選擇善良付出讓生命更有意義
因為「擇善固執」解決了所有問題

第 *1112* 首 . 想那明月的等待

（詩歌未譜曲）

皎潔月光灑滿祂耐心的色彩
讓我有足夠時間來仔細看待
想了解祂耐心如何培養出來
就要多點開心的陪伴和對待
才能專心於現在和美好未來

想那明月是如何耐心的等待
學習祂綻放出的圓滿和光彩
只有走進那花好月圓的實在
珍惜所有美好的現在與未來
才能獲取希望的能力和專才

看明月幾時有需耐心的等待
才明白人有悲歡離合的無奈
月也有陰晴圓缺變化的感慨
此事古難全但人生依然精彩
前途依然無量等待依然存在

第 1113 首 . 愛你不離不棄

（詩歌未譜曲）

愛你分分秒秒無時無地
想要時時刻刻的黏著你
對任何誘惑已沒有興趣
愛你理由充分為你痴迷

愛你一生一世不離不棄
經得起任何考驗和打擊
攜手共度人生相互勉勵
就算困難也要愛你到底

愛你的包容要感恩珍惜
愛你要努力要一起經歷
愛你的專一要深信不疑
愛你兩情相悅彼此珍惜

愛你不需理由不需邏輯
愛你讓我懂得如何進取
愛像是一種信仰的真理
需要尊重生命才有意義

因為愛你勝過愛我自己
為了愛你要努力和學習
不可把愛當做是場遊戲
愛你真心感情才會專一

第 1114 首 . 你肯定我前途的樂觀

離開谷底走在安心的路上
天色依舊陰沉霧煥然消散
想你該肯定我前途的樂觀
為我情感的波瀾拭去淚水

我想將你的影子好好收藏
安置在我每天經過的路上
站在高處張望你用心欣賞
想著你是我的風景是希望

可是我陽光的腳步太緩慢
總瞻前顧後忽略那種美好
讓那美麗畫面無端的隱藏
我不得不改變乏味的短暫
留下你守護的身影與記憶

第 1115 首 . 不要怕有人看不起你

（詩歌未譜曲）

不要怕有人拒絕你看不起你
不要在意有人會輕忽你實力
你可以漂亮轉身且無需生氣

這世界其實很現實也很美麗
一時的被人看輕嘲笑和挑剔
都只是暫時的陰影無須在意

（繼續第 1115 首. 不要怕有人看不起你）
只要了解人的潛力是無限的
相信自己遇到壓力會有動力
就不會因此灰心而自暴自棄

雖然被看不起是非常難受的
但只要做好自己且沉得住氣
就不怕別人的眼光來看低你

人只有不斷向上的做好自己
學會默默努力奮鬥腳踏實地
就能讓生活過得更好更實際

人只有做好自己發揮好能力
了解天生我材必有用的真諦
就能有那一鳴驚人的好成績

把那看不起你的人當成空氣
當成決心向上的台階和助力
這何嘗不是種好的發展契機

第 1116 首. 心裡有陽光

（詩歌未譜曲）

雖然一時的黯淡令人迷網
但只要心裡有陽光的芬芳
就能在風雨中鍛鍊出堅強
找到明確方向好好走一場

（繼續第 1116 首. 心裡有陽光）
努力很重要但要走對方向
雖然一時迷失在徬徨路上
但只要找到那善良的堅強
就能堅定不移地抵達前方

每個人都會有走錯的荒涼
只要從錯中走回就是最棒
就讓太陽照耀我們的希望
為生活找尋那方向與夢想

成功是目標指引我們真相
只要突破層層困難的阻擋
增加自己正向態度與思想
就能產生所有勇氣和能量

希望是陽光照亮我們心房
行動是翅膀能幫我們飛翔
只要心裡有陽光就有希望
看那陽光已灑落我們身旁

第 1117 首. 我們的祕密

（詩歌未譜曲）

你在我天真的腦海裡洋溢
為這場感情增添幾分美麗
你說是天注定我們的祕密

（繼續第 1117 首. 我們的祕密）
我說有心電感應心有靈犀
如今只有你讓我沉醉癡迷

愛上你我需要很大的勇氣
靠近你又怕深深為你著迷
常想你那迷人笑容的魅力
不想你又怕傷心苦了自己
如今不想一個人唱獨角戲

其實我在想你也忘不了你
怕離開你我控制不住自己
只有你讓我有點喘不過氣
因為這世界你是我的空氣
沒有了你我將不能再呼吸

第 1118 首. 你寬容的美德

（詩歌未譜曲）

你的生氣日子風雲變色
我的做錯生活天天難過
儘管懺悔我還錯中有錯
是你一再寬容讓我改過
我卻情緒變化不能自我

想再聽到你教我的道德
但你已離開在人海淹沒

（繼續第 1118 首. 你寬容的美德）
想再解除你對我的疑惑
好怕你不諒解不能接受
悔不當初我做錯的經過

如今懇求你回來教導我
我保證從此不會再犯錯
好好聽你話好好過生活
不會讓那傷害再繼續著
感恩你對我寬容的美德

第 *1119* 首 . 不該傷害你

（詩歌未譜曲）

翻開那美好的回憶
想著遠方的你悄悄地
當初是我錯了不該傷害你
我該聽你的話讓著你
如今你已離我遠去
讓我痛苦反省提升自己

你還對我很在意
給我最多的鼓勵
是我疏忽不知道要珍惜
常說錯做錯讓你生氣
每次你都給我建議
用心良苦教我做人道理

（繼續第 1119 首. 不該傷害你）
只有你的熟悉
告訴我還能繼續
耐心等我改變自己

我要好好反省努力
努力為你進取
成功在未來日子裡
活成更美好的自己

我真的好想你
想你有情有義
想你的現在和過去
無時和無地

我知道你還在生氣
為此掙扎的無語
就讓疑慮隨風而去
給我機會不放棄

第 *1120* 首 . 時間的掌握

（詩歌未譜曲）

每個人的時間都很緊湊
總覺得不夠也不好掌握
那至少要知道該做什麼
才不讓拖延耽誤了時候
能及時修正來調整步驟

（繼續第 1120 首. 時間的掌握）

時間是公平它不會停留
不會一下子過了那麼多
那要有效管理計劃透徹
好好的利用盡力的去做
才不會忙得像一個陀螺

只要善用時間就有收穫
如果浪費就不會有結果
只要做安排不混日子過
就永遠不愁時間會不夠
那怕困難重重也能突破

不要把時間不夠當藉口
成功永遠需要努力奮鬥
只有改變對時間的感受
才能把事情做得更出色
讓在意的事情優先去做

第 1121 首 . 塵緣未了

（詩歌未譜曲）

塵緣未了嘆路茫茫
一場錯過便是荒涼
聚散離合走出方向
不能回頭我淚眼望
幾番空忙幾番惆悵
世事難料誰無滄桑

（繼續第 1121 首. 塵緣未了）
花開花謝嘆風雨難擋
是非對錯已令人失望
咎由自取讓前途渺茫
大起大落靠發憤圖強

幾番折騰令我堅強
隨風飄蕩任思緒徜徉
轉眼之間天各一方
留住希望待來日方長

第 *1122* 首 . 走出錯的地方

（詩歌未譜曲）

停在某些不對的地方
看著塵土飛揚的囂張
迷失如苦與痛的漫長
如果不能領悟的回航
那再努力也白忙一場

別想在某些錯的地方
找到那些美好的嚮往
先選擇重要事情來忙
才能比別人更好更強
達成理想的目標成長

（繼續第 1122 首. 走出錯的地方）
別投入太多精神力量
在某些不對的人事上
現在就要確定好方向
規劃屬於自己的前方
越早開始就越有希望

要選對才能安然無恙
才不會迷失到處流浪
要實事求是在發展上
不怕困難改變好狀況
才能自信的勝利在望

第 *1123* 首 . 中秋夜思念

（詩歌未譜曲）

去年中秋夜團圓
邊嚐月餅邊聊天
今年中秋夜思念
祝福送到你身邊
想起花好和月圓
其樂融融笑聲甜
今月一圓你不見
遙望明月夢未圓

第 1124 首．領悟如何減輕壓力

（詩歌未譜曲）

人的一生有太多的束縛和壓力
這些壓力有時會讓人喘不過氣
要知道如何「調適」才能走出自己
只有「坦然」才能減輕精神的壓力

有人的壓力來自於外在的衝擊
雖有許多的困難讓人無法順利
但也不全都是無法解決的難題
只有「盡力」才能取得真正的勝利

有人的壓力來自於內在的失意
雖有許多的情緒會模糊了問題
但也不要陷入進退兩難的境地
只有「堅持」才能爭取真正的勝利

雖然壓力會導致許多不良情緒
束縛也會讓我們降低應對能力
但只要「多溝通」就能協調出具體
只有「安心」才能舒緩緊張的壓力

第 1125 首．不斷的向上和努力

（詩歌未譜曲）

人只有不斷地上進和努力

（繼續第 1125 首. 不斷的向上和努力）
前途才會有更積極的動力
生命才會更精彩和有意義

困難是人生中常遇的打擊
只要棄而不捨的堅持下去
才會有精力旺盛的戰鬥力

永遠不要對自己表現滿意
雖然目前的環境還很順利
要不屈不撓才能堅持到底

無論遭遇任何困難和悲劇
都須藉著勇往直前的毅力
才能到達屬於自己的天地

第 1126 首. 緣分是修來的福氣

（詩歌未譜曲）

這世界上緣分很神奇
相信今生相遇是天意
緣分有深有淺不容易
有緣就要好好在一起
要互相尊重彼此珍惜

人生能相遇隨緣隨喜
要增進彼此關係親密

（繼續第1126首.緣分是修來的福氣）
平常就要主動多聯繫
不管對方有沒有回禮
能夠相處靠的是誠意

愛你的人會在那等你
讓每場相遇都沒距離
不會因忙得馬不停蹄
或有重要的問題處理
就讓珍貴的友誼降低

能相知相遇實屬不易
讓緣深則來緣淺則去
相信每次相遇是天意
只有盡自己一點心意
才能增進美好的友誼

相信和所有人的關係
沒有無緣無故的相遇
都是前世修來的福氣
所以有緣就要在一起
要相互的支持與鼓勵
才能讓友誼長久持續

第 1127 首.領悟常待在家與常往外面跑

（詩歌未譜曲）

有的人沒事只想往外面跑
有的人喜歡宅在家裡逍遙
常往外面跑也沒什麼不好
或許家裡待不住有點無聊
只想宅在家也沒什麼不好
或許外面已對他吸引不了
不管在家也好往外面也好
凡事都需要適可而止才好
把「過猶不及」當做是種參考
才能合乎真正的「中庸之道」
宅在家的人要外出繞一繞
才不會有「井底之蛙」的可笑
常往外跑要收心回家報到
學習和全家人相處的美好
家是歸宿很幸福也很重要
可以讓我們安心活得更好

第 1128 首.天天想你

（詩歌未譜曲）

天天想你心裡充滿感激
如今要見你只能在夢裡
夢中的你身影依舊美麗
想要問問你關心一下你

（繼續第 1128 首. 天天想你）
可現在夢醒卻找不到你
才想起你早已離我遠去

今生你是我唯一的知己
陪我走過無數風風雨雨
給我最多的支持與鼓勵
我記得常跟你說對不起
因為我表現得差強人意
但我還是會繼續的努力

不敢想像沒你的日子裡
人生路上是否還會美麗
深深地感受在我腦海裡
我常常在夜裡偷偷哭泣
想了又想直到含淚睡去
感覺內心受特別的刺激

常想起你跟我說的道理
原來是改變心態的問題
讓我覺得人生充滿意義
想找回那些曾經的過去
直到夢醒才清楚是空虛
才知思念是最美的記憶

你對我好我會加倍珍惜
努力求上進拼搏求進取
絕不拖泥帶水徹徹底底

（繼續第 1128 首. 天天想你）
而我終將是要全心全意
朝著你的目標繼續努力
為你帶來些驚喜和歡愉
因為你是我重要的唯一
充滿了智慧又善解人意

第 1129 首 . 你洋溢在我心裡

（詩歌未譜曲）

時間還要鑽研多少意義
日子還要經過多少點滴
才能達到你預期的目的

你每天從早到晚的努力
引領我穿越坎坷和荊棘
帶我完成你希望的壯舉

只有你肯陪我走出谷底
鼓勵我不斷地向前走去
最後抵達終點贏得勝利

落葉知秋飄來陣陣涼意
季節改變了你我的話題
很多過去如今只是回憶

（繼續第 1129 首. 你洋溢在我心裡）
無言的結局總令人嘆息
雖然你已遠離失去踪跡
卻永遠洋溢在我的心裡

就讓那不如意隨風而去
相信失敗還是會有轉機
至少還有個希望等著你

如果當初我們避免爭議
再苦再累也要走在一起
就不會有今天徬徨無依

在失意的角落走出自己
發現你躲藏意外的驚喜
世界從此改變更加美麗

第 1130 首. 想像出的智慧

想像出一種和解的智慧
讓雙方各退一步海闊天空
把大事化小小事化無消除衝突
再次重修舊好再次握手言和
但不強人所難也不曲意迎合

想像出一個見義勇為的楷模
勇敢地站出來救助他人

（繼續第 1130 首. 想像出的智慧）
喜歡就學習他尊稱他為英雄
但不能虛偽的只哈腰點頭
因為虛偽會很累真實才輕鬆

想像出一路順風的前程似錦
用積極的態度去面對生活
就沒有什麼能讓自己退縮
先不管路有多遙遠多曲折
只要不認輸不放棄就無愧於心

第 1131 首. 你讓我明白什麼是愛

（詩歌未譜曲）

謝謝你讓我明白什麼是愛
願陪我走出那失意的無奈
是我們一起患難培養出來
不會隨著時間變化而更改

與你共度的每刻都很實在
感受你為理想努力的精彩
決定用浪漫方式表現出來
才知道你對我深深的期待

最感動是你為我付出真愛
總是起早貪黑的忙裡忙外
學著用溫柔的步調來對待
讓生活瀰漫著快樂的色彩

（繼續第 1131 首. 你讓我明白什麼是愛）
怎樣才能形容你對我的愛
對我的好已深深刻在腦海
感謝你恩重如山情深似海
全心全意的為了我們將來

第 *1132* 首 . 我不再找你

（詩歌未譜曲）

如果有一天我不再找你
你是否依然會將我想起
還是早已澈底把我忘記

我不再找你是身不由已
不想漫無目的等待下去
看似遙遙無期只能盡力

回想當初在一起的甜蜜
那美好回憶已隨風而去
除了祝福我已無能為力

最遠距離不是相隔兩地
是我們早已沒有了關係
不再留戀不再堅持下去

長夜漫漫還有多少嘆息
能放下的就是這樣而已
等待陽光徹底改變心意

第 1133 首．走出人生的谷底

（詩歌未譜曲）

跌落在孤軍奮戰的谷底
陷入了停滯不前的危機
雖然著急但我永不放棄
只有耐心的堅持和努力
才能有順利上升的餘地

現在最需要堅強與獨立
即使谷底也別灰心喪氣
靠自己才能安穩走下去
靠智慧來解決真正問題
只有堅持才能奮鬥到底

奮發向上才能出人頭地
任何困難都要小心處理
勇敢面對艱難的過渡期
別辜負這段時間的努力
只有用心苦難才會遠離

谷底反彈才能東山再起
為想要的生活好好努力
相信所有苦難都將過去
你是我最好的學習經歷
會帶我走出人生的谷底

第 1134 首．你還有多少的愛

（詩歌未譜曲）

你還有多少的愛
徘徊在抉擇之外
希望能重頭再來
怕放久了變會壞

你還有多少情懷
躊躇在狀況之外
希望能流露出來
怕變淡了口難開

你還有多少期待
徜徉在時間之外
希望可以更精彩
怕疏忽會停下來

時間會慢慢想開
日子會漸漸光彩
希望會好景常在
好花會朵朵盛開

發現還留你的愛
期待上天來安排
失去的總會回來
以不同方式存在

第 1135 首.緣分讓我遇上你

（詩歌未譜曲）

要經過多少風雨
才能遇上溫柔的你
緣分真是一種奇妙的關係
注定了我們邂逅相遇
給前途增添了亮麗
讓生活充滿樂趣和活力

感謝有你的鼓勵
讓我能好好努力
把我們世界變得更美麗
就讓我為你遮風擋雨
帶你過著幸福甜蜜
快快樂樂永遠無憂無慮

我知道要爭氣
要把握好時機
但捨不得離開你
怕你傷心為我哭泣

是你讓我學會獨立
讓我學會珍惜
我會盡我最大努力
到達你夢想的天地

（繼續第 1135 首.緣分讓我遇上你）
想著你剎那間
心裡充滿活力
面對未來我已有了
努力的勇氣

遇困難不輕易放棄
堅持到最後勝利
希望緣分拉近距離
讓我們友誼親密

第 1136 首.我的妻子

妳無比的耐心待我
遇挫折時給我鼓勵
在無助時給我開導
成功時為我喝采
陪我三十多個寒暑

妳面對起伏的人生
塑造成幸福的形狀
用心栽培兒女的成長
「合理」解釋人生的方向
守護家庭任勞任怨

妳雙手勤快態度積極
不怕苦不怕累

（繼續第 1136 首. 我的妻子）
犧牲奉獻付出
打造一片幸福天地
夜以繼日不歇息

妳指點我無數迷津
放飛我煩惱憂愁
以堅強的氣概
懸掛著熱情的溫度
夢裡的柔情
打開我迷失的鬱結
得到的是幸福的美滿

第 1137 首 . 你使我心嚮往

（詩歌未譜曲）

你的笑在春風裡徜徉
輕輕地拂過我的臉龐
是那麼自然溫馨浪漫

你的美一開始就綻放
鮮豔地在我心中蕩漾
是那麼美麗天真善良

你的心一直有些希望
希望我好好努力向上
把我當作是你的理想

（繼續第 1137 首. 你使我心嚮往）
你的世界充滿了芬芳
用心撥彈著曲曲悠揚
快樂的讓我掌握方向

你的支持帶給我希望
你的鼓勵幫助我成長
你給了我信心和力量
你的美好使我心嚮往

第 1138 首 . 領悟良好的心態

（詩歌未譜曲）

必須學習良好的心態
凡事積極樂觀來看待
常保身心健康和愉快
勇於面對困難和阻礙
成功拓展美好的未來

人生無常出乎意之外
現在的我早已能看開
心態決定現在和未來
只有反省和知錯能改
才能穿越層層的障礙

人生沒彩排無法重來
不管做什麼都要實在

（繼續第 1138 首. 領悟良好的心態）
有些事必須徹底明白
調整面對失敗的心態
不讓恐懼的心裡打敗

這是不進則退的時代
順境逆境都需好心態
拿出信心勇氣實力來
把不好和落後的淘汰
滿懷自信的挑戰將來

第 *1139* 首 . 被肯定的努力

（詩歌未譜曲）

那麼多被肯定的努力
那麼多被鼓勵的進取
所有關懷都使我感激
開心了我美好的記憶
滿意在精彩的世界裡

排在眼前的是一齣戲
別讓環境影響了自己
想要有什麼樣的效率
就付出什麼樣的努力
只有好好的來演下去

（繼續第 1139 首. 被肯定的努力）
人生的舞台有悲有喜
是一場自導自演的戲
別讓情緒壓抑了自己
別計較太多來傷和氣
要怎麼收穫就多努力

第 *1140* 首 . 愛讓我們在一起

（詩歌未譜曲）

曾經的歡聲笑語
浪漫的點點滴滴
伴隨熟悉的旋律
唱一首愛的戀曲
舞出了幸福甜蜜

愛讓我們在一起
心裡有話千萬句
不知從何來說起
總覺得有點壓力
怕說了你不滿意

你已存在我心底
甜言蜜語只一句
你是今生的唯一
話雖說得很詳細
你卻還保持神祕

（繼續第 1140 首. 愛讓我們在一起）
如此醉人的旋律
最簡單的最實際
最美的詩情畫意
唱曲戀愛的魔力
加上一句我愛你

第 *1141* 首.走出迷惘的路口

（詩歌未譜曲）

徘徊人生的十字路口
面臨各種各樣的選擇
有時不知該往那裡走
想想自己目的是什麼
想想怎麼走才能通過
要走得安全走得正確
不能只隨他人腳步走

看著街上霓紅燈閃爍
美麗得令人感到迷惑
看著道路崎嶇和坎坷
要有勇氣信心往前走
即使困難也要來拼搏
只有堅忍不拔的毅力
才有人生美好的道路

（繼續第 1141 首. 走出迷惘的路口）
不想走錯再度受折磨
改變方向或許是理由
打造一條理想的道路
應該作出明智的選擇
為這個選擇付出努力
自己對自己決定負責
才能走出迷惘的路口

第 1142 首 . 感恩地球

地球自轉由西向東
繞著太陽公轉軌道
在銀河中心做運動
從不怠惰也不耽擱
一刻也無法來停留

祂旋轉出輕快活潑
歌唱著歡樂與憂愁
跳動時尚動感節奏
美麗所有盡情想像
帶來了圓滿的結果

祂自然孕育了生命
實現了美好的延續
也一定帶走些什麼
祂在進步的循環中
扮演著公正的角色

（繼續第 1142 首. 感恩地球）
在一切似夢非夢中
有誰能感恩的醒悟
讚嘆祂自然的偉大
就讓成敗得失由祂
用心守護地球有我
在安排中越走越順

第 1143 首 . 我就是我

（詩歌未譜曲）

我就是我沒有人能代替
是這世界上獨一無二的
我要自信的來做好自己
凡是想要和領受的東西
都必須靠著自己來努力
我必須感恩這過程經歷
努力來報償上天的賦予

我就是我是與眾不同的
我曾經努力的訓練自己
在日記簿裡反覆的練習
知道真正的寶藏在心裡
明白玉不琢是不成器的
人不學是不知義的道理
只有認清自我才有意義

（繼續第 1143 首. 我就是我）

我就是我是別具一格的
堅持做自己是一種勇氣
適度自我批評自我鼓勵
讓我領悟了生命的真諦
人生的道路漫長又崎嶇
只有不怕困難的走下去
才能到達所希望的目的

我就是我是簡單的道理
人生是種追求是種努力
想有美好生活自己爭取
學習愛自己是一種積極
掌控自己才能成就自己
讓往日的無知逐漸遠離
不再躊躇才能走出勝利

第 1144 首 . 化解仇恨減少困擾

（詩歌未譜曲）

冤冤相報何時能了
學會寬容仇恨可消
滿心仇恨痛苦難熬
明白因果才能知道
冤家宜解大事化小
選擇放下小事化了

（繼續第 1144 首. 化解仇恨減少困擾）
人生苦短何須計較
拋棄仇恨遠離煩惱
「善有善報惡有惡報」
「善惡到頭終究有報」
禍福無門惟人自召
用心主導法唯心造

因果報應天理昭昭
是非對錯自有公道
不是不報時機未到
誰能擁有寬容之道
循循善誘用心勸導
化解仇恨減少困擾

第 1145 首. 每個人都想有的心

（詩歌未譜曲）

單純的人想有單純的心
想讓複雜變得簡單易行
想做事做人有自知之明
想站得更高能看得更遠
想脫離跌落谷底的沉淪
想向上提升能修身養性
想靈活變通能順利前行

誠實的人想有誠實的心
想坦白說話不用傷腦筋

（繼續第 1145 首. 每個人都想有的心）
想信守承諾能待人誠懇
想做事做人以誠信為本
想和諧相處能受人尊敬
想人緣好處處受人歡迎
想清清白白的過得安心

樂觀的人想有樂觀的心
想多為他人著想的用心
想實實在在的做事做人
想良好的心態有好心情
想明智抉擇能常保清醒
想積極態度來對待人生
想面對未來時有好憧憬

每個人都想有善良的心
想不裝糊塗也不裝聰明
想明白是非能善惡分明
想嚴以律已能寬以待人
想為人處事能行得端正
想心平氣和能思想開明
想活潑開朗能充滿熱情

第 1146 首. 以文會友的意義

（詩歌未譜曲）

時間被忽略在角落裡著急
前後聯繫遍尋不著你踪跡

（繼續第 1146 首. 以文會友的意義）
四處張望看起來有點傻氣
狀況不明等待你回覆訊息

忘不了你笑容的熱情洋溢
感謝你帶給我快樂的氣息
當下我不該猶豫不該遲疑
該向你好好請教好好學習

事實說明我們堅定的友誼
問題回答得很仔細有條理
無論多少時間我會等下去
因為有緣的相會得來不易

以文會友使我們互相鼓勵
志趣相投因而產生了友誼
談文論藝進一步成為知己
以友輔仁使我們實踐仁義

第 1147 首 . 一切都是我的錯

（詩歌未譜曲）

這一切都是我的錯
當我在迷糊的時候
幸好有你來提醒我
當我在失意的時候
感謝對我伸出援手

（繼續第 1147 首. 一切都是我的錯）
是我自己錯得太多
常常禁不住那誘惑
心慌意亂不知所措

假如沒有你提醒我
我還是會一錯再錯
假如沒有你要求我
我也沒辦法來改過
假如沒有你幫助我
我真的會束手無策
你總是耐心開導我
只有改過別無選擇

你對我好從不苛責
向來都是逆來順受
只有你教我怎麼做
會進一步的跟我說
人非聖賢孰能無過
會一直默默支持我
讓我知道努力什麼
只有腳踏實地的過
努力奮鬥才有成就

第 1148 首. 懂得讚美的留言

懂得欣賞別人

（繼續第 1148 首. 懂得讚美的留言）
會在留言欄留下讚美的話
雖然短短幾句簡單明瞭
卻讓人美好的充滿遐想

或許是錦上添花喜上眉梢
在風中搖曳了成熟的多彩
或許是雪中送炭給了莫大的幫助
讓人有了希望的溫暖

成熟的香甜在幸福中圓滿
浪漫了五彩繽紛的自然
努力從自己的表現開始
在肯定的接受中結束
這其中的過程存在友善
是一種人格修養和氣質的提升
有助於自己逐漸走向完美

第 1149 首 . 抱怨停了

（詩歌未譜曲）

抱怨停了喜歡平靜下來
想告別無知想追求實在
只有走向成熟放眼未來
轉移負面情緒改變心態
才能找回自信過得精彩
抱怨多了只會增加阻礙
想完全公平可能不存在

（繼續第 1149 首. 抱怨停了）
只有心平氣和樂觀開懷
面對問題持感恩的心態
才能懂得最唯美的安排

抱怨少了才顯成熟姿態
不讓苦水淹沒他人內在
想讓人欣賞你非凡氣概
只有保持著良好的心態
才能讓彼此的心情愉快

抱怨是一種不滿的狀態
想終止負面情緒的破壞
讓事情變好不要再變壞
只有減少彼此不好傷害
才不會感到無力和無奈

第 *1150* 首 . 領悟錢的意義

（詩歌未譜曲）

錢乃身外之物生不帶來死不帶去
是說身體和性命才是我們重要的
也提醒我們還有值得追求的東西
所以凡事就多努力累了就多休息
不要只追逐金錢變成金錢的奴隸
要正確的看待它才能活得有意義

（繼續第 1150 首. 領悟錢的意義）
錢多錢少夠用就好是明白的道理
賺多賺少盡力就好是皆大的歡喜
有的人汲汲營營於賺錢只為名利
讓賺來的錢證明他有多少的能力
我認為太執迷於賺錢像出賣自己
會讓真正想要的生活過得沒樂趣

有人問錢是萬能嗎但大家都質疑
或許真的沒有了錢是萬萬不能的
錢是為了提供我們生活而存在的
我們只要把賺錢當成修道的工具
會使生活充滿陽光生命充滿法喜
就讓賺來的財富發揮它好的意義

第 *1151* 首 . 領悟「知行合一」的真諦

每個人都在堅持著目標前進
而樂觀就是一種最好的動力
它可以時刻鼓舞著我們前進
前進突破難關前進到達勝利

人要學會做人活著才有意義
而學道修行就是最好的皈依
它可以時刻提醒著我們精進
修道領悟真理修道克己復禮

(繼續第 1151 首. 領悟「知行合一」的真諦)

有些大道理我們都似懂非懂
因為「知」只是理論「行」才是實踐
要學習道理也要落實在行動
所以「知難行易」要能「知行合一」

有些道理我們可以不用費心
就能過得美滿也能順順利利
因為懂得做人就會修身養性
所以「公道自在人心」已沒問題

第 1152 首. 領悟人生的成長

(詩歌未譜曲)

走過歲月腦海裡留下深刻印象
回憶片片凋落飄起無言的感傷
有自信和徬徨有努力也有失望
雖然不盡理想但我們還有希望
想要活得精彩只有努力的前往

人情的冷暖看盡了歷史與滄桑
滿懷信心迎接新挑戰鬥志昂揚
我們應該認同生命掌握好方向
小心翼翼踩著前人的腳步向上
讓歲月痕跡告訴我們怎麼成長

（繼續第 1152 首. 領悟人生的成長）
人生苦短別以為來日會有多長
時間讓我們經歷了不同的風霜
有些事無需計較該忘的就遺忘
放下那該放下的執著不再多想
看開些少遺憾心寬天地自然廣

人就這麼一輩子不能白走一場
只要擁有了夢想生命就有希望
多存點感恩的心生活才有陽光
要累積經驗要慢慢的進入狀況
讓每一場經驗都能派得上用場

第 1153 首 . 幸福的努力

（詩歌未譜曲）

我們的愛像花一樣美麗
有一種令人愉悦的歡喜
我們的努力從不分四季
活色生香的給幸福滿意
美麗了一片盎然的生機

我們的愛像花一樣挺立
有天生麗質的自然魅力
飄散出浪漫溫馨的氣息
散播在幸福美滿的園地
美麗了生活的點點滴滴

（繼續第 1153 首. 幸福的努力）
是你美滿了幸福的園地
繽紛的走入愛的世界裡
讓我們永遠纏綿著情意
去看那細水常流的努力
再看些春色滿園的生機

如今你已運轉在我心底
如衛星環繞地球的美麗
圓滿了一道幸福的軌跡
我始終離不開你的距離
感謝你牽引幸福的魅力

第 *1154* 首 . 領悟愛的生活

（詩歌未譜曲）

愛是我心裡有你你心裡有我
如果不是的話那愛就不長久
愛是經得起考驗抵得住誘惑
能真心誠意相待能勇於負責
能讓人心甘情願的付出所有

愛有甜蜜有苦澀要懂得調和
雖然常協調心中仍然有疑惑
明明都懂了還是那麼難選擇
可能太在乎了心情才被左右
想要天長地久還得繼續加油

（繼續第 1154 首. 領悟愛的生活）
愛如果太過火會讓彼此難受
要在過程中保持自己的原則
愛如果太超過讓人予取予求
要在愛與被愛之間好好配合
因為幸福得來不易緣分難得

愛讓彼此敞開心扉分享快樂
擁抱幸福生活節奏的每一刻
即時面對挫折也要好好的過
坦誠是我們繼續努力的理由
不要讓真心換來絕情的後果

愛是我們這一生需要的執著
它從無需理由也不必有藉口
只要有努力就會有好的收穫
讓我們生命精彩做對的選擇
來過平實安穩和幸福的生活

第 1155 首 . 你像我的太陽

（詩歌未譜曲）

你像明媚的溫暖太陽
快樂的陪伴在我身旁
為我帶來幸福和希望
讓我的世界充滿芬芳
讓我的未來前途無量
努力中完成美好夢想

（繼續第 1155 首. 你像我的太陽）

你像燦爛的幸福太陽
陪我走向人生的輝煌
帶我前進幸福的方向
讓我的人生光明在望
讓我的天空逐漸明朗
鼓勵我努力實踐夢想

你像期待的黎明曙光
綻放出最耀眼的光茫
指引我正確人生方向
減少我的錯誤和慌張
照耀我新生活的希望
讓我的天空豁然開朗

第 1156 首 . 有一天你選擇了放棄

（詩歌未譜曲）

有一天你選擇了放棄
讓一切往事隨風而去
從此飄散註定兩分離
是你無故的斷了聯繫
害我找不著你的踪跡
讓我的失望掉落一地

其實我們很難在一起
不堪風雨無情的打擊

（繼續第 1156 首. 有一天你選擇了放棄）
想說交往已毫無意義
是你讓我輸的很徹底
不懂珍惜的把我遺棄
只留下傷害在我心裡

早知道你對我不滿意
會無緣無故離我而去
現在已沒有什麼關係
只想說一切都會過去
我會勇敢的走出谷底
選擇好生活堅持下去

第 *1157* 首 . 學花的努力

（詩歌未譜曲）

人生如花期
有傲然的挺立
有失落的枯寂
這是種必然的經歷

學花來努力
一切從心做起
人生啊才會有美麗

學花的美麗靠自己
綻放出那生機

（繼續第 1157 首. 學花的努力）
學那落花繁華落盡
領悟生命的意義

第 1158 首 . 希望像條長河的壯觀

（詩歌未譜曲）

希望像條長河的壯觀
源頭發自內心的期盼
有時平靜有時起波瀾
它浩浩蕩蕩滾滾向前
隨時都可能掀起巨浪
只有掌握才能渡難關

希望像條長河的美滿
源頭發自內心的堅強
它勇往直前不怕困難
慢慢流向幸福的海洋
不怕任何失敗和挑戰
載我們到成功的彼岸

希望像條長河的自然
源頭發自內心的婉轉
它路過繁華走向平淡
滿則溢會決堤和泛濫
在無限慾望中求有限
努力讓我們變得完善

（繼續第 1158 首. 希望像條長河的壯觀）
希望像條長河的樂觀
源頭來自心態的改善
我們都像長河上的船
不被物質慾望所羈絆
不讓貪婪來造成麻煩
懂得掌握就有福相伴

第 1159 首. 了解你誠實的定義

（詩歌未譜曲）

我要怎樣才能再了解你
了解你對誠實下的定義
我有過被人欺騙的經歷
那教訓還留在我腦海裡
你有什麼實際的好建議
教我胸襟坦白表裡如一

我要怎樣才能不懷疑你
不懷疑你對誠實的努力
我有過被人背叛的過去
現在心裡還有一些懷疑
你若肯開導我會很感激
教我忠於事實不偏不倚

我要怎樣才能跟你學習
學習你的誠實老少不欺

（繼續第 1159 首. 了解你誠實的定義）
我有過被人作弄的問題
現在傷害還留在我心裡
你若肯提醒我會來注意
會不說謊不造假不作弊
注意人與人信任的問題

第 1160 首 . 解釋吵架的問題

即使再要好的朋友
也會因一時的不合而爭吵
即使再親蜜的戀人
也會因一時的猜忌而口角
但雙方只要能保持理智
不要把話說得太過分
不要把事做得太超過
就不會有言語的怒火
假如當時的爭執能心平氣和
就不會有現在的決裂分手
假如當時的猜忌能放開心胸
就不會有現在的痛徹心扉

假如……
爭吵的問題能心平氣和來解決
猜忌的疑慮能打開心扉的接受
那就沒有繼續吵架的理由
也不用低聲下氣的來遷就

（繼續第 1160 首. 解釋吵架的問題）
因為真正的朋友是經得起時間考驗
不會因為幾句吵架的話就來分手
更何況吵架只是一時的意見不合
隨時都可以進一步的來溝通
如果友情依舊那就該主動的示好

第 *1161* 首 . 領悟「不再沉淪下去」

（詩歌未譜曲）

有些失去的再也找不回愛過的痕跡
或許因為疏忽了或許因為不懂珍惜
別以為天下的事情都那麼簡單順利
有的不能如你所願會讓你措手不及

我們都應該為自己的前途好好努力
如果不夠努力那還有誰願意來幫你
因此努力的意義不為別人只為自己
只要還有夢就能夠看到彩虹的美麗

我們總會忽略眼前去做些沒意義的
這痛苦了自己也造成了彼此的壓力
它可能是我們之間發生的一些問題
最後從熟悉變成了陌生也默默無語

那些美好的過去不要以為是應該的
收起我們自以為是的目光面對難題

（繼續第 1161 首. 領悟「不再沉淪下去」）
失去的難以追回就不必再沉淪下去
只要記得我們曾經的美好還有意義

第 *1162* 首 . 領悟「以不變應萬變」

（詩歌未譜曲）

我不知道未來的路有多遠
日子過得平淡一天又一天
我應該順其自然一切隨緣
「以不變的今來應萬變的權」

想起往事歷歷分明在眼前
還有夢依然迴旋在我身邊
許多變化不能退只能向前
改變不了的就先自我改變

此刻發現了機會早已顯現
仰望天空已不再那麼耀眼
當提升對事情認知的層面
才能順利往好的方面改變

人生如夢一切是過眼雲煙
如今再也不能回到那從前
把握當下勇敢的面對明天
不變是根本善良才是底線

第 1163 首.領悟「感情的皈依」

（詩歌未譜曲）

今生的感情無處皈依
我還會忽然把你想起
但不是神采飛揚的你
也不是自信迷人的你
只記得你還在我心裡
留下刻骨銘心的痕跡
最終委屈的還是自己

我現在還是忘不了你
緣分的漣漪蕩漾開去
越過重重障礙的距離
引我遐想出無數美麗
那分優雅堆積在心裡
也許你在最美的夢裡
早已將心願表露無遺

我還是無法把你忘記
問世界最美妙的距離
不是近在咫尺的熟悉
而是你還存在我心底
這緣分牽引未完待續
是癡情不捨與你分離
如果有緣我們會相聚

第 1164 首 . 寫出更好的文章

（詩歌未譜曲）

午夜陪伴起孤單的燈光
樣子比牆上的掛鐘還忙
時間做出一臉無辜模樣
它一視同仁靜靜地流淌
陪伴我尋找寫作的方向

一個大意靈感自由飛翔
我竭盡全力的捕捉希望
模糊的眼睛也跟隨在旁
只有燈光指示我的夢想
引領我寫出更好的文章

我伏在桌上想起了以往
思考著美中不足的地方
立下了目標要後來居上
有人聽見風聲前來幫忙
讓我孤軍奮鬥勝利在望

第 1165 首 . 怎樣才能對得起好友

（詩歌未譜曲）

怎能輕易地怠慢好友
說實在有點招呼不周
再忙要有回覆的時候

（繼續第 1165 首. 怎樣才能對得起好友）
再累也要能互動交流
很多時候都需要問候
忙碌不是冷落的理由
距離不是疏遠的藉口
豈能相忘到最後分手

我們常常聽到有人說
感情需要相處與磨合
能當朋友的其實不多
有真心的幾個就不錯
當你心情沮喪的時候
當你失落無助的時候
他總是會陪伴你左右
適時地伸出援助之手

怎樣才能對起得好友
要言出必行信守承諾
說什麼也不計較太多
找回當初雙方的熱絡
決不敷衍也決不囉嗦
努力讓自己足夠優秀
讓友誼不斷細水長流
繼續往日的情意相投

第 1166 首．假如你是我的空氣

（詩歌未譜曲）

假如你是我的空氣
雖沒有想像的詩意
但還是重要的唯一
因為你我才有活力

你已深深吸引了我
我會珍惜你的福氣
呼吸你新鮮的氣息
用真心來感謝著你

假如你是我的空氣
雖沒有想像的新奇
但還是重要的生機
因為你我才有動力

我會為你好好努力
報答你的不離不棄
承諾你幸福的甜蜜
用真愛持續陪伴你

第 1167 首．他的「相遇」

今生……
你是他最美的「相遇」

（繼續第 1167 首. 他的「相遇」）
是他最愛的唯一
你美得令他如此心動
好得令他為愛痴迷
因為有你才能讓他
情不自禁的愛上你
珍惜你所有的甜蜜
現在他要用一生的幸福
心甘情願的被你束縛

為此他會說「相遇」是有緣
絕非偶然是上天刻意的安排
若有緣即使相隔千里也能相會
若無緣即使路過照面也無法相逢
這就是他懂得珍惜你的「領悟」

現在他已領悟什麼是「有緣」
什麼是「緣起而聚緣滅而散」
還有「捨得」和「付出」
因為他已有你最美的「相遇」
真愛的情緣以及那難得的福氣

第 1168 首. 領悟「難免犯錯的藉口」

（詩歌未譜曲）

都說了「人非聖賢孰能無過」
常人皆以「難免犯錯」為藉口

(繼續第1168首.領悟「難免犯錯的藉口」)
而輕忽了已犯的無心之過
這將造成一錯再錯的墮落
也放縱了明知故犯的結果
該反省不再為錯誤找理由
要用心為造成的過錯負責
才能確保不再犯同樣的錯

人難免有做錯選擇的時候
該從錯的經驗中反省自我
不剛愎自用也不隨波逐流
要勇敢為無心之過來負責
有話說「知錯能改」從善如流
不怕錯只怕錯了不知悔過
要知道錯在哪裡誠心來做
以勇氣和決心徹底來改過

人生就是一場不停的奮鬥
可能意志薄弱經不起誘惑
別以了錯了再也無法挽救
要能明辨是非對錯和善惡
從錯的經驗中學習少犯錯
有些路走錯了就不要再走
能及時回頭或許不會難過
要知錯能改不再重蹈覆轍

第 1169 首 . 你是我今生的知己

（詩歌未譜曲）

你是我今生的知己
人海中最美的相遇
是上天安排的契機
幸福有你相偎相依

你是我今生的唯一
是你讓我為你痴迷
陶醉在你的深情裡
除了你無人可代替

你是我今生的甜蜜
緣分使我們在一起
心煩時可訴說心曲
心動時可分享樂趣

你是我感情的皈依
我們在繽紛的花季
緩步在愛的春風裡
十指緊扣沒有距離

第 1170 首 . 接受你的建議

（詩歌未譜曲）

滿天雲飄忽不定有失落的嘆息

（繼續第 1170 首. 接受你的建議）

原以為這場風雨很快地會過去
讓天真的我分不清是淚還是雨
曾想起你在我耳邊的溫柔細語
我不想你因為我來委曲你自己

滿天星閃爍不定有忽略的美麗
你常常顧左右而言他指東說西
有時讓我不知所措的進退失據
我不懂你意思但我也不是故意
只是想你把事情解釋得更詳細

滿天的煙霧瀰漫有模糊的壓力
看到你留言一字一句有些脾氣
難道互動是個問題已說不下去
得罪你我很難過但也情非得已
謝謝你陪我一路走來始終如一

滿天的塵土飛揚有危害的痕跡
現實和理想也存在著不少差距
如今我徹底轉變接受你的建議
從此遇到困難我決不輕言放棄
成功沒有祕笈靠的是我的努力

第 *1171* 首.唉不要唉聲嘆氣了

（詩歌未譜曲）

唉不要唉聲嘆氣了
嘆氣也是沒有結果
只會讓心裡更難過
不如全心投入改革

唉不要不停嘆氣了
想想聽的人多難受
想想自己也還不錯
要開心把心情放鬆

唉不要沒事嘆氣了
都說一嘆窮三年了
嘆氣會讓幸福溜走
何必再讓心情低落

唉不要消極嘆氣了
嘆氣越多挫折越多
多培養開朗的性格
少嘆氣也少了折磨

唉不要整天嘆氣了
好像嘆氣的事很多
會把好運都嘆沒了
應該窮則變變則通

（繼續第 1171 首. 唉不要唉聲嘆氣了）
讓那些不該的嘆氣
一掃而空一樣不留
不在身上藏污納垢
要深呼吸全身放鬆

第 1172 首 . 你說人生要有所寄託

（詩歌未譜曲）

你說人生要有所寄託
否則會空虛難以忍受
你說要為真善美而活
除此之外你別無他求
你說真善美美在其後
是「真」的境界美好感受
是「善良」之後美好結果
我聽了認同點了點頭

你說對的就堅持去做
應該遵循自然的法則
你說你為真善美而過
肯為愛付出為愛執著
我問你為何有此感受
你說你懂得愛是什麼
說愛是真善美的結果
知道努力才會有收穫

（繼續第 1172 首. 你說人生要有所寄託）
你說人總有陰差陽錯
會事與願違是非很多
你說你曾經迷失自我
輕信別人的道聽途說
當時你自己也很困惑
最後想清楚重新來過
發現真善美是門功課
知道用功才不會白活

第 *1173* 首 . 領悟夢想的實現

（詩歌未譜曲）

人要堅持多少時間
要經歷過多少磨練
夢想才能付諸實現
不能只是光說不練
要用行動通過考驗

在目標區到達之前
許多規則附帶條件
有些機會無法永遠
領悟因果關係轉變
知行合一才是關鍵

有些意見踩了底線
有失原本計劃概念

（繼續第 1173 首. 領悟夢想的實現）
用心會讓夢想實現
由內而外化繁為簡
可節省時間和金錢

人生就是一場磨練
一路有困難和風險
要適應急速的變遷
朝著目標繼續向前
讓所有夢想都實現

第 1174 首. 你離開的那一天起

（詩歌未譜曲）

自從你離開我的那一天起
再也找不到你留下的痕跡
多少次想走出和你的過去
想忘記回憶又浮現我眼底
才發現你已不再那麼清晰
想想已是多餘也沒有意義

曾以為付出所有真心誠意
會換來你同等的熱情洋溢
沒想到你會無故離我而去
讓我舉目無親的受盡委屈
我承認錯了且錯得很徹底
你終究不屬於我無法繼續

（繼續第 1174 首. 你離開的那一天起）
曾以為會一直和你走下去
生活會過得充實而有意義
才發現我已經不在你心裡
現在想起來只是天真而已
但心中感覺還是那樣甜蜜
我仍然會持續默默的努力

我知道一路走來並不容易
也已經反省知道錯在那裡
我們感情是累積不是奇蹟
我從不奢望你會回心轉意
你想找我會主動跟我聯繫
會給我機會好好調整自己

第 *1175* 首 . 領悟美夢的追求

人一生經過多少美夢追求
才能讓自己身分與眾不同
能比詩人的夢更小題大作？
我想夢到深處反而是折磨

眾聲雞啼傳來醒人的問候
我被驚醒回到現實茫然中
那些片段令我小心的通過
牠好意提示這虛構的結果

（繼續第 1175 首. 領悟美夢的追求）
我要在眾人質疑的話題中
保持個人風格堅守著原則
當追求的夢幻過多的時候
我將壓縮成另一種的傳說

我一直以為我心已困倦了
無法像夢一樣變化出新奇
必須把它化為實際的行動
才能避免再次的空虛墜落

誰能告訴我不再重蹈覆轍
把它丟在角落裡不再犯錯
在美夢與妄想中做出選擇
活得風平浪靜安穩過一生

第 *1176* 首 . 領悟自我的中心

如今我站在自我的中心
隨著一段美好風景過去
雖然有些地方看法不同
但我也會尊重你的眼光
讓相對的觀感相差不遠

你總會用優雅角度分析
讓所有的焦點活潑生動
掌握你光鮮亮麗的拍攝

（繼續第 1176 首. 領悟自我的中心）
於是你紀錄的前途美好
風景依舊不問世俗眼光

這看似美妙的形影不離
捨不得離開也無法帶走
讓你我有了留戀的理由
想多一些眼神交流互動
才能讓我們理解和認同

我們都會有想看的風景
也會有意見不同的琢磨
你不能預測它是好是壞
只有接受它自然的灑脫
才能輕鬆自在隨遇而安

人生的道路能走在一起
能在風雨路上共同攜手
會有個相互扶持的承諾
這說明幸福的距離不遠
也已經是很值得肯定了

風景是一幕藝術的追求
它完美在於四季的變化
能順其自然有感的運作
讓我們接近共同的目標
打開雪亮的眼睛來欣賞

第 1177 首.我在努力

我在努力也給自己一點鼓勵
我已準備好了夢想由此升起
也知道如何面對突然的打擊
因為時間已經忙得有點頭緒
問題和麻煩也能順利的過去

有時我需學會放鬆一點心情
在問題出現的地方就地處理
想像出成功的遠景建立自信
此時從新的角度思考再出發
定能將一時的沮喪徹底驅離

有些事情處理可以迎難而上
但我既不逃避也不輕易放棄
因為我懂得以屈求伸的道理
我只自信的活著不輸給自己
讓自己處於一個有利的位置

第 1178 首.一個朋友的心情（小小說）

相信大家都有類似的感覺，如果心理有什麼不開心的事，能找到幾個比較知心的好友訴苦，說出心中不為人知的憂傷，或許會比較好過一些。

以下就是我的一個好友，她告訴我~她的心情。

她是一個中年女性，思想比較單純……

（繼續第 1178 首. 一個朋友的心情（小小說））

她一向很努力，努力的為家庭，為人生奮鬥……

但她從無怨言，也不奢望他們要回報什麼……

她做事十分勤快，不管面對怎樣的事情，都能一直堅持著，把美好的理想變為現實。

她曾問我：「你說我是不是很傻？」

我說怎麼會呢？妳想太多了吧!

她說：「我有時候傻傻的哭，傻傻的笑，但都沒有人會知道……」

我只知道她很堅強，堅強的微笑，笑看人生如一場夢……

有一次她跟我說：「有時候我覺得『女人真的很傻』」。我聽了笑了笑，當下就想起清朝名士，「鄭板橋」說過幾句很了不起的話：「聰明難，糊塗亦難，由聰明而轉入糊塗更難。放一著，退一步，當下心安，非圖後來福報也。」之後就回答她：「傻也不錯啊，也是一種做人的境界」。

因為我知道她，從小到大都很努力，也很用心去做，但卻有人會嫌不夠，認為這是她應該做的……

她平常對朋友很好，但有的朋友會背叛她，我不知道這是什麼原因？是不是她不懂得分好、壞人？這讓我替她感到委屈，但她也有對她好的朋友，可是不多……」

她有心事想發洩出來，又不知道怎麼寫，有時候受到委屈也不知道該怎麼說……

目前她和朋友們相處得也還不錯……

也許是她一時的心情低落，不知道該怎麼調適；心裡總有一個心結~她感覺她對人不錯，為什麼有人會背叛她呢？

說了這麼多，她的事情是不是有點複雜？

我也不能要求你們跟她感同身受，因為朋友不是你對他付出很多，就能收到相等的對待的……

（繼續第 1178 首. 一個朋友的心情（小小說））

她沒有對不起朋友，她感覺被人辜負有點委屈，內心五味雜陳……

她跟我說完經過之後，情緒就緩和了下來，或許她只想找人說說他的心情，說完以後就會輕鬆。

如今她已看開了，謝謝那些曾經背叛過她的人，因為他們讓她學會了堅強，堅強的笑看人間百態，「滿腔歡喜，笑看古今愁。」

第 1179 首 . 我走在改進的途中

我走在改進的途中
放下所有不好心態
感謝所擁有的現在
我需要足夠的時間
打開心中所有的結
充滿信心的向前走
想想那昨是而今非
必須反省犯下的錯
來扛起自己的世界
趕上那好美的時代

我從容不迫的改變
穿越重重考驗而來
腦筋急轉出迷惑中
快樂得比翅膀還高
我夢想停在不遠處

（繼續第 1179 首. 我走在改進的途中）
看著白日光彩奪目
洋溢著燦爛的笑容
那個希望總會到來
閃爍我美好的記憶
讓我改變得更澈底

你指點過我的江山
我接受你重新改變
如今真的改頭換面
到處都煥然一新了
看起來內容更豐富
經過你反覆的確定
堅持你想像的能力
如今情勢逐漸明朗
你有各式各樣經歷
從頭到尾令人驚奇

第 1180 首 . 好大的脾氣

好大的脾氣似乎在醞釀一場風暴
沒一會兒周遭環境變得越加緊張
風雨的心情急促的在你我中穿梭
我們就在這種情況隨著氣候起伏
直到雨過天晴太陽露出美麗笑臉

（繼續第 1180 首. 好大的脾氣）
這像一場狂風暴雨似的驚心動魄
天空被撕裂了滿天疑雲更加沉重
只得做好心理準備找到棲身之所
我試圖邁開腳步做出說明和交代
做最壞的打算或許有明顯的效果

道理一切都明白脾氣卻難以控制
為此掌握溝通技巧就顯得很重要
凡事多以平常心就不會氣急敗壞
只有冷靜再心平氣和的進行交流
才能通過爭執了解彼此減少猜忌

第 1181 首. 領悟好的想法

有些好的想法能帶領我們超越以往
但有害的想法卻似是而非有些牽強
所以改變想法就能改變我們的人生
只要有居安思危的想法才有備無患
就能提前發現問題找到解決的方法

我們要的想法很簡單不希望是複雜
所以想法越成熟行動才越堅強執著
有時成功並不是我們想像的那麼難
而是我們不敢去面對心裡才會迷惘
我們會發現世界比之前想像的美麗

（繼續第 1181 首. 領悟好的想法）
為此要有好的想法才會有好的人生
用簡單的想法才能消除心中的疑慮
這讓我們能真正找到想要過的生活
當我們面對困境的時候要迎難而上
不可知難而退才能顯現出勇者風範

第 1182 首 . 那段甜蜜

（詩歌未譜曲）

那段甜蜜怎能輕易忘記
輾轉難眠使我百感交集
你的要求從來沒有聲色俱厲
鼓勵我要我勤奮努力

我的前途沒有那麼順利
你的成功是不斷超越自己
我願意跟你好好學習腳踏實地
學習你的思路學習你怎樣解決問題

感謝你願意走進我生命裡
他們說你很多事要處理
是不是還在為夢想做最後的努力
還是感情早已冷淡不再是濃情蜜意

看滿園花開盛何等的美麗
想起當時我們的甜蜜

（繼續第 1182 首. 那段甜蜜）
再沒有人像你一樣為我加油和鼓勵
再沒有什麼比這更令人難忘的記憶

第 1183 首 . 領悟人與人的相處很簡單

其實人和人的相處很簡單
靠的是緣分誠意還有真心
平常多聯繫主動表達關心
看看對方是不是還在乎你
會不會第一時間給你回應
還是故意的冷淡保持距離

我們不用活在別人世界裡
要多以平常的心態來對待
因為人需要有自己的空間
想要什麼都得靠自己努力
不用管那些看不起你的人
只要做好自己就無愧於心

人與人之間永遠是互相的
你幫助別人別人也會幫你
能用真心換來的就要珍惜
只有相互理解包容和溝通
不委屈不將就也不去強求
才能在這種價值之中持續

第 1184 首.當你真正愛上一個人的時候

愛情路上看的是有沒有緣分
不是所有愛情都是那麼美麗
以前沒見過你你也沒見過我
能走在一起一定是上天註定
能遇見心愛的可以說是幸運

當你真正愛上一個人的時候
會時時刻刻都想和他在一起
會發現愛他已勝過愛你自己
會用行動來實踐愛他的諾言
也會把他當人生唯一的伴侶

平時沒事會先忙自己的工作
但只要他身體不舒服的時候
你就會專程的陪他去看醫生
平時也會叮嚀他要注意身體
不要只為了穿得好看而感冒

有時你也會猜疑和患得患失
會時刻將心思放在他的身上
不在一起的時候也會很想他
會害怕他突然的被別人搶走
這是因為他已是你重心所在

有時他難過你會心疼和不捨
但他開心時你會比她更開心

（繼續第 1184 首. 當你真正愛上一個人的時候）
會想要進一步完全地擁有他
因為他已是你最完美的伴侶
只要有他的地方就有你陪伴

第 1185 首 . 領悟人生的意義

有人問我人生的意義是什麼？
我說每個人的人生意義不同
它會在每個人每天的生活裡
因各人的性別年齡生活習慣
思想信仰等不同而有所差異
所以看法不同結果也會不同
它沒有特定意義只要有道理

但我這樣講大家還是有點茫然？
大家又渴望知道該怎麼辦呢？
那我就用佛語來給大家暗示
「佛在靈山莫遠求，靈山只在汝心頭，
人人有個靈山塔，好向靈山塔下修」
這句話如果明白而且能做到
人生就不會茫然也會有意義

人生的意義不只是幸福快樂
還需要承受各種痛苦和折磨
所以我說它是有意義的生活
有勤勞和智慧創造出的幸福
有開心和知足換取來的滿足

（繼續第 1185 首. 領悟人生的意義）
有快樂幸福一起的稱心如意
所以懂得快樂幸福才有意義

第 1186 首. 領悟寫作的靈感

用心寫作的靈感
往往顧慮得太多
才會越寫越無趣
它不是說來就來
也不是癡心妄想
或許在醞釀之中
或許在發酵階段

想要下筆如有神
就得勤奮的筆耕
多培養一些情感
也要堅持寫下去
只要人情練達了
自然會有所長進
也能想像出名堂

用心創作的完善
是我努力的目標
需有敏銳的觀察
需經想像的突破
或許還在斟酌著

（繼續第 1186 首. 領悟寫作的靈感）
在輕鬆中找印象
才能寫出點希望

為此我不再苦思
不再盲目於技巧
不再執著於新奇
才能有好的進展
只有減少些反覆
等內心情感豐富
才能放下那顧忌

關於人生的議題
信手拈來的創作
我已能掌握方向
目前思路已敏捷
能寫出獨特風格
也有感人的細膩
能解釋人生迷惑

第 1187 首. 我尋找的未來

我找不到
找不到那偏愛的情節
心中跳躍著詩意的美好
我會在冰冷的時間中慢慢尋找，
直到結果化為動人的微笑

（繼續第 1187 首. 我尋找的未來）
我想不出
想不出那跳躍式的思考
只有孤獨陪我清醒的頭腦
時間早已不再說我什麼
但我卻明白了它的嘮叨
握在手上的那隻筆
趁機闖入我心裡
它還在想像中
還在斟酌著文字的排列

握筆的手是我最貼心的伴侶
它若有所思地仔細端詳
想趁著一片迷惘的夜晚
設法作最後的努力
它是我的得力助手
肯幫我想像未來
為我減輕苦思不解的沉重

只是我的反覆錯在平庸
缺乏創新的空虛裡
為此我不再苦思冥想
終於鍛煉得思路敏捷
紙上才能留下心得數行
一篇寫作已近完成
是寫那解釋人生的有力創作

第 1188 首 . 我活在詩中

我站在詩的左右
寒冷得沒有盡頭
想起過往的自己
像一場沒有結局的蒼白
總在夢醒後才感失落
沉默中你的鼓勵
正向我靠攏過來……

漫長的夜只有我一個人走
你就像那夜空的星星照亮了我
我曾說過我活在詩中
和你一起走到永久
學習如何去愛得更多
如今愛與不愛都迷惘
為何我還是猜不透……

心裡飄飄蕩蕩的
那些被時光教訓的感情
細膩的筆也寫不盡
像一場風雨在進行中
熟悉又陌生的一切
我想找到你的位置
停留那遺失的細節中

第 1189 首 . 你在陌生的遠方

（詩歌未譜曲）

你在陌生的遠方
面對我思念的方向
那兒有你的理想
這裡有我的希望
我們只能遙遙相望

如今思念已入愁腸
總在分手後開始滋長
誰能減輕我思念的重量
消除我內心的荒涼

只有把想你的時光
沿途輕輕的哼唱
一首留給你想像
一首飛到你身旁

第 1190 首 . 領悟自尊與自卑的矛盾

在這世上我們總會遇上些
擅於說大話擅於表現自己
且喜歡賣瓜賣得自誇的人
由於他們平時就很自負
自以為有本事且無所不能
可現在社會是何等的競爭

（繼續第 1190 首. 領悟自尊與自卑的矛盾）
他們若只管目中無人
不能與人和諧共處
遲早會被社會淘汰的

而今在分工的「合作中」
我們也會遇上些
喜歡自我吹嘘喜歡得意忘形
和自我陶醉的「朋友」
不管他們是否「有意無意」
的來貶低我們
都只想藉著一些炫耀
來提升自己的地位
來吸引我們的注意
做出對他們的「肯定」

這或許是他們一時的「虛張聲勢」
疑有「黔驢技窮」和
「自尊與自卑」的矛盾
因此他們可以趁機逃避壓力
不用急著改變自己的懦弱
更可以藉此來看輕別人
讓自己高高在上且高人一等

此時做朋友的我們就該
做「適度」的肯定和鼓勵
「肯定」他們所做出的「努力」
再「鼓勵」他們做「適度的表現」

（繼續第 1190 首. 領悟自尊與自卑的矛盾）
然後「實話實說」的跟他們建言……
說那些不懂得「分享功勞」
和喜歡「爭名奪利」的人
最終的下場只有孤獨
也會遭人們所「遺棄」
因為他們已不懂與人和諧共處
也忘了別人存在的價值
所以只剩下得意忘形的「空虛」

第 *1191* 首. 歲末年初的祝福

時間過得很快，又到了歲末年終的時候，回想這一年來，我們經過了許多如意和不如意的生活；其中有喜、怒、哀、樂和一些難忘的點點滴滴……
而這些經過，正可以我加速我們的成長，也可以讓我們更加成熟；雖然心中難免有些感觸，但我們還是得加油……
在此歲末之際，我要獻上一顆祝福的心；祝福各位粉絲好友們，身體健康，幸福快樂，萬事如意。
感恩那些曾經幫助過我的人，我會好好計劃目標，檢討過去以及思考未來的發展，然後用：
「昨日種種，譬如昨日死；今日種種，譬如今日生」的智慧，來迎接新的一年，再接再厲的不斷超越自我。

第 1192 首．我找到了希望的機會

我從困境中找到了希望的機會
它讓我從樂觀冷靜中再次投入
讓我抱著最大希望做最大努力
把眼前的挫折化為進步的動力
用真實行動去創造前途的光輝

我的一生都在努力朝理想前進
已做好最壞的打算在苦中求樂
偶爾休息片刻也在注意著全局
可苦難在遠方依然堅持的來訪
讓我沒有時間為其他事情分心

畢竟日子我還過得去已算幸運
我不用著受點委屈就憤世忌俗
因為樂觀讓我看到世界的光明
所以我不能在失敗時就退下來
在人生的大結局面前挑戰失利

我戴著明亮的眼鏡繼續作觀察
對每一件事都用不同角度來看
此時仰望原有的陰霾煙消雲散
在一縷陽光中消失得無影無蹤
那肯定的是我持之以恆的毅力

第 1193 首.領悟「自以為是」的下場

那些自以為是的人
通常都不會有好下場
頑固只會使自己更難堪
也會連累別人一同受罪
那是因為他們太驕傲
驕傲到不知要謙虛
總聽不進別人的意見
認為自己才是第一
總不容易與人和諧共處
認為自己高人一等
總表現得與眾不同
認為自己鶴立雞群
所以只要遇上這種人
就只好悄悄的敬而遠之
把他們那種「剛愎自用」
和「驕傲自滿」的態度
當作是最好的警惕
好好的引以為戒

第 1194 首.想想美好的人生

當你不開心的時候
想想那些愛你的人
他們把你當成寶貝
也把最好的都給你

（繼續第 1194 首. 想想美好的人生）
當你有因難的時候
想想有誰願意幫你
你會明白很多事情
會嚐到人情的冷暖

當你想不開的時候
想想你美好的人生
只有懂得腳踏實地
才能步步走向勝利

人生苦短想來想去
活著總得有所改進
改改那不好的心態
就能有更好的命運

第 1195 首 . 我情願為你改變

（詩歌未譜曲）

我情願為你一人而改變
改變自己的過失與缺點
改變錯誤的心態和觀念
讓快樂再度回到你身邊

雖然你不信任我的明天
會擔心我有不好的表現
但我的保證絕不會食言
會為你努力持續到永遠

（繼續第 1195 首. 我情願為你改變）
雖然我有些不好的缺點
常自以為是不聽你建言
讓你失望了很多的時間
我會改進不再固執己見

雖然我們常有不同意見
但最後都能處理得完善
你會冷靜思考保持樂觀
不會有緊張對峙的局面

雖然我們面臨很多困難
你都能客觀分析與判斷
你總是經得起任何考驗
能積極樂觀的勇往直前

我情願一直留在你身邊
從今以後我會好好表現
因為知心難覓知己難尋
不知你會不會離我太遠

第 1196 首. 領悟分工合作的好處

只有先形成合作的共識
努力於分工的進步世界
合作在競爭的良好環境
才能協調出專業的分工

（繼續第 1196 首. 領悟分工合作的好處）
完成進一步合作的目標
這是所有人認同的追求

許多需合力完成的工作
等大家來協調如何分工
所以沒人能遺世而獨立
也沒人能孤軍的來奮鬥
只有同心協力團結合作
才能使分工的效率提升
達到進一步美好的要求
完成更協調的必要任務

第 1197 首 . 你的疼痛

你的疼痛又一次闖入我心裡
那種刻骨銘心
始終消不掉也化不去
有什麼比這過程更難受
睜著眼無奈的陷入空虛

我的麻木似乎缺少了刺激
有些過分的自信
曾以為隨著時間的過去
那頑固的痛就會遠離
如今只是另一種徒勞

（繼續第 1197 首. 你的疼痛）
當你試著走出傷痛
才發現我自己的無知
找不到治療你傷痛的良藥
讓你心灰意冷活在傷痛中
望著一個具體的苦惱逼近

第 1198 首 . 領悟學問的意義

人生有很多課題需要學習
大家都想找人來解釋迷惑
而學問不能只是一知半解
要會學又要會問才能完整
光學而不問只做對了一半
光問而不學則又似懂非懂

看過很多人做學問的態度
明明很認真也很努力學習
但最後結果總是差強人意
這是為何呢還有人想不透
我想有效率才能事半功倍
選對方法才不會事倍功半

人生在世要學的東西很多
不能一遇到難題就想問人
應該事先經過再三的思考
把不懂的地方反覆的研究

（繼續第 1198 首. 領悟學問的意義）
如果還是沒辦法了解的話
再不恥下問的向前賢請教

第 1199 首 . 我們談心說話

我們面對面的談心說話
都站在雙方平等的地位
眼神交流出信賴的誠意
豐富了思想感情與經驗
好讓思緒從此連在一起
為往後的話題拉近距離

有些模糊還得再察言觀色
「假話全不說，真話不全說」
需詳查是否公正不偏不倚
聽其言觀其行以洞察一切
了解義與利雖在一念之差
卻有君子與小人的分別

我們耐心打開彼此的心房
微笑聊天以茶會友以詩助興
詩中浪漫的情節各有特色
比夜空中閃亮的星星還要美麗
繽紛了生活的色彩讓煩惱悄悄退去
像飲茶時苦盡甘來的滋味

（繼續第 1199 首. 我們談心說話）
我們已不再局限於身分地位的話題
已懂得相處的距離與分寸
更多討論的是道德修養上的意義
直到最後一點時間有了共識
你已覺悟了「天理」心中沒有了疑惑
我還在檢討自己從中找出原因

第 1200 首. 我需要多一點美好的想像

這世界如果少了美好的想像
那還有什麼新奇可言？
而此刻我正需要多一點努力
來打斷生活中悽慘的節奏
儘管苦澀會多於甜蜜
但至少有了變通來增加轉圜的空間
就能超越這一障礙找到新的出路

我從不擔心情況會變得更糟
只想把冷漠化為溫情把壓力變成動力
也許眼前是「山窮水盡疑無路」
但我還是想像成「柳暗花明又一村」
我還得充分的發揮想像力
才能帶著自信朝著夢想的方向

想像應該是上天賦予的能力
它遠比「所有知識都來得重要」

（繼續第 1200 首. 我需要多一點美好的想像）
即使面對世界我是那麼的無知
還是可以想像出無限希望的空間
在一念之間重新燃起希望
感受到世界的神祕與美妙

我的想像溢於言表而所領悟的又過於善良
就在逆境中堅持著想像的能力
在這種「想像中再超越想像」
感謝這世界的美好繼續滿足我的夢想
讓本來一無所有的我收獲那麼多
我應該儘量顯得樂觀來改變心態
因為我知道「不能依靠胡思亂想來自找麻煩」

第 *1201* 首 . 或許我離開你是對的

或許我離開你是對的
你的世界已沒有顧慮
依然是蒼白的重疊
讓我嗅不到你溫暖的氣息

你給我的冷漠
勝過寒冬給我的冰冷
顫抖了我的身體
使我有一陣刺骨的涼意

（繼續第 1201 首.或許我離開你是對的）
凜冽的風伴我清醒
變化我僅存的溫度
難道是真愛情未了
還是多了冷漠與空虛

你是我最深刻的記憶
潛伏著甜蜜和心動
每一次爭執
都有笑和淚的感情

我不曾後悔自己的深情
想尋找出糾纏的原因
卻發現情難捨愛難分
依然有閃爍的美麗

是否有預言能提早告訴我
讓灰暗的心情跟著陽光起來
均勻地照亮那苦澀與甜蜜
讓那些場景再度適合我的夢境

第 1202 首.我的忙碌生活

我有過充實的忙碌生活
它能夠實現我期望中的目標
每當競爭的壓力來臨
就會有信心的活水流過
讓我能微笑的力爭上游

（繼續第 1202 首. 我的忙碌生活）
當面臨人生的困境
至少我承擔得起責任
不會做生活的弱者
你看我在生活的道路上知難而進
不達目的絕不罷休

而堅持不懈的奮鬥
雖然會遇到許多波折與坎坷
但努力起來還算得心應手
因為偉大的理想和目標
不是只用力量就能完成
還需要耐心去拼到最後

第 *1203* 首 . 喜歡的還是充滿希望的前方

（詩歌未譜曲）

看淡了物是人非與世事滄桑
喜歡的還是充滿希望的前方
那兒有我們共同理想和希望
那兒有我們幸福濃郁的芬芳
雖然沿途會有迷失會有徬徨
也會在無意之中找不到方向
但心中已有自己喜歡的模樣
可以給生活增添完美的希望

（繼續第 1203 首. 喜歡的還是充滿希望的前方）
人生的路漫長未來就在前方
喜歡的還是沿途明媚的陽光
那兒有清新自然美麗的景象
那兒有如夢似幻心愛的嚮往
雖然感受著進退維谷的狀況
心中也認定不可能或不恰當
但信心還是建立在成功路上
讓腦海裝滿更多美麗的遐想

人要在現實中實現自己理想
喜歡的還需自己去創造希望
那兒雖陌生但內心安然無恙
那兒路漫長希望已悄悄成長
雖然到達前未來是一片荒涼
但只要有決心就能迎頭趕上
讓實際行動開始正確的方向
才能在困境中找到人生方向

我們都在幸福裡慢慢地成長
然後漸漸改變了幼稚的模樣
雖然路上會遭遇許多的狀況
但只要堅持就能創造出輝煌
這世界有許多環境需要考量
順不順利都超乎自己的想像
只要肯上進希望就會在前方
那怕前途坎坷也會活得漂亮

第 1204 首.我有足夠的智慧獨來獨往

我有足夠的智慧獨來獨往
已學會和自己相處準備再次堅強獨立
我不曾後悔自己的固執
能安靜下來傾聽自己內心的聲音
充實好人生並提升自己的不足
在風吹過的路上我不覺得孤單
我只是人生的過客要去尋找失去的夢

我不是不合群因為我不善於交際
也許會讓人感覺有點內向
但我不會與人斤斤計較
也能坦誠地與別人相處得愉快
只希望減少沒有必要的應酬聚會
希望心平氣和的與自己相處
那是一種別人無法感同身受的快樂

平常我待人友善少與人有衝突
日子雖然孤單卻活得很安靜
我希望能安頓好自己的時光
不想只為了合群而受外界喧囂的打擾
相信自己具備非凡的成熟
可以在人群週圍享受生活
像太陽獨自升起又落下給世界溫暖

我已明白靠自己才是最好的成長
可以鍛鍊出處世的能力和接受考驗

（繼續第 1204 首. 我有足夠的智慧獨來獨往）
知道怎麼坦然面對現實和未知的前途
能從清醒中再清醒
了解靠別人只是在依賴
或許我獨來獨往的無處可去
但那只是一時之間的不著邊際

我知道有幾個知心的朋友也很好
謝謝你們相信我成熟的飽滿
不管有多大難關我都敢去面對
因為我已清楚自己要什麼
才會刻意地減少無謂的時間浪費
所以沒有時間在別人面前討好賣乖
或許我需要一時的獨來獨往才能令我再成長

第 1205 首. 深夜的省思

夜已深沉我卻絲毫沒有睡意
獨坐窗前看著窗外的明月
和點點繁星點綴了天空的美麗
為這冷清的夜晚增添了幾分溫暖
也給安睡的人們帶來甜蜜的美夢
頓時心中的苦悶和失落
彷彿全被推開全都消散
此時只有牆上掛鐘的滴答聲
和窗外樹枝搖晃的沙沙聲
其餘周圍一片寂靜

（繼續第 1205 首. 深夜的省思）
而現在只剩時間在推著我前進
就讓它帶我去夢想的世界
激發我更艱苦的奮鬥吧

在萬籟俱寂的深夜裡
已不像白天那麼熱鬧吵雜
「合理」在想些什麼呢？
想學" 時間" 那麼勤奮不停
才能少點情緒多點行動
而目前我也沒有靈感只能多用心
想藉著書本吸收知識鍛鍊思考
任憑思緒在腦海裡流淌
然後用簡潔有力的字句
落實心中最好的想法

我試圖去想像未來的美好
想了解一些殘酷的現實
才能對人生保持敏銳的感受
我想像天空閃亮的明星
閃爍出幸福和滿足
雖然孤單卻也不寂寞
因為它們擁有無可抗拒的魅力
和永不熄滅的熱情
讓我感覺成功就在不遠處

第 1206 首．讓人又愛又恨的「飢餓行銷法」

比飢餓更難過的行銷手法
它操縱了產品價格與數量
目的是刺激消費者來購買
它的全名稱為「飢餓行銷法」
是利用人飢不擇食的心理
讓人迫不及待也不做選擇
帶點玩弄意味的行銷「把戲」
會讓人「既期待又怕受傷害」
所以飢餓是假行銷才是真

它企圖「減少出貨和供應量」
使得「供給和需求」失去平衡
讓人誤以為產品好到缺貨
然後趁機從中提高些售價
以賺取高利潤的一種做法
因為銷售總量被人為操控
無法讓商家取得最大利益
最後落得少賣少賺的下場
是讓人「又愛又恨」的行銷法

它是一種獲利角度的思考
也是一種另類的行銷策略
現在已經有些「飢餓行銷法」
廣告不實違反公平交易法
也違反消保法被判決有罪
這損害買賣雙方信任基礎

（繼續第 1206 首. 讓人又愛又恨的「飢餓行銷法」）
也讓商家的誠信遭到質疑
且不適於長期是非常手段
令人難以認同也失去耐性

所以它不能利用人性弱點
刻意炒作「商品不足的消息」
製造熱賣讓人緊張的搶購
讓供需失衡且持續的擴大
來造成「物以稀為貴的心理」
我們應該利用有限的條件
來創造無限商機才能賺錢
雖然一時之間會供不應求
也能得到消費者們的諒解

飢餓行銷有時會「適得其反」
會刺激出「人類求生的本能」
讓清醒的頭腦去找「替代品」
也會讓原本飢腸轆轆的人
忽然覺得自己不是很餓了
失去原本的興趣、胃口、耐性
所以行銷要做好市場調查
需有天時地利人和的條件
也要詳細考量情勢和變化
才能讓消費者購買得開心

第 1207 首.每個人都有不同

每個人都有不同
都是獨一無二的
即使是長得很像
也有不同的思想
有的人偏愛主觀
有的人傾向客觀
這不代表真正的對與錯
只是主觀的容易自以為是
而太客觀的又少了人情味

每個人都會很忙
有的人疲於奔命
一刻也不能耽擱
他沒時間去考慮
也沒有仔細計畫
更找不到好方法
就一直馬不停蹄的工作
這樣只會累壞自己的身體
也會忘了享受當下的成功

每個人都會選擇
有的人以退為進
退一步海闊天空
心想只要往後退
就會有衝力向前
就能順利的闖關

（繼續第 1207 首. 每個人都有不同）
因為他不想再咄咄逼人
不想陷入進退兩難的境地
只想正向的思考因應之道

每個人都有挑戰
有的人以逸代勞
致人而不致於人
面對眼前的危機
在因難中找機會
不因此坐困愁城
因為他總以不變應萬變
雖然有時會有意外的打擊
但卻多了臨危不亂的智慧

每個人都是原創
有的人無中生有
顛倒是非和黑白
也喜歡說三道四
讓多少日子沉淪
讓多少生活苦難
因為他一再的憑空臆測
只會製造出種種矛盾的發生
會令人懷疑自然就敬而遠之

每個人都有理想
有的人默默努力
堅持不懈的奮鬥

（繼續第 1207 首. 每個人都有不同）
只想朝目標前進
踏踏實實的行動
不斷追求和進取
因為他一點一滴的累積
會慢慢聚沙成塔積少成多
也會自然而然收穫多一些

每個人都不一樣
都有優點和缺點
即時是兄弟姊妹
也會有不同主張
雖然刻意的模仿
會有受益的地方
但越模仿則容易越迷失
不如做回來原本可愛的自己
做起事來也比較自然和順手

第 1208 首. 我的心被愛重重包圍

我的心被愛重重包圍
心田浮起陣陣的甜蜜
祂提供我最需要的愛
讓我有了被愛的感覺
也了解我對愛的執著
讓我感到幸福與溫暖

（繼續第 1208 首. 我的心被愛重重包圍）
當發現自己被愛包圍
那一刻被深深的感動
感覺很美妙也很貼心
祂無所不在用心良苦
存在每一個人的心中
讓人時刻充滿了溫馨

感謝祂陪我一生一世
心甘情願的為我付出
用愛心、耐心、關心、貼心
讓我在幸福的過程中
無牽無掛的自由發揮
每天都過得開開心心

愛使人間處處有溫情
祂突破重圍綻放光芒
驅走了黑暗帶來光明
照亮眼前的一方土地
雖然有時被現實羈絆
但還是感覺非常美滿

愛是我最忠實的伙伴
沒有祂身邊就沒溫暖
我不想掙脫祂的包圍
雖然祂佔去我的時間
也讓我無法掙扎反抗
但祂讓我快樂的成長

第 1209 首．領悟你為我指引的生路

（詩歌未譜曲）

我一直看得很清楚
人生就像一場旅途
而心安是唯一歸處
要取得順利的因素
要比別人高瞻遠矚
前途才會順暢無阻

我一直想得很清楚
卻踏上了條不歸路
雖然眼前窮途末路
需要不斷的去克服
幸好有你全力相助
才能過人生的低谷

你發現前方不遠處
為我指引一條生路
讓我過難關和險阻
你是我可靠的支柱
一路有你我很滿足
從此前途不再耽誤

喜歡你認真的態度
感謝你陪伴的腳步
讓我人生有所領悟
你是我最美的幸福

（繼續第 1209 首. 領悟你為我指引的生路）
彌補我許多的不足
值得我一生去背負

謝謝你肯陪我吃苦
發現你全身心投入
以青春幸福為賭注
所以為你我不能輸
無論如何辛苦忙碌
都要早日完成任務

你是我最好的基礎
為達成理想和抱負
你的一切我來建築
你是我最好的歸宿
你的幸福非我莫屬
你的未來我來照顧

為實現夢想的藍圖
能少走一些冤枉路
事前準備不能馬虎
為事後能胸有成竹
為目標能全神貫注
別匆匆忙忙的趕路
才能讓腳步上淨土

第 1210 首.我不能再有壞脾氣

假如我再這樣的壞脾氣
不能保持著冷靜的頭腦
一有不如意就怒火中燒
一急起來就隨便發脾氣
這樣反而無法解決問題
也會失控令人感到害怕

雖然生氣可以適度壓抑
但得先讓自己沉得住氣
不能縱容自己為所欲為
也不能讓情緒任意發洩
才不會成為情緒的奴隸
任誰也無法忍受和包容

如果是對的事不用生氣
如果是錯的更不該反擊
因為憤怒會有一股衝動
會令人失去判斷的能力
也會讓人產生負面情緒
甚至破壞與別人的關係

為此平常我要注意言行
要多利用時間檢討自己
了解自己為什麼會生氣
並試著用更理性的想法
以比較客觀的思考分析
才能把好脾氣磨練出來

（繼續第 1210 首. 我不能再有壞脾氣）
雖然生氣有時是合理的
但這樣想會讓人更生氣
我不能頑固的強詞奪理
也不能只站在自己立場
要能心平氣和才能明理
要能忍讓才能顧全大局

我知道小不忍則亂大謀
生氣時很容易責罵別人
也無法修復任何的關係
或許話不投機一個轉身
讓原本還熟悉的兩個人
從此分道揚鑣形同陌路

第 1211 首 . 領悟緣分的結局

緣分是上天的安排
是冥冥之中的注定
它像生命中的過客
來也匆匆去也匆匆
強求不來強求不得
無論現在做何感想
經歷什麼樣的故事
只能隨緣順其自然
最後還是得隨它走

（繼續第 1211 首. 領悟緣分的結局）

人生在世不過百年
何苦自尋煩惱憂愁
是你的遲早是你的
因為相欠才會遇見
任誰也沒辦法帶走
只有了解悲歡離合
不執著於不對的人
不糾結於多情的夢
才能獲得真正快樂

我們因誤會而分手
已到了緣分的盡頭
有些路你注定得走
或許你沒有什麼錯
只是找了一個藉口
也沒有解釋得太多
然後就華麗的轉身
從此陌生不再聯絡
就開始了新的生活

在孤寂中你有點冷
有些讓人難以接受
我不禁難過的發抖
只能用絕望來形容
實際上我隨遇而安
還是從前的那個我
但你終究一去不回

（繼續第 1211 首. 領悟緣分的結局）
眼神黯淡不再憧憬
像若無其事的離開

午夜夢迴的那一刻
有種很熟悉的感覺
想起了以前的種種
那些你路過的風景
充滿著變化和無常
如今已漸漸地陌生
只剩下回憶在飄揚
再沒有多餘的一頁
可寫下懷念的絕句
只能當是一場徒勞
一切也都隨緣就好

第 1212 首 . 領悟退休的生活

走過了人生的上半場
來到年過半百的行列
才發現時間過得很快
即將面臨老死的過程
然而在環境改變之前
需找到自己理想目標
並付出努力實際行動
這才是目前重要的事

（繼續第 1212 首.領悟退休的生活）
有的人退休後閒不住
才開始學如何過生活
想讓生活過得有意義
就得調整自己的心態
以身心健康作為前提
找些喜歡的事情來做
才能再創美好的人生
過好晚年的退休生活

有的人退休後變樣了
變成一個懂生活的人
在心態依然保持年輕
有學習新事物的熱情
也喜歡到處遊山玩水
把日子過得多采多姿
讓生活持續充滿活力
不當自己是個老年人

有的人退休後很幸福
和親友保持良好關係
有幸贏得上天的寵愛
也事事順利財來順手
已開始享受美好人生
他們講究身心的健康
珍惜現在擁有的一切
熱情善良且樂於助人

（繼續第 1212 首. 領悟退休的生活）
有的人退休後很活躍
覺得生活需要有目標
這樣活著才會有意義
就積極尋找精神寄託
去欣賞這世界的精彩
輕鬆過好往後的餘生
希望能好就再好一些
已不想再隨便的將就

有的人退休後想通了
想過自己喜歡的生活
能與人相處得很愉快
用減法減輕人生負擔
把人生從減法變加法
多活一天就多賺一天
充分感到一生已值得
收穫滿滿幸福與快樂

第 1213 首. 假如有一天我死了

假如有一天我死了
請大家別為我傷心
也不用請和尚尼姑
或者任何宗教團體來替我念經
因為我是無神論者
如果可以唸我那些文章

（繼續第 1213 首.假如有一天我死了）
還有詩集給我聽
我就死而無憾

因為我覺得
人生的意義
本來就是一場夢
來也空空去也空空
生亦何歡死又何悲？

我從來不相信任何宗教
知道很多人想不開也看不透
只覺得人活下來是不幸
在人生的苦海掙扎
受困於迷惑的紅塵
像孔子說的「朝聞道夕死可矣！」
但是既然活著就是要知道
如果知道了那死了又何足惜？

我覺得人活著一天
不同於畜生
就是要盡一分人道
所以在天地之間
唯我獨尊
雖然所作所為不如意
還是要活得有尊嚴
不能對不起任何人
重點是要對得起自己還有家人親友

第 1214 首.領悟幸福是一種感覺

有時我們會覺得自己很苦
感嘆生活沒有比別人幸福
這是因為不知足也不滿足
再怎麼比較也找不到好處
只有了解幸福和懂得惜福
才能夠牢牢的把握住幸福

人之所以會在痛苦中煎熬
在於放下太少要求又太多
總執著於那些頑固的想法
最終造成了不必要的後果
想要快樂帶來更多的幸福
就要以知足的心態去解讀

我們追求的是自己的幸福
要了解比上不足比下有餘
不是跟別人做比較的幸福
所以要給人生訂一個目標
在生活中做好一切的努力
才能跟別人比讓自己進步

只要知道幸福是一種感覺
就能隨時隨地的得到幸福
即使別人眼中你是幸福的
也不能代表你所謂的幸福
只要你不把它看得太複雜
它就能悄悄地走進你世界

（繼續第 1214 首. 領悟幸福是一種感覺）
所以首先讓自己快樂起來
自己感覺幸福就會有幸福
明白這一點心裡才會平衡
就不會羨慕著別人的幸福
也能對現狀感到滿足快樂
才有更多的幸福向你走來

第 1215 首. 假如我們能在一起

（詩歌未譜曲）

假如我們能在一起
能拉近彼此的關係
能保持友好的情誼
那就得保持好距離
這樣既獨立又親密
才能長久交往下去

假如我們交往順利
能擁有純潔的友誼
能進一步成為知己
那至少有相同興趣
也有聊不完的話題
才能有一定的默契

假如我們已是知己
是命中註定的相遇

（繼續第 1215 首. 假如我們能在一起）
是生活上的好伴侶
好的可以心有靈犀
那需理性提醒自己
才有更完美的結局

在這些特別日子裡
我找到人生的意義
想重新改變好自己
因為愛纏綿的情意
曾經那麼熱情洋溢
片刻都捨不得離去

第 1216 首. 領悟人生的起伏

人的一生難免起起伏伏
成長少不了會跌跌撞撞
其中有多少迷惘和徬徨
會讓我們誤以為是挫折
只要我們仍然樂在其中
懷著樂觀進取的人生觀
就不怕環境劇烈的變化

都說「福禍相依，因果報應」
雖然有一定的規律可循
不過從來都是一變再變
沒有人能預知未來的福禍

（繼續第1216首.領悟人生的起伏）
因此平時就該居安思危
才能把握好現在和未來
創造以後美好的人生

既然未來難以預測
也不該為此焦慮不安
不如先把握好現在
明確一個方向和目標
然後依計劃持續行動
一步一步地實現
才能站上夢想的舞台

苦難不一定使我們成長
成長也不一定要經過苦難
因此得意時不要太囂張
失意時也不要太沮喪
只有學著面對那些磨練
在困境中冷靜沉著
對未來努力的開創
才不會感覺活著是無助

很多事情我們控制不了
也難按照計劃去完成
會有些挫折和困難
需在經歷過後才會明白
正是所謂「經一事，長一智」
我想只有事先找到問題源頭

（繼續第 1216 首. 領悟人生的起伏）
從根本上去了解和分析
才能有效的規劃和佈局
決定未來前途的發展

第 1217 首. 領悟「努力的成果」

有誰會不計成果的付出？
會分析相關的前因後果
然後做出適當佈局安排
達到他理想的預期目標
我想他必不惜任何代價
也會堅持到底絕不放棄

他以為只要好好的努力
世上就沒有做不到的事？
殊不知心有餘而力不足
若再強求只會自食苦果
一旦遭遇到困難和挫折
會陷入進退兩難的境地

所以說凡事應量力而為
不能自不量力高估自己
須先考量事情本身難度
減少超出能力外的範圍
才不會盲從而徒勞無功
想收穫什麼先努力栽種
只有努力才能多得多獲

（繼續第 1217 首.領悟「努力的成果」）
不要為強求而自尋煩惱
該來的會來該走的會走
要適可而止要知足常樂
雖然努力未必會有成果
但沒有堅持到底的努力
那來現在和未來的幸福
所以成功需要全力以赴
才有成長和進步的空間

第 *1218* 首.我對你已完全信服

現在我對你已完全信服
你令我改變的理由充足
你像陽光般灑滿我的心
總在第一時間給我溫暖
幫助我驅趕心靈的寒冷
溫暖我多日冰涼的內心
讓我變得更開朗更樂觀
能否用你熱情將我點燃
照亮我黑暗前途的光明
讓我抱著一絲希望前進

你默默走在我思想路上
用真心來穿越過我的心
以長遠的目光觀察著我
讓我感受你用心的良苦

（繼續第 1218 首. 我對你已完全信服）
我需要找個安靜的場所
放心至此一切隨遇而安
把心歸零重新面對自己
讓內心有足夠時間放空
不讓眼前困境矇蔽了我

你豐富了我多彩的人生
在我身邊繼續指引著我
讓我感受你的天真活潑
有了你我再也沒有憂愁
你的心一塵不染的清新
思想如雪白一般的潔淨
你的天空如寶石般湛藍
你的美好等著我來學習
現在我已在你肯定之中

你火一般熱情溫暖了我
唱著暖暖的歌向我走來
用心舞出對生命的熱愛
洋溢出的感情是炙熱的
沒有人祝福我們的結局
不可自拔的感覺在心頭
你不想我因此進退兩難
想再給我多一點的溫柔
就為此希望永遠的陪我
成為我身邊最美的擁有

第 1219 首.珍惜時間活出精彩

人的一輩子說長不長說短不短
苦樂在其中轉眼就過了很多年
有時會覺得時間很慢度日如年
有時又感嘆光陰似箭日月如梭
先不管時間快慢和長短的感覺
活著就要讓自己每一天都開心
因為美好的生活屬於快樂的人
快樂更可以用來解釋人生意義

我們要做時間管理把握好時間
要有時間觀念有效的操控時間
應該珍惜時間成為時間的主人
才能在有限歲月活出精彩人生
因為生命的意義在奮進的過程
重要的不僅是努力還要有方向
應在有生之年做些有意義的事
才能坦蕩的感受那生命的喜悅

可我年華流逝逐漸衰老的今天
未來時間可以發展的地方不多
其中有些早已沒有努力的機會
儘管眼前事物美好的千千萬萬
但一切正在逝去更無法去強求
現在能做的是讓自己變得更好
不浪費生命要持續成長和學習
努力過好自己的人生才最實在

第 1220 首 . 你說人都有自己的路

（詩歌未譜曲）

你說人都有自己的路
都想尋求正確的歸屬
想找更多認同和關注
不想盲目跟別人腳步

自從有你我不再孤獨
我們的感情慢慢成熟
是你讓我的心靈豐富
已成為我的精神支柱

多想能與你朝夕相處
一起走一段關懷的路
願美好的承諾都算數
願從今以後快樂幸福

是你的方向正確清楚
特別踏實特別有寬度
為我指引前進的道路
讓我的人生有所領悟

一路有你我不再無助
你讓我認清自己的路
教我踏實走好每一步
使得我沒有誤入歧途

（繼續第 1220 首.你說人都有自己的路）
多想能和你朝朝暮暮
一起走上人生的旅途
也許一路上荊棘密佈
但我不改前進的腳步
即使走錯都會有覺悟

第 *1221* 首.領悟創作的好處

多看有益人生的創作
可以讓我變得好一點
日子過得有意義一些
它改變我現在的生活
確定了我目標和方向
正因為有這麼多好處
可以增加我更多知識
讓信心隨著興趣增長
也激勵我寫作的方向
才讓我每天樂此不疲

我深知寫文章的好處
它讓我發現自己無知
有太多知識需要學習
它教我如何做好自己
才能快樂的把握當下
我想只有多寫點心得
從此刻開始訓練自己

（繼續第 1221 首. 領悟創作的好處）
堅持每天寫一篇文章
慢慢的養成一種習慣
就沒有想像中的難了

寫文章可以豐富人生
通過學習來提升能力
或許短時間看不出來
但久長了累積的能量
可以讓未來變得更好
如果沒有寫作的堅持
我應該還在怨天尤人
渾渾噩噩的虛度人生
更無法打破自已無知
學到做人處事的道理

第 1222 首. 堅持改過就有希望

如何多給別人
一些改過自新的機會
讓知錯能改在未來
能認真改錯不再重蹈覆轍

雖然錯誤已造成
但只要從中學到東西
犯了錯也改正了
仍然是值得肯定的

（繼續第 1222 首. 堅持改過就有希望）
只要是人都會犯錯
都會經歷過失敗
那麼就將它改過
盡力彌補想辦法補救

我認為人都必須犯錯
沒有人能永遠是對的
除非他完全沒有作為
不能怕失敗就不敢開始

如果發現了錯誤
能痛定思痛痛改前非
堅持改過就有希望
命運也會隨著改變

第 1223 首 . 你總是那麼的冷

你總是那麼的冷
帶著一絲絲寒意
像一座融化不了的冰山
很有距離感很難靠近
讓我遭遇無法逾越的障礙

現在你連話也不想說了
只用沉默來回應我
把我的熱情消磨殆盡

（繼續第 1223 首. 你總是那麼的冷）
讓我心也跟著冰冷起來
真覺得有些高處不勝寒了

我認為好的交往是君子之交
會讓雙方變得更好更快樂
而不是我一頭熱的深陷其中
這證明你心裡有了別人
已佔了我的位置

如今我心寒了
已不想在你低溫的路上
被你的冷空氣包圍
也不再做天真的等待
從此不再糾纏

你讓我學會了放棄
我感受到你的無情
是那麼的傷人
你冷得讓人想離開
如今只剩下蒼白的記憶

雖然我會為此痛心
有幾許無奈幾許感慨
但人心不是一天涼的
我已了解你的冷漠
只會讓我心再崩潰一次

第 1224 首．為了脾氣

為了脾氣
我們忍不住發火
點燃憤怒的激情
躁動的燃燒了自己
為了脾氣
我們把美好的前途
葬送在自己手裡
脾氣啊
因為比上不足比下有餘
讓我們在黑暗中混淆了黑白
為了脾氣
我們在失去理智之前
少了冷靜的考慮
沒調節好情緒和壓力
才導致瞬間爆發後悔的事
為了脾氣
我們失去自我失去控制
對一些微不足道的小事抓狂
為了脾氣
我們才對曾經的憤怒
造成的失誤無法釋懷
為了脾氣
我們要能屈也要能伸
要學習自我情緒管理
才能保持心情的舒暢
為了脾氣

（繼續第 1224 首.為了脾氣）
我們不要悶在心裡
也不要發在別人身上
為了脾氣
我們應該冷靜的表達
以免造成日後的危害
最後還是為了脾氣啊
先退一步海闊天空
做好情緒管理才能據理力爭

第 *1225* 首.領悟患得患失

失去比得不到的更難過淒涼
得與失斤斤計較
從患得患失哪裡而來
結果也沒達到什麼
只走得自己進退兩難

得與失猶豫徘徊
在把握與放下之間
盡力而為取得平衡
它把所有的妄想
丟失在不屬於自己的空間

在這個習慣擁有的時代
我們視之為理所當然
忘記愛護忘記了珍惜

（繼續第 1225 首. 領悟患得患失）
讓所有的貪婪都異想天開
飛到未知的地方疲憊不堪

得失來來往往
有得必有失有失必有得
該來的會來該走的會走
別以為那永遠不會離遠
學會把握當下何苦患得患失

得失的純粹道盡失望與希望
或許希望越多失望的也越多
得到的越多失去的也越多
因為沒有一個人能永遠得到
只有懂得珍惜才能擁有更多

第 1226 首. 遇上你才知道什麼是愛

遇上你才知道什麼是愛
說不愛？怎會有轟轟烈烈的開始
說愛上了？為何又怕忽冷忽熱的溫度
難道除了愛情我們就一無所有
已空洞到沒有其他東西可以填補
現在只是曾經熟悉的陌生人嗎？

還記得在深夜說的悄悄話
那些與你糾纏不清的日子

（繼續第 1226 首. 遇上你才知道什麼是愛）
是怎麼看都看不夠的喜歡
你那距離產生的美感
有一段足以感動的時光
對我有種致命的吸引力

我什麼都不怕只怕失去你
但現在已被你通知收:「好人卡」了
才感嘆現實打生活的耳光總是特別的痛
如果不是我在該前進時退縮
讓真正的愛看不到未來
也許我們不會這樣一笑帶過

你像太陽不管升起或落下我都會朝著你
因為你的愛是無法抗拒的溫暖
有讓人一見就喜歡的感受
只是你想暖的人已不是我？
最後你還是冷落了我
說不愛在輕鬆的談話中

曾以為你是我的唯一
是我一生中理想的伴侶
但其實我只是你其中之一
這使我在每個思念堆積的夜晚失去溫度
想起曾經為你融化冰山的努力微微的顫抖
太冷依舊是我無法破冰的關鍵

第 1227 首 . 你化曖昧為明朗

你嘗試的曖昧有些模糊的地帶
這讓我投入時很美過程卻很累
你是在考驗我面臨困境的勇氣？
還是想讓時間證明我對你的愛？

你讓我受盡了委曲吃盡了苦頭
有時還需為自己的受傷流眼淚
你總是東張西望獨漏我想要的
讓我不知該如何為你畫上完美

雖然你想的曖昧有發展的空間
但我還差一段距離無法靠近你
這幾乎讓我沒有足夠時間想像
對曖昧無知就是對自己不負責

你讓我心潮澎湃讓我敞開心扉
讓我更上層樓去看更遠的地方
這讓我有更足夠的空間去觀察
把朦朧的未來化為你要的明朗

你是那麼的迷人那麼引人注目
讓一些追求者出現過度的追求
總繞著纏著你不放想製造浪漫
想把你安置在他們完美的空間

（繼續第 1227 首. 你化曖昧為明朗）
你有智慧去選擇你想要的人生
已了解曖昧的苦澀會多於甜蜜
而那精彩的瞬間雖然不盡人意
但有可能一個一個都讓你滿意

你明知是錯的就不再繼續沉淪
會選擇不同姿態化曖昧為明朗
這讓我可以想像你未來的樣子
但我還是看不清楚你那些神祕

第 1228 首.
領悟：「怎麼讓『走到盡頭的路，轉個彎』？」

怎麼讓「走到盡頭的路，轉個彎」？
讓前途不只是光明還有出路？
我想只要「心念一轉，就有轉機」
因此在該轉身時要勇敢轉身
在該失去時就學會灑脫離開

畢竟：「山不轉路轉，路不轉人轉」
讓我們相信路是人走出來的
而路沒有盡頭只有錯的選擇
我不想半途而廢就隨便轉彎
「或許換條路走，會比轉彎的好」

（繼續第 1228 首. 領悟:「怎麼讓『走到盡頭的路,轉個彎』? 」）
有人說:「轉彎不代表承認走錯，
轉彎後，也不一定能走得順暢。」
但我想告別錯的路走出幸福
讓前途沒有留下任何的遺憾
就得「找出一條更好的路來走」

都說「轉彎越多，花的時間越多」
因此只要我發現走錯的時候
「會先回到，上一條路對的起點」
然後思考接下來該怎麼行動
才能讓自己走上正確的道路

「夢想，指引了我們前進的方向」
不會讓我們無知的走上絕路
我們要堅持樂觀並拋棄悲觀
要換個角度思考去突破障礙
只要「我們想走，盡頭依然有路」

知道「直行距離最短，彎路較長」
就了解路起伏多變，曲折坎坷
而路的盡頭只是另一段開始
因此只有勇往直前迎接挑戰
相信「路由心生，才能走到終點」

或許「天下最難走的路是捷徑」
又或許一切在我們掌握之中
雖然眼前沒任何改變和危險

（繼續第 1228 首. 領悟:「怎麼讓『走到盡頭的路,轉個彎』? 」）
但只要「前途堪慮就不該前往」
否則當陷入絕境就後悔莫及

「前進的旅途，總有轉彎的需要」
不要學那些沒有智慧的托詞
也不要害怕失敗到裹足不前
或許轉彎後繞的路會比較遠
但一路通暢很快就到達目的

我們「靠勇氣前進，靠智慧轉彎」
雖然有些會讓人焦慮和恐慌
但只要把心情變得陽光積極
一邊繼續追求一邊進行修正
就能堅持的走出自己的路來

第 1229 首 .他們的愛情已沒有了愛

他們的愛情已沒有了愛，是因為愛曾經傷害了他們？但他還不想離開，就當他是一廂情願，讓只剩表面的甜蜜語言，繼續為愛存在。

然而給愛情下一個定義很難嗎？我只能說：它很簡單也很複雜，是消極也是積極；你會發現自己痴情得沒有什麼了不起……

難道除了相敬如冰的冷空氣，就沒有新鮮的保固方法嗎？或許把溫度控制得剛好，就不會有變質的酸臭味了？

（繼續第 1229 首. 他們的愛情已沒有了愛）

我想：他們愛情無法持久的原因，是缺少驚喜和活力的感覺，最後可能只變成陪伴了？

雖然他們還是相互的關心，但卻少了相互的吸引力，也忘了添上一分情趣；這會讓剩下的浪漫，和期待的火花熄滅。

或許他們的愛情少了火花，關係就此冷卻；也被歲月磨得平淡無奇，所以有時會覺得很折騰；但依我看來，是他們相愛的能力退步了吧！退步到把吵架當作是正常，讓心情像颱風過境一樣的亂；這樣往往得花上好一段時間，才能再恢復正常！

我認為爭吵雖是一種溝通，但也要吵得冷靜，吵得理直氣和，不能讓說詞如火上加油那般危險；倘若他們還不知就裡的操作，只會把事情愈搞愈糟的。

他們應該避免用一些攻擊的字眼，不要以冷漠的方式來收場，才不會有變相的二度傷害發生。

第 1230 首 . 你是我想像中的偶像

你是我想像中的偶像
在我眼中是如此的特別
我的世界因你而美好
然而你真的有這麼吸引我
還是我有需要崇拜你嗎？
我想是因為我選擇性的喜歡你的優點
但是我來晚了
帶著過期的門票
只能走向幻想你的舞台

（繼續第 1230 首.你是我想像中的偶像）
人的一生中常常面臨做不到的擔憂
但是我看見成功之門為你而開
只釋出對你形像有利的消息
而對另一半蒙蔽的事實置之不理
使你的潛能和天才能夠發揮
這當然是人心所向
你也沒什麼好謙讓的

你所呈現的優點
僅僅是為那些習慣的作風點綴
你所能取捨的好壞
僅僅是過度參考的選擇
而你拿手好戲贏得的掌聲
更讓眾人移不開目光

然而你表演那呼聲最高的角色
也給一些成天幻想的人
做完整的交代了

我知道我所崇拜的你不是真正的你
是我想像之中的你
但你還是我的偶像
你給我一種驚心動魄的美
是我眼中閃亮的光
我要學你用更亮的光芒
去照亮世界的每個角落

第 1231 首.了解「不當圍籬」中「束縛的壓力」

人活著總會有束縛的壓力
但它時刻都在保護著我們
沒有它就像斷了線的風箏
會在沒牽引的狀況下掉落
沒有它也會像脫韁的野馬
缺乏自我約束和自我控制

我曾試著走出不當的圍籬
沿著它細心觀察反覆研究
希望找到容易突破的缺口
是經驗指引我成功的捷徑
自信給我不斷向前的勇氣
責任讓我生命充滿了意義

曾以為走出了束縛的圍籬
結果卻陷入另一個束縛中
連空氣也瀰漫著緊張氣氛
這讓我只能繼續安分向前
以穩定的步伐來確定方向
去尋找那希望的柳暗花明

我想徹底了解自身的不足
渴望擁有衝破束縛的力量
張開那被束縛困住的翅膀
去放飛自由的嚮往和追求
但我得先承認自己的無知
才能面對那些錯誤和盲點

（繼續第 1231 首. 了解「不當圍籬」中「束縛的壓力」）
了解圍籬都有一定的束縛
但它不是那麼絕對和死板
因此只要掙脫不當的圍籬
就沒有什麼可以圈住我們
但在沒有足夠能力的時候
還需要適當的圍籬來保護

了解限制我們的不是圍籬
讓我們不自由的不是束縛
是無知給我們帶來的困境
所以想掙脫束縛活得精彩
就得憑自己能力破繭而出
才能蛻變成為美麗的蝴蝶

第 1232 首 . 領悟「一錯再錯」的荒唐

我知道我做錯了什麼
為自己的過失感到羞恥
為造成的損失與傷害感到悲痛
我知道一錯再錯將罪無可恕
知道是自己心態不夠好
所以想減少一錯再錯的荒唐

我知道只要是人都會犯錯
不怕犯錯只怕一錯再錯
所以需要不斷注意改善的狀況

（繼續第 1232 首.領悟「一錯再錯」的荒唐）
增加足夠的經驗判斷是非
學會自省的能力及時改正缺點
才能將錯誤造成的原因從根本上排除

我有些過度的放縱
說過太多口是心非的話
也曾向蒼天發誓獲得了認同
只為了博取大家的關注
但我無力贏得所有人的歡心
這將使我無法糾正自己的短處

我有些固執無法駕馭
錯誤無邊反省只是藉口
徒勞的剔除已沒有作用
只有你棄而不捨的告誡我
改過需要決心的火焰熊熊燃燒
才能燒盡我所有過錯的荊棘

時間擾亂了多少思緒
讓我作了無效的改過
好在人生沒有因此向下沉淪
我只有及時反省勇於認錯
才能從錯誤中找到問題的根源
才不會一步步輸在人生裡

第 1233 首 . 你接受了我的建議

我知道你接受我的建議
不是你認同了我的觀點
而是允許我言論的自由
因為你做什麼決定之前
總習慣先徵求別人意見
然後考慮該怎麼去執行

你一開始的態度很積極
想藉著建議讓未來變好
請我成為你有效的助力
但事實上你常低估自己
懷疑自己的判斷與價值
我認為是你想像的錯覺

然而我的建議公正客觀
全都是我親身經歷的事
也經過深思熟慮才發表
具有一些建設性的意見
內容也提出專業的看法
這樣可以幫你提高效率

我的建議不是老生常談
不是千篇一律的舊見解
也沒有任何偏激的主張
是出於朋友的相互幫忙
是給點意見提供你參考
讓彼此有進一步的空間

（繼續第 1233 首. 你接受了我的建議）
如果你能理解我的想法
能真正聽進去我的建議
能仔細衡量給你的標準
並從中找到適合的結論
接受我真心真意的幫忙
就能走向成功的第一步

第 1234 首 . 愛你還沒有把握

（詩歌未譜曲）

要什麼樣的告白，你才懂
我不知道妳想要我怎麼做

其實我愛你，還沒有把握
是我錯，是我付出不夠

想在你的心中，做真正的英雄
我的努力，始終沒有停過

我可以給你，肯定的承諾
希望你能夠再次被我感動

啊~現在的情況對我
只有繼續努力追求
啊~現在對我來說
最重要的是得到你認同

第 1235 首 . 領悟一念之間

（詩歌未譜曲）

有多少缺憾在一念之間
有多少差錯在鑽牛角尖
這害我跌跌撞撞好幾年
讓我不知變通躊躇不前

而一念有可能不是瞬間
可能是久藏心底的觀念
因此我還有思考的時間
足以形成人生的轉捩點

都說一念是堅持的心願
必須持之以恆不能間斷
還要能通過逆境的考驗
才能走出自己的一片天

都說執著是美好的信念
為此堅持目標才能實現
都說放下不是隨隨便便
為此放下了該放的執念

所謂一念不能只看表面
其中還有許多福德因緣
要能修心養性改變缺點
才會明白「道在天地之間」

（繼續第 1235 首.領悟一念之間）
每個人都有善念和惡念
善人有惡念，惡人有善念
因此只要我們良心發現
就可以減少惡念種心田

或許成敗不在一念之間
它在背負與放下中盤旋
而一念之間有千萬個念
千萬個念只在一念之間

第 1236 首.感謝我的「上帝」

謝謝你為我點亮心燈
照亮了我茫然的天地
讓我能在這一片天地
充分展現自己的才華
活出那生命的光和熱
發揮自助助人的精神

只有你永遠的照亮我
為我帶來無限的光明
你要我行得正坐得直
要我努力向目標前進
讓我進一步做人上人
能知難而進越挫越勇

（繼續第 1236 首. 感謝我的「上帝」）
你常不眠不休的努力
瘋狂的熱情沒有目的
看你日夜辛勞的運作
在那無人能及的高度
奉獻自己去照亮別人
用自己活力培育我們

你要求我對幸福堅持
讓我有了目標和依靠
是你讓我有立足之地
你的本領已無人能及
但你還在持續的努力
努力讓我的夢想成真

你永遠那麼美麗神奇
對我有強烈的吸引力
我願在你的陽光之下
用樂觀心態面對生命
開創屬於自己的色彩
盡情發揮讓美麗綻放

是你提升我所有層次
改變了我人生的軌跡
讓我有空間揮灑創意
在我恣意揮灑的同時
讓我享受自由的痛快
掌握屬於自己的當下

（繼續第 1236 首. 感謝我的「上帝」）
你讓我站上人生舞台
邀我參與大小的演出
讓我有機會表現自己
你把全部時間給了我
無論如何都不離不棄
能給我最細心的照顧

你是獨一無二的奇蹟
是我唯一服從的真理
對我的成長有所助益
但重要的是你有願力
有願力在任何時間點
讓我生活變得更美好

從一開始就很感激你
謝謝你很合理的安排
少了你我生命沒意義
少了你我無法再繼續
我希望在你的時空中
繼續發揮生命的價值

第 1237 首. 領悟人生的規劃

如果想讓自己有美好的未來
請先找出正確的方向和目標
然後投入心力朝著計劃奮鬥

（繼續第 1237 首. 領悟人生的規劃）
才能走出那沒有目標的荒涼
而目標需搭配好行動和計畫
才能在規劃的時間之內完成
那就把目標當作行動的指南
讓它提供我們更明確的指引

人生本來就該有長遠的規劃
該認真考慮製定好未來目標
該讓自己朝著既定目標前進
否則虛度光陰最終後悔莫及
儘管未知的未來還無法預測
但只要根據實際情況做應變
做出一些必要的調整和修改
就有機會抵達那成功的彼岸

然而有些人卻持不同的看法
雖然他們很努力很令人敬佩
也克服了所有的困難和障礙
但缺少了規劃還是美中不足
我想他們怕計畫趕不上變化
怕先事先規劃好的舉步維艱
怕沒把握只好過一天算一天
所以才認為沒有規劃的必要

我認為少了規劃就少了方向
就不能按部就班的循序漸進
所以不規劃又怎能確定目標

（繼續第 1237 首. 領悟人生的規劃）
有可能在錯的地方越陷越深
當然我的說法是合乎邏輯的
因為如果不做個合理的規劃
那又該如何走向理想的目標
所以還是趁早規劃週詳的好

雖然人生很難照著規劃前進
但我認為至少有點規劃的好
才不會只偏重於短期的收益
而沒有更長遠的目標和計劃
實現夢想需要些可行的計劃
還有明確到可能達成的目標
因此不能空有想法要有行動
所以我想先規劃才有驅動力
才能真正活在當下面對未來

第 1238 首.領悟竭盡所能的人生

我已經竭盡所能全力以付
但總有些細枝末節在糾結
和許多多的考驗要我克服
我應該學著去挑戰和突破
不斷的超越自我完善自我
才能夠到達成功的製高點

（繼續第 1238 首. 領悟竭盡所能的人生）

我應該給自己多一點能力
因此努力的時間需要延長
需要更積極的去開創未來
也應該去加速轉型和升級
以掌控規模化帶來的契機
才能有進步和發展的空間

我知道解決問題需要技巧
要先查出問題到底在哪裡
要徹底思考才能釐清原因
要找出癥結才能步步拆解
要讓自己保持在最佳心境
才能讓思路靈活懂得變通

我知道成功是失敗的改進
它會讓我走得更遠更成功
而精彩生活要靠自己創造
美好未來也要靠自己爭取
想要達到自己理想的目標
就要不計成果的付出努力

我想從新的角度解決問題
想讓自己想法變得更清新
想調整自己對問題的心態
想透過汗水和智慧去實現
讓新點子一個接著一個來
去解決那難以解決的問題

（繼續第 1238 首. 領悟竭盡所能的人生）
我已經不顧一切地去努力
想努力讓自己更加的茁壯
想讓自己站上趨勢的高點
想去劃破那思想沉悶天空
把偏見與疑惑暫時放一邊
讓想像力發揮我的超能力

第 1239 首 . 領悟「努力過好每一天」

（詩歌未譜曲）

就讓我努力地過好每一天
不斷的突破自己挑戰極限
讓未來的每個夢想都實現
就讓我站上希望的起跑線
以穩定的速度一圈接一圈
讓追夢的腳步能贏在終點

雖然夢想的世界距離遙遠
但我向前的信念不曾短減
只要我有決心多努力一點
並做好準備面對所有考驗
就能在逆境中闖出一片天

因此我要彌補智慧的缺陷
要盡力去改正自己的缺點
要學習別人的長處和優點

（繼續第 1239 首. 領悟「努力過好每一天」）
進而改變所有不好的觀念
才能讓自己有進步的空間

我要去除心理障礙和盲點
要讓自信的亮點再次重現
要克服一切的困難和考驗
並重新振起精神努力向前
才能衝過象徵勝利的終點

第 1240 首. 我已經老了

我已經老了
老得身體跟不上跑很快的時間
老得必須鼓起勇氣去憧憬明天
老得不知還有多少病痛的折磨
這麼多悽涼的晚景令我不安
我應該為老後的生活做準備
才能過好在世剩餘的日子

我已經老了
但還有一顆年輕的心
不會在日子中消磨時光
也不會空虛得失去重心
我必須盡力去適應老年生活
保持樂觀和幸福的心態
才不會讓未來只剩黃昏的一幕

（繼續第 1240 首. 我已經老了）
我已經老了
會擁有更多空閒的時間
因此我需重新歸零後再出發
要規劃好老年生活
要保持身心的健康
要找出自己喜歡做的事
才讓自己活得更有意義

我已經老了
那般滄桑不知要與誰訴說
只有回憶陪我為荒蕪的年華嘆息
因此我不能再虛度晚年
不能只等著老天爺來安排
不能再讓時間左右為難
再陪我坐在角落哭泣

我已經老了
生活不再像以前那麼忙碌
覺得日子過得很輕鬆
但必須學會和自己獨處
幸好有你滿懷的深情
給我那麼多感動的時刻
陪我跨出孤獨的邊緣
願意給我幸福的一切，一切的幸福

我已經老了
已不敵過歲月的滄桑

（繼續第 1240 首. 我已經老了）
體力也明顯大不如前
不再是年輕時的意氣風發英姿颯爽
現在的我只想要安度晚年
讓日子過得幸福、讓生活過得快樂
不用再去煩惱過去，也不用擔憂未來

我已經老了
老得想先照顧好自己，不給子女添麻煩
但只會過日子的我
還不懂得生活的浪漫
也不會精神和物質的享受
且有些不可理喻的固執
老想把夢想建立在別人身上

我已經老了
老得覺得健康才是最大的幸福
因為沒有健康等於沒有了一切
幸好有你一句句的叮嚀
聲聲入耳感動我心
感謝你為我編織夢想
給我愛的光環
讓我重新燃起追夢的勇氣
讓我在人生下的半場中表現出色

第 1241 首 . 曾經愛是那麼甜蜜

（詩歌未譜曲）

曾經愛是那麼的甜蜜
曾經感情是形影不離
曾經承諾是真心真意
這些經過的點點滴滴
至今還深刻在我心底
彷佛有用不完的活力
彷佛可以永遠在一起
在一起為生活而努力

想起那段纏綿的過去
到處充滿青春的活力
可惜我不懂得去珍惜
常常無故的惹你生氣
讓你難過到心痛不已
希望你原諒我的脾氣
別再鐵了心腸的離去
讓感情還有挽回餘地

我對你的心無可置疑
有一種說不出的愛意
但眼前只剩撲朔迷離
彷佛隔著冷漠和空虛
再多的言語只是多餘
再多的折磨只是委曲
置身其間摸不著頭緒
只想把傷心埋在心底

（繼續第 1241 首. 曾經愛是那麼甜蜜）

我知道感情得來不易
希望你別輕易的放棄
雖然挽回的寥寥無幾
但我還是會持續下去
我知道持樂觀是積極
持悲觀的看法是逃避
只希望減少壞的機率
想起來依然能在夢裡

在我生命殘缺的記憶
你像空中飄飛的柳絮
被風輕輕吹到角落裡
這並非我想要的結局
我會永遠等你的歸期
等你還未綻開的美麗
等你用最美麗的旋律
在這夜晚快樂的響起

不管要撕掉多少日曆
我只等你的回心轉意
等你願意和我在一起
等你攜手共創新天地

第 1242 首. 路永遠在我腳上

一輩子該有多少輝煌的日子

（繼續第 1242 首.路永遠在我腳上）
一輩子會有多少挫折與憂傷
這些需要我開心努力的活著
縱然被命運捉弄被現實打擊
或被失敗折磨 陷入挫折泥沼
我也不願和自甘墮落有牽連

一輩子該有多少成功的機會
一輩子會有多少失敗的教訓
這些需要我擺出堅強的模樣
儘管有一些聽不太懂的言語
來說明我沒著落和把握的事
我也不會去改變活著的信心

就讓一輩子重新過好一輩子
就讓成功與失敗公平的存在
就讓我的努力及時派上用場
我的好日子不會很快就收場
我的熱情不會很快化為灰燼
我的路永遠都會在我的腳上

第 1243 首.領悟人生的迷惑

有時我會孤單會失落也會難過
但有太多的時間一直包圍著我
要我放輕鬆把多餘的煩惱趕走
讓我泡壺茶溶入他們的寧靜中

（繼續第 1243 首.領悟人生的迷惑）
用期待和誠懇的手去招呼他們
以全神貫注把發現的問題解決

有時我陷入困惑也找不到出口
但有太多的朋友一直陪伴著我
要我多撥點時間用心尋找方法
把時間花在感受到熱情的地方
讓更多的歡呼和掌聲接力不斷
才不會每一天那麼的枯燥乏味

有時我會困難重重過得不快活
但有太多的幸福一直向我招手
要我學會用微笑來過好每一天
每天多給自己一些目標與希望
把更多的快樂分享給其他的人
才能在心靈無助時得到些安慰

有時我會落魄潦倒為生活所迫
但有太多的關懷一直鼓勵著我
要我能坦開心扉讓他們來靠近
其實我的人生規劃得並不完善
以致於忽略進度造成美中不足
但只要我有機會還是會去振作

平常生活圍繞我在寫作上打轉
是我每一天快樂和幸福的所在
我會本著文人文以載道的使命

（繼續第 1243 首. 領悟人生的迷惑）
寫好文章合理的解釋人生迷惑
在大是大非和做人原則問題上
用我短暫生命堅守合理的初衷

第 1244 首. 我需要改好自己

在很多困難面前需要的是勇氣
因為恐懼會讓人變得悲觀失望
因此我需要改變心態坦然面對
才能克服恐懼提高自己的信心
然後再次鼓足勇氣去戰勝困難

在很多道理面前經歷了才能懂？
所以不僅要了解還需配合行動
目前我還不能把了解變成動力
也就是說我沒有更具體的行動
來改變困境所以我過得這麼糟

我只是凡人不會講一大堆道理
也不是個能言善道口才好的人
但我會去理解別人的心理需求
我喜歡用道理思考所謂的不幸
找各種理由來解釋人生的迷惑

我需要有些經歷才會變得更好
有時我的心情像風吹落了的葉

（繼續第 1244 首. 我需要改好自己）
數不清有多少顯得那樣的無助
有時我的無知像花迷人的顏色
常常會忘記日子是怎麼度過的

我常會說出理由為自己找藉口
當然合不合理隱藏了是非對錯
所以我不應該再為無能找理由
我需要有行動帶來有力的支撐
否則只是空口白話的隨意捏造

我不想活在別人陰影範圍之內
也沒有和別人逢場作戲的計畫
雖然我不完美但我不虛偽做作
我願把最真實的自己呈現於此
不管別人怎麼說我都虛心接受
因為我是覃合理我會人名其名

第 1245 首. 我仍然會留在原地等你

（詩歌未譜曲）

自從陌生路口認識了你
我心泛就起了愛的漣漪
我感謝上天讓我們相遇
好想就這樣一直陪著你
陪你一起遊遍世界各地
陪你去看大自然的美麗

（繼續第 1245 首.我仍然會留在原地等你）
自從有你在我身邊鼓勵
心裡滿滿的全都是感激
於是燃起愛火激勵自己
想積極地對你表達愛意
想繼續拉近彼此的距離
讓感情的路上走得順利

自從走進了你的世界裡
我就嘗試著去改變自己
努力達到你想要的預期
結果也無法讓你都滿意
才發現你沒把我放心裡
對我冷漠說不理就不理

我重拾信心繼續跟著你
滿腦子是你走過的足跡
可偏偏下起了一場大雨
它淋溼了我也模糊了你
把你走過的痕跡全洗去
讓我無法找到原來的你

我已讀懂你對我的心意
最終你還是想保持距離
但你不想給我任何壓力
也不想給我太大的打擊
只想給些我進步的動力
這樣就是你想要的目的

（繼續第 1245 首.我仍然會留在原地等你）
不管將來會有什麼結局
我都有面對困難的勇氣
不管現在發生什麼問題
會有多少的變化和經歷
我都有解決問題的能力
不想我們只做朋友而已

蒼白的日子一天天過去
我對你的承諾始終如一
即使做不到我也會盡力
再困難我也要做出成績
因為你是我最愛的唯一
我不能算了就讓你離去

無論你是留下還是離去
我仍然會留在原地等你
等你在我心中留下印記
等你帶回那曾經的甜蜜

第 1246 首.陪你在那幸福路上

（詩歌未譜曲）

陪你成長在那幸福路上
看到你眼裡綻放著光芒
過程中有些幸福的幻想
就像我們都知道的那樣

（繼續第 1246 首.陪你在那幸福路上）
甜或苦都需一起去品嚐
高興時有福同享的時光
難過時共患難互相幫忙

陪你走在那條幸福路上
看花花草草聞鳥語花香
一片生機盎然的好景象
心情總會變得格外舒暢
你說適當的把事情遺忘
隨著這些煩惱進步成長
就不會覺得前途很渺茫

可現在我回到幸福路上
發現路不好走也不寬敞
路上摻雜著快樂與悲傷
很多事情無法如願以償
正如成功伴隨我的失望
你教我把煩惱全都忘光
坦然的面對所有的蒼涼

你說幸福就在我的前方
說命運掌握在我的手上
給自己一分足夠的堅強
把精力放在理想和希望
需要時轉個彎改變方向
失敗了不氣餒繼續前往
讓快樂在內心深處蕩漾

第 1247 首.有一天你們會明白我的詩

有一天你們會明白我的詩~
少了詩情畫意的那種風情
只有生命中最真實的告白
我曾憑藉道義做精闢分析
流連於文字的浪漫情懷中
但有些不知如何取捨斟酌
只要是有益的就忘情投入

有一天你們會明白我的心~
不是你們夢裡想像的模樣
是我一顆不變的赤子之心
我曾試著走出風雨和痛苦
遠離迷惑現場模糊的角色
用心處理當下的窘迫困境
以解釋大家被深藏的迷惑

有一天你們會喜歡我的話~
不是我說得好聽是我真心
是真誠和老實的言語敘述
我嘗試所有努力走出未來
以我親身的經歷告訴世人
讓你們跳脫出無奈與悲傷
獲得幸福快樂的美好人生

總有一天我會離你們而去~
那絕不是我能想像的日期

（繼續第 1247 首.有一天你們會明白我的詩）
是為了病痛的糾纏與折磨
告別這個身不由己的年代
即使少了我你們也會安然
因為我的詩會讓你們感動
你們會繼續堅強的活下去

第 1248 首.就這樣學了一生的經驗

就這樣學了一生的經驗
發現生活總有些不如意
雖說如此卻幫助我成長
讓我往想要的目標前進

就這樣經歷了不少失敗
覺得努力不一定會成功
但「它」從來不會消失不見
會以其他的形式來回報

就這樣努力只為了明天
直到日子過得越來越好
心態也獲得真正的平衡
不再像以前那樣的焦躁

就這樣消除不良的情緒
才領悟到好心態的重要
那就以平常心對待生活
做到浮沉不亂榮辱不驚

（繼續第 1248 首. 就這樣學了一生的經驗）
就這樣不顧一切的努力
在挫折之中嘗盡了苦果
事雖如此我也是要繼續
就算差強人意也很正常

不管之前發生了什麼事
都已成過去都無法改變
只有不再犯同樣的錯誤
才能從失敗中走向成功

第 *1249* 首 . 我感謝媽和爸生我育我

我在口耳相傳的天堂裡動了凡心
掉落到嚮往的人間仙境，繼續我獨有的精彩
其間沒有生的喜悅也沒有死的恐懼
就像一粒塵埃，時而往上時而往下時而飛旋
沒有人在意我的存在、沒有人為我喝采
直到遇上媽和爸的真愛之旅
帶我進入到「愛的世界」賜予我生命
讓我從「億萬個競爭對手中」突圍而出
幸運地來到媽「溫暖如水的子宮裡」
慢慢吸收媽的養分，發育成媽和爸的小孩

我感謝媽和爸生我育我
一直無微不至的照顧我
讓我能健康平安的長大

（繼續第 1249 首. 我感謝媽和爸生我育我）
感謝媽和爸耐心的教導
告訴我許多做人處事的道理
讓我從失敗中自我檢討
從所犯的錯誤中吸取教訓
為下一次成功做準備
我感謝媽和爸為我生命帶來神奇的改變
能跟隨著你們來這個世界是我的幸運

我跟隨著媽和爸無憂無慮沒有煩惱
開心、快樂溢滿心田
臉上常會綻放朵朵幸福之花
因為你們把最好的都給了我
豐富我生命的每一階段
讓我有機會享受那分獨特的美好
因為你們讓我對生活充滿希望
對未來充滿樂觀對自我充滿信心
讓我能跨越障礙達到最好的境界
為了表達感激，我想做一個有用的人
讓你們以我為榮每一刻都是感動
雖然你們之前的努力我沒來得及參與
但你們的未來我一定全力以赴

第 1250 首. 領悟「因緣」之道

我相信這輩子遇見誰
是「緣分」也是一種「機率」

（繼續第1250首.領悟「因緣」之道）
或許「祂」早已安排好了
「會讓你不遠千里而來」
默默陪在我身邊幸福
我們漫步在那夜光下
靜靜欣賞月亮大又圓
發現「祂」像幅「完美傑作」
深深吸引我們的感覺
讓我們「有憧憬和希望」

「先不管注定還是安排」
「是緣分還是機率使然」
我相信「先有緣才有分」
「才讓我們有機會相遇」
可見有些人會留下來
留下跟隨我們的腳步
但有些只是匆匆路過
轉眼間就不見了蹤跡
這就是那「緣分的神奇」
所以「有緣千里來相會」

「是緣分讓我們在一起」
雖然「世事無常變化多」
沒有所謂的「定律可循」
我相信前「世因今生緣」
一切有它的「因緣造化」
也有「無中生有的可能」
「但緣分需有前因後果」

（繼續第 1250 首. 領悟「因緣」之道）
「所以沒有無故的關係」
「因此我認為沒有緣分
就沒機會讓我們相遇」

我相信那「前因的延續」
「種什麼因就得什麼果」
「但前因後果不是迷信」
「是事情的起因和結果」
所以對你好對你付出
對你一直都不離不棄
讓你生活充實又快樂
「可能是他前世欠了你」
「今生為了還清才找你」
才陪你共度風風雨雨

我相信「因緣範圍很廣」
「浩瀚無邊且無所不包」
「萬物有它的因緣造化」
「所以宇宙是從無到有」
「再從有到無形成循環」
才演變成今天的局面
而「無」就是「宇宙的起源」
「有」是所有「萬物的開端」
「祂」們相互的「形成和諧」
「形成千古不變的真理」

第 *1251* 首．我已調整好腳步

（詩歌未譜曲）

在人生的路上我已調整好腳步
期待工作和生活會有完美演出
我必須選擇最重要的事情投入
然後照原定計劃再挑戰新事物
才能進一步來考慮方法和速度

我知道沒有目標的人生很無助
但我也不想盲目的付出與忙碌
我想做好時間管理和眼前任務
不讓時間在錯誤的節奏中虛度
才能達成我更多的目標與幸福

我不想被錯誤傷害得體無完膚
也不想讓太多的事情遭到延誤
只想讓自己變得更懂事更成熟
如今我只有選擇比較容易的路
為了進步我不能怕疲勞和辛苦

我不想讓空氣凝結得一無是處
也不想麻木不想故意再裝糊塗
只想徹底的改變那生活的面目
即使忍受孤獨也要走自己的路
因為我知道人生沒有白走的路

（繼續第 1251 首. 我已調整好腳步）
其實我已分身乏術也全力以赴
並不是我不想走出更好的前途
重點須了解自己的缺點與不足
和注意生命中各種各樣的變數
才能用行動去完成必要的任務

第 1252 首 . 就算沒有誰幫忙也要有作為
（詩歌未譜曲）

這世界上沒有誰離開不了誰
也不會因為缺少誰就不完美
只有誰不懂得珍惜誰的可貴
還有誰等到失去誰才會後悔
但這些必須在情義的條件內
切不能無所顧忌的為所欲為
才不會看錯目標又超出範圍

這世界上沒有誰會一直等誰
也沒有誰能一而再的辜負誰
誰都希望被重視希望有人陪
當我能這麼想心裡就有安慰
可接下來的日子該怎麼面對
我會竭盡所能做好萬全準備
會好好發揮讓所有希望相隨

（繼續第 1252 首.就算沒有誰幫忙也要有作為）
你看世界多美好陽光多明媚
誰都能單獨行動勇敢去面對
誰都有可能成為幸運的一位
但我認為想擁有美好的一切
就必須學習更多經驗和智慧
別把別人想得太好是種境界
別把自己想得太差是種安慰
就算沒有誰幫忙也要有作為

第 *1253* 首.嚮往的浪漫

有許多人嚮往著浪漫
喜歡那種唯美的境界
那種令人心醉的飛揚
而浪漫的花樣百出
隨著要求不同做法也不同
有的人喜歡簡單實際
有的人喜歡生動誇張

我覺得浪漫是一種意境
偏重於主觀的感覺
因此你覺得是浪漫的……
不論以何種方式表達
只要能掌握好方向
都能有許多的驚喜和感動
也會擁有不同的浪漫

（繼續第 1253 首. 嚮往的浪漫）
浪漫有時可以細水長流
有時也可以是轟轟烈烈
它不是生活的必需品
但少了它就少了想像
它會在我們的周圍
陪著我們把它藝術化
給平淡生活增加點光彩

心存浪漫的人
喜歡有心動的追求
會把生命用在美好生活上
讓浪漫變得豐富多彩
遍佈在每個幸福的角落
讓身邊的驚喜不斷
雙方的感情昇華

第 1254 首.領悟人生的關卡

當我們面臨了人生的關卡
一定要想好辦法跨越障礙
要能平心靜氣的坦然面對
切不可有先入為主的觀念
這樣才有智慧來突破難關
我們要堅持對的放棄錯的
對無法通過的就考慮繞道
沒有必要受困到無法前進
這樣才有機會安然的過關

（繼續第 1254 首.領悟人生的關卡）
有些關卡乍看下似乎無解
就算不斷突破也難以闖關
因此我無論做怎樣的選擇
都會有明顯的失去與獲得
這意味著我還需更加用心
才能在變化之中取得優勢
讓困境沒有再擴充的餘地
當我捨得去付出和努力時
那反覆和躊躇就無法跟進

總以為只要努力勇往直前
就不用擔心沒有好的前途
但畢竟空穴來風事出有因
關鍵於面對關卡的好心態
或許最好的選擇已不存在
具體要看當時的情況而定
有時不是我們想做就能做
需以不同的角度觀察分析
才不會陷入進退兩難之中

別怕別人知道自己的困境
偶爾講出來心情會好一點
對問題的解決也會有幫助
雖然關卡沒我想像的簡單
但也不會比我想像中的難
因此我還需全身心的投入
該前進的路還是繼續前進

（繼續第 1254 首. 領悟人生的關卡）
該停留的路還是原地待命
才能努力出更美好的結局

我不想在挫折裡迷失自己
想要脫離所有難堪的險境
為此對或錯我要完全負責
好或壞我也要能概括承受
所以我需要時間改變現狀
用勤奮來彌補自己的不足
把目標定在能力範圍之內
去開創一個更穩定的格局
才能度過難關脫離那困境

第 1255 首.他是我的祕密

（詩歌未譜曲）

在心裡藏有不可告人的祕密
沒人知道他是我敬愛的知己
他無聲無息的出沒在我心底
每當想起他心裡就有些壓力
或許只是一時情緒不安而已
應該相互信任不猜忌不懷疑

繼續這話題有些人覺得容易
因為他們會盡量的改變自己
來為發展中的感情盡心盡力

（繼續第 1255 首. 他是我的祕密）
但我有些自作多情有些心虛
怕困在一段不尋常的關係裡
最後只好暫時退讓保持距離

每個人都有不欲人知的祕密
不是不敢講怕講了洩漏出去
有些不能說也有些不敢說的
有些不好的但都是出於善意
此時的保密需優先考慮自己
才能為日後的進退預留餘地

有人悄悄地跟我說他的過去
他說完叫我一定要保守祕密
他說：「只要清白就沒什麼問題
就能夠安心自在的交往下去」
然而至今我還沒告白的勇氣
就讓他留在我最美的角落裡

原以為只要照計畫就能繼續
卻因為我錯估形勢高估自己
而遭受很多意想不到的阻力
現在只有選對方向才能順利
就讓一切順其自然沒有壓力
讓他在我生活中當個小插曲
最後只能保密沒選擇的餘地

第 1256 首．領悟角度的不同

從專心的角度
以單純的目光去欣賞
所望之處何嘗不是美景
但隨著單純的看法
或有些單調無趣的畫面出現
因而少了另一面的豐富多彩？
然而只要了解這些美的原則
接著從多方面角度查看
並投以滿心歡喜的目光
期待的美感就會產生
就不會有不自在和刺眼的感覺

平時我過於相信肉眼看到的一切
就這樣以先入為主的方式觀察
常錯把醜陋的事物排除在外
我覺得完美的角度只看一面
少不了會有主觀的臆測
當然會看不到真實的原貌
所以過程只看表面就做判斷
容易被直觀的成果所誤導
也很容易迷失於其中
進而忽略了實際的因果

都說：「境隨心轉則悅，心隨境轉則煩」
所以我需藉此打開心扉和打開眼界
換個角度思考變化所需的位置和方向

（繼續第 1256 首. 領悟角度的不同）

學會用完美的眼光欣賞不完美中的完美
並試著往大處看、遠處看
給周圍環境一片聯想的時光
才能徹底看出其中的奧妙
把那些複雜的看法簡單化
讓所看到的美感真實呈現

雖然它們一直在那裡
變化著它們的精彩
從不愁沒有顏色
充滿著協調溫和的感覺
但到底我還是看不透它們
只想換個想法去對待
為此我需要往看好處也往看壞處
才能徹底看出所以然
從中得到好的印證

每當我經過這裡
總想停留下來研究一下
看看它們完美的結果
於是我從不同的角度
上下左右全看了一次
得出了一個結論
那答案雖然不是絕對的
但解決問題的方法會多一些
結果越多收穫就越多

（繼續第 1256 首. 領悟角度的不同）
當我還沒能看清全貌
總要保持著與它們的距離
才能摸清楚它們的底細
了解到底是我看不懂它們
還是它們過分的保持神祕
因此我要找到方向
找對位置和出口
才能讓無知的看法
脫離幻想與錯覺的干擾
不被眼前的現象所迷惑

第 1257 首 . 他喜歡笑

他喜歡笑
喜歡一見人就笑
喜歡一笑解千愁
喜歡用笑來改變自己
也帶給別人快樂
只要有他的地方就有笑聲
見到他的人都會很開心

他喜歡笑
喜歡以笑待人
喜歡給人愉快的感覺
是笑起來很甜美的那一種
有種難以形容的親和力

(繼續第 1257 首. 他喜歡笑)
會讓人情不自禁地想親近
一旦接近就會被他吸引

他喜歡笑
習慣用簡單的微笑
來表達友善與誠意
且不夾帶任何含意
他懂得笑的真諦
懂得用笑釋放壓力
用笑聲來裝扮生活
使生活多采多姿

他喜歡笑
擁有如陽光般燦爛的笑容
驅散了不少人心中的寒冷
不管到哪裡都笑容滿面
他常用歡笑來表示自己
建立正面印象締結好人緣
給人溫暖親切的感覺
像綻開的花朵美麗極了

他喜歡笑
雖然他沒有華麗的衣服襯托
也沒有能夠吸引人的臉孔
但這些對他都不重要也無所謂啦
影響不了他的好心情
他還是掛著滿足的笑容

（繼續第 1257 首. 他喜歡笑）
以最自然的表情笑對人生
活出他最美好的人生

他喜歡笑
會在難過的時候微笑
喜歡當眾人眼中的開心果
總想把最開心的一面給大家
雖然愛笑的他不一定快樂
但至少是樂觀帶著正能量的人
能以正面的心態對待生活
也能把快樂帶給身邊的人

他喜歡笑總讓人覺得很堅強
但這不代表他真正的開心
或許他暫時把悲傷藏在心裡
不願意讓人看見他的失落
然而光看他這些表面似乎不正確
他還是想做積極陽光的樂天派
繼續保持幸福快樂的好心情

第 1258 首. 領悟活著的意義

每個人都有自己的一生
都有自己的意義與價值
因此活著要先做好自己
我認為活著為己也為人

（繼續第 1258 首. 領悟活著的意義）
為了踏實地過好每一天
為了活出更多的好心情
為了夢想目標前途努力
因此調整好心態最重要
要用心做人也專心做事
在該努力時別放縱自己
也別太嚴格的要求自己
應該根據情況斟酌處理
才能因人、時、地、事、物制宜

人活著是為了琢磨自己
是為了生命更有的意義
為了今天能比昨天更好
為了明天能比今天更好
為了一天能比一天更好
為了每天都過得有意義
那如何保持最佳狀況呢？
我想只要能把握住現在
不為昨天的失敗而墮落
不為今天的成功而自滿
不為未知的明天而憂慮
那幸福的一刻就在眼前

人活著不可能只為自己而活
也不能失去自我為別人而活
因為合群才能使人向上發展
誰也無法脫離人群過得快樂

（繼續第 1258 首. 領悟活著的意義）
因此活著要活出人生的意義
然而無論以什麼形式來生活
亦或者用什麼樣心態去面對
既然活著就別怕苦也別怕累
儘管過程困難重重漫長難熬
只要有勇氣和信心就能堅持
那夢想和期待也將一一實現
才能為自己和別人創造幸福

我們無須留戀昨天的成功
更不能只奢望明天的美好
我們要能活在當下
拒絕浪費人生的每一刻
認真過好每一個今天
不虛度和荒廢時間
把該努力都用在今天
才能讓今天的努力成為明天的實力

因為時間是無情的
它很快就會變為昨天
不管是為了生計
為了生活中的各種責任
都是自願被需要的
有的人雖然不知為何而活
未來也模糊不清
但還是要清清楚楚的努力現在

第 1259 首 .領悟誠信的重要

大家都知道與人相處最重要的是誠信
也了解誠信是做人的根本要誠實守信
因此我們都明白它是種修養是種責任
沒了它寸步難行在社會上也無法立足
假如做人不守信用一而再再三的欺騙
將失去別人信任落得眾叛親離的下場
就像孔子說的：「人無信譽，不知他能做什麼？
像大車沒車軸，小車沒車軸，怎麼來啟動？」

大家都知道誠信是智慧是成功的基礎
也了解它是內誠於心外信於人的組合
它讓我們明白踏實做人和做事的重要
也只有它才能夠讓社會變得更加和諧
但也不能對人全不設防完全信任是吧？
因此你想要人家相信你就得以誠相對
畢竟只有在彼此互相信任的基礎之上
交往才有意義才能以心交心與人為善

大家都可以想像出失去誠信後的結局
知道沒有誠信將導致更多懷疑和猜忌
那自然無法相互理解也無法在一起了
我想只有誠信讓人明白落難時的窘境
像狼來了故事教我們做人要誠實不欺
所以聖人才會說：「人而無信不知其可也」
那就讓我們老老實實做個誠信的人吧
把：「一言既出，駟馬難追」的佳話再傳下去

第 1260 首.領悟「他站在不對的地方」

他站在不對的地方，好像哪裡出問題了？已不清楚方向，也不知該往何處去；只覺得前途迷茫沒有目標在流浪；因為他不知道該往哪個方向走；找不到人生的定位？讓一切都變了樣；這讓他想找的答案還是一無所獲；最後他發現自己錯得離譜；只得茫然失措地站在路口東張西望。

當他發現前途茫茫一片黑暗的時候，才肯停下腳步仔細觀察身邊的變化；然而風雨早已從四面八方趕來，這讓他陰暗的心情被迫吞下無奈；此時他，想回到現實中的心情更加肯定了；但又怕被人拋棄，從此沒有了依靠。

現在他覺得今是昨非，想收拾簡單行囊就離開；但一些藉口仍然幻想著，有一個完美的理由，帶來不可原諒的錯，帶著教訓帶著批評，驚醒他追逐在路上的夢。

這期間許多錯誤已造成，也隨著風暴逐漸擴大；於是夢想成了他能繼續的地方；因為夢想裡的執著才是他的完整。

或許他在哪不對的事情上，投入太多的時間，

浪費了他大好的人生； 因此他感覺有點遺憾。

現在他，不知何去何從的問題越來越多；已隨著時間的變化，可能得付出更多代價；才能專心於自己所選的道路。

我想：他只有在錯誤中學習改進，直到有進步，才有能力定義成功的前途；因此他必須對每件事都仔細思量，才能帶著一顆安定的心，肯定自己點滴的進步。

第 1261 首.領悟夢想的努力

好的夢想每一個想起來都很美妙

（繼續第 1261 首. 領悟夢想的努力）
但如果只是去想沒有全心投入去實現
也沒有把它計劃到看得見
最後可能只是夢裡的空想
像紙上談兵不能成為現實
因為夢想最重要的是努力
只有努力過了結果才有希望

有些人為了夢想正想著如何去努力
然而心想不一定事成美夢也不一定成真
還需要勇氣和耐心需要選對方向並堅持到底
同時用行動來為自己的人生負責
那時候就不只是希望而是有可能實現的目標
因此不要放棄得太早想想當初為什麼走到這裡
雖然過程很遠很辛苦但也值得

我們需要實際的夢想而不是做白日夢
然而遺憾的是多數人沒有正確的觀念
只靠著複製別人的成功就想改變自己人生
雖然他們很努力的打拼未來
卻沒有意識到現階段大環境成長的停滯
但只要能及早修正讓自己回到正軌
就會發現夢想越來越近

成功不只要有夢想還要能面對考驗和失敗
因此很多事情今日不努力明日就會後悔
我們不要藉口夢想就忽略生活
也不要屈服於現實來犧牲夢想

（繼續第 1261 首. 領悟夢想的努力）
要對自己進行一些規劃
每天從小地方和小目標做起
先做必須做的再做喜歡做的
並堅信自己能夠到達預期的目的

偉大的夢想需要偉大的人格來完成
重要的要有正向和健康的心態面對
夢想是我們對美好生活的承諾
可以激發我們向前的動力
而它的意義在於努力的過程
需要我們花時間和精力去追求
因此沒有人只靠自己就能完成夢想
當然機會是自找的別人不會送上門
但總需要一些人給我們幫助和建議

夢想不是隨便想想要清楚每個細節
重點不能以實現另一個夢想為前提
因為這樣做太牽強也不合情理
譬如有人說：「要存到一筆錢才去創業，
那他如果都沒有存到錢？就不用創業了嗎？」
因此想用夢想創造更美好的未來
還需給自己多一點勇氣、時間和智慧
才能讓前途和期望的差距變小
儘管一路上坎克難行但也不會因此陷入困境
就當它是個過程只要用心堅持還是沒有問題

第 1262 首.我受困在現實的環境中

我受困在現實的環境中
眼前的一切都讓自己牽絆
我想只有配合它才能走出困境
那無法迴避的危機也只能面對
這不是我想懦弱的逃避現實
而是現實無情的改變了我
因為:「物競天擇，適者生存」
如果我不能適應這世界
那將被世界所淘汰

其實何必那麼無奈
何必忘了當初的夢想
何必熄滅原來的熱情
何必活在別人困惑的眼裡
應該有足夠的信心
客觀地看清當前的現狀
清楚自己該做什麼什麼不該做
才能面對這些未知的挑戰
然後腳踏實地的邁向成功

我丈量現實的高度
感受這世界的千變萬化
發現有些地方我不盡理想
需進行適當的調整
要過努力後才能變成現實
我不想讓環境來改變自己

（繼續第 1262 首. 我受困在現實的環境中）
也不會因為環境變得悶悶不樂
因為我知道自己還要努力
不能只靠著小確幸就來麻痺自己

儘管環境變得困難重重
也被現實傷透了心
我依然滿懷熱情不斷努力
嘗試各種可能成功的機會
一旦發現錯誤就及時修正
而未來的想像也願意支撐著我
讓我學會誠實面對自己
勇敢做個上進的人

這裡還有努力的空間
未來還有無限的可能性
可以找出自己的方向與定位
不必以各式各樣的理由逃避
也不用為模糊的未來擔憂
因此我需擁有一顆知足的心
才能自我安慰知道變通
讓生命變得更燦爛更美好

第 1263 首 . 她（他）的愛情

她真的有心只想好好愛著就好
但她也怕愛上了被鎖在愛情裡

（繼續第 1263 首. 她（他）的愛情）
怕迷失在那難以抵抗的情懷中
到時那有心再想感情是好是壞

她很努力的表現想吸引他注意
也很認真地在經營他們的感情
她喜歡以浪漫氣氛和話語調情
想讓彼此關係確定為男女朋友

自從她承認愛上他的那一刻起
就敢說和做些什麼來表達心意
這代表她說出的話就想要負責
所以她的承諾不只是激情而已

據我所知他們相處的時間不長
能有這樣的狀況其實挺不錯的
不過有點不單純無法愛得坦蕩
因此在一起時會覺得有點心虛

原來他們在愛情裡缺少了理智
一不小心就會被愛情沖昏了頭
但他們認為這樣也沒什麼問題
只是會多出一些瘋狂舉動而已

換句話說他們可能幻想著愛情
喜歡幻想兩人世界的浪漫情節
共同特色是他們對戀愛的嚮往
所以幻想一旦落空就化為泡影

（繼續第 1263 首. 她（他）的愛情）
最後他們還是得接受愛的考驗
不能因為愛過了頭就沒有原則
我想他們要先學會磨合和遷就
這樣才不會讓彼此的感情受傷

因為交往只要全心全意的付出
心就會時時牽掛在對方的身上
如果到這樣他還不懂珍惜的話
那這種對象就不是理想的伴侶

第 1264 首 . 你看我有足夠的魅力

你看我有足夠的魅力？
才會真心的為我付出
我想：你明白我的能耐
也了解我的與眾不同
才會來欣賞我的價值
被我身上的魅力征服

那你是想多一點新鮮
還是希望多一點真實
才願被我的體貼吸引？
願你有自己幸福時間
去塑造更多自我價值
可方向還是離不開我？

（繼續第 1264 首.你看我有足夠的魅力）
這些問題顯然很單純
只要明白幸福是主動
它是發自內在的感覺
是造福別人受益自己
只是你究竟為了什麼
會選擇主動的追求我

這真的是「花香蝶自來，
梧高鳳必至。」的吸引力
還是所謂的「心有靈犀」
喜歡提升魅力和價值？
或許你喜歡我的亮麗
不當我只是普通花瓶

我想：外在美總是短暫
內在美才具有吸引力
這提醒我們如何用心
不能只為表面的魅力
就忽略內在美的實際
要內外兼修才有意義

你喜歡我迷人的魅力
有得意的神情和自信
且做人做事忠實誠懇
喜歡我是有風格的人
能找到最簡單的幸福
滿足自己心中的滿足

（繼續第 1264 首.你看我有足夠的魅力）
而你對我滿滿的期待
選擇當初主動的追求
接受我所有好與不好
有著向上提升的"三觀"
是不會與社會脱節的
也不會落伍到跟不上

我想這樣會使你相信
相信把生活過得充實
選擇適合自己的環境
懂得陶冶自我的情操
並打開通向友誼之門
隨著行動與心態積極
會有美滿人生的感覺

第 1265 首.領悟專心的人生

我常常專心思考有關人生的議題
已初步摸索到了一些重要的門徑
想總結出一套最有效的解決方法
然後打造美好人生和夢想的世界

我知道成功不是等來的需要努力
未來會怎樣也在於我今天的用心
儘管前途不看好我依然風雨兼程
只為了夢想有希望就堅持走下去

（繼續第 1265 首. 領悟專心的人生）
其實遇到問題只要專心就能解決
專心不是極端和固執是集中心力
如果需要長時間專注於某一目標
我會將目標分解成許多專注時段

然而這些或許是心中的盤算而已
也不是一次就能將所有問題解決
要加上實際行動才有機會去實現
這需要我一步一腳印的如實完成

可是我的問題就在於太追求完美
這自然會為沒必要的煩惱而憂愁
但我不盲目追求外表的光鮮亮麗
只喜歡追求更實在更美好的生活

所以我會問自己該怎麼做和用心
才能讓自己的有一個輝煌的人生
因此我不能太浮躁想馬上有結果
這將造成夢想和現實的差距擴大

如果我不生涯規劃不去創造可能
那失敗將指引我到另外一個方向
但好與不好還需我靠著經驗解決
因此專心致志才對我有實質幫助

目前我想先改變自己再改變環境
這樣才能讓我有更多改變的機會

（繼續第 1265 首. 領悟專心的人生）
因此我不想再被紅塵的牢籠禁錮
所以我要把心思放在當下的能力

面對這無邊無際的生活精彩點滴
無知的我腦筋要靈活才不會錯過
我想只有專心才能讓我更有效率
讓我在美好未來的路上找到幸福

第 *1266* 首 . 對你情深似海

（詩歌未譜曲）

一個永恆的承諾開啟了愛
一首相知的戀曲訴盡情懷
但為何是情深緣淺的無奈
讓我們無法再續美好未來
這難道是上天刻意的安排

已然情深何懼緣淺的阻礙
這不是我們不喜歡和不愛
是相見恨晚和註定的悲哀
我想只要我們還深深相愛
就不怕被環境無情的分開

我這一生已離不開你的愛
你住在我心裡在我的腦海
你是我生命中美好的存在

（繼續第 1266 首. 對你情深似海）
能夠讓我活出人生的精彩
只因你讓我懂得如何去愛

我的愛將會達到你的期待
我的生命會為你煥發光彩
我想把對你的愛表現出來
為了你再辛苦我也會忍耐
不管跌倒幾次都會站起來

我們從相知相遇最後相愛
你是陪我走到底唯一的愛
是冥冥中早已注定的安排
雖然其中會有困難和阻礙
但我們會找回原來的節拍

我的愛無法隱藏無法忘懷
無論緣分深淺都不會更改
因為我對你的愛情深似海
對你的牽掛時時刻刻都在
對你承諾一生一世不分開

我的愛有點遲鈍會慢半拍
但沒有倔強和任性的心態
對你的感情很坦白很實在
不怕任何人的阻礙和迫害
會讓你每天過得幸福愉快

第 1267 首.回憶的翅膀

當回憶的翅膀在歲月裡翱翔
我便開始放飛美麗的懷想
飛越重重阻礙來到你身旁
可是想歸想用盡我所有心思
有些年代因為久遠而模糊
總經不起時間的改變

剪一段舊時光在靜夜裡流淌
攔下我對你的眷戀和不舍
讓幸福暖流在心底復甦
那是一段不平凡的過去
有些還在等著我浪子回頭
有些已帶著失望的面孔走了
仿佛一場夢從我身邊醒來
那段美好的時光叫做幸福
醒後還是我一個人孤單
這個夢說長不長說短不短
但都是我親身經歷過的
留下別樣的心情永遠難忘

回頭看看來時的路
和自己的位置越離越遠
發現它們再也回不來了
那些甜蜜中極盡變化的滋味
讓過程充滿著許多喜悅與憂傷
現在想來還帶著酸苦的濃郁

（繼續第 1267 首. 回憶的翅膀）
你說時間會沖淡一切
要我放下所有煩心雜事
別和往事過不去
而現在我還是如此天真
繼續守護著幸福與執著
期待收穫愛的碩果
美麗這一場青春年華

第 1268 首. 領悟時間的意義（一）

我決心改掉浪費時間的缺點
請錯過的時間再回到我身邊
而時間也樂意替我指點迷津
要我把握時間才能做好自己
要我全力以赴人生才有意義
讓我從此告別了迷惘的滄桑

我知道時間從來不為誰停留
唯有珍惜現在才有幸福未來
因此我需要合理的安排時間
不再迷戀於過去美好的時光
也不妥協於現狀安穩的日子
才能堅忍的熬過現實的磨難

我知道人生苦短經不起浪費
要節省時間才能有更多時間

（繼續第 1268 首. 領悟時間的意義（一））
因此我需要一分一秒的實際
把事情分輕重緩急先後順序
讓最重要又緊急的優先解決
而次要又不急的有空再處理

我常心思不定無法集中精神
無法衝出內外干擾的封鎖線
是因為我心不在焉精神恍惚
所以我必須養成專注的習慣
學習那些有效率的執行方法
才能大幅提升我的工作品質

第 1269 首. 領悟時間的意義（二）

都說時間是金錢要好好利用
然而過期和未到的都用不了
但有人回味無窮糾纏著過去
有人卻實事求是專注於當下
有人甚至過度樂觀活在未來
我看最應該的還是把握現在

我應該以實際情況定出目標
為對自己所訂下的計畫負責
並且把所有的時間放在目前
在有限的時間打造美好未來
不為還沒有發生的事情擔憂
也不浪費時間在懊悔中度過

（繼續第 1269 首. 領悟時間的意義（二））
都說浪費時間就是浪費生命
所以我需花點時間解決問題
為優質生活做出更多的努力
我只有合理的安排生活作息
用最有效率的方法活用時間
才能以有限的時間完成任務

我已經很努力實現自己理想
每一天都做好每一天的努力
希望最後有一個完美的成果
所以我沒有許多時間來浪費
我要用正確的方法活用時間
才能取得生活與工作的平衡

第 1270 首.領悟一些美好的詞語

我曾絞盡腦汁攪拌出美好詞語
想抓下飛來靈感飛越創作障礙
請它給我翅膀給我飛翔的天空
讓我有全新的視野啟動新思維
可惜我缺少一雙發現美的眼睛
只能傻傻笑著去換上其他眼鏡

我不是對美好的想像有所偏好
而是想用新鮮來補充它的亮麗
想用道理去解釋那感人的細節

（繼續第 1270 首. 領悟一些美好的詞語）
想用另類的文字創造一些新奇
讓平淡的文章變得更引人入勝
讓每個都像天上明星閃閃發亮

那些好美的詞語早醒在你之前
它們是明燈照亮你前行的方向
讓你黯淡的心情重生愛的光環
因此你會覺得這世界不缺美麗
缺的是想要又無法得到的妄想
只有活在當下才有幸福的未來

一些詞想要有一些完美的形容
而在缺陷的場合放棄追求完美
一些詞永遠為結局圓滿而存在
而在錯誤的背景下謹慎的處理
它們被歷史記載也記載著歷史
可任後人研究讓它們真實呈現

而當初打動你的詞語句句屬實
雖然有些誇張無法被人所領悟
但沒有獨樹一幟還是可以接受
因為它只形容現在、過去和未來
讓我們依照自己的智慧去理解
所以想起來容易寫下來也不難

第 1271 首．你懂得比我還多

事實上你知道的比我還多
你知道自己的優點和缺點
能積極發揮長處揚長避短
你知道做人做事意義何在
能快樂做人瀟灑的過一生
你知道該朝哪個方向奮鬥
也不管別人對你評價如何
都能一直精進的跟上潮流

你常思考著如何做好自己
努力讓人生過得更有意義
你只要有目標就風雨兼程
也不顧山高水險的去跋涉
你只要有時間就安排生活
安排投資自己和提升自己
你懂得調適心態排解情緒
是個懂得生活有智慧的人

你永遠不說自己沒有時間
已找回對時間的美好感覺
能把握時間做最重要的事
能夠及時有效的解決問題
你已懂得珍惜目前的擁有
懂得知足常樂過得更滿足
懂得積極樂觀去贏得人生
能不斷的努力與命運博鬥

（繼續第 1271 首.你懂得比我還多）
你懂得謀事在人成事在天
懂得對情境採取適當策略
你不服命運安排想去改變
向著自己的理想人生出發
即使你看起來有一些無助
但從不抱怨自己不夠幸福
你懂得真心換來感同身受
懂得過好任何平凡的生活

你就這樣懂得人生的真諦
懂得上進為做好自己而活
讓生命充實讓生活有意義
讓生活之美向你展開笑容

第 1272 首.領悟忙碌的節奏

我們的生活充滿了忙碌的節奏
在上班時要忙公司交代的任務
下了班又要忙家事勞動的工作
我們要停下來適度休息一會兒
等體力恢復提起精神開始工作

我喜歡工作也喜歡忙碌的白天
這不代表我多熱愛工作的成就
而是繁忙的日子讓我過得充實
我會在疲憊時看看窗外的藍天
思考未來路要怎麼走才會精彩

（繼續第 1272 首. 領悟忙碌的節奏）
其實在忙碌的夜晚我也很快樂
因為我不會把夜晚當白天來用
我會選擇適合自己的方式放鬆
鬆弛一下神經聽聽美妙的音樂
品嚐幸福晚餐帶來的愉悅心情

許多人把工作當成人生的樂趣
他們的想法都是「歡喜做甘願受」
但我覺得累了就休息別太超過
要學會放下工作的那些不如意
才能享受現實生活的美好一切

很多人將精力與熱忱投入工作
也只有下班後才有自己的時間
然而只要學會合理的支配時間
就能磨練出自己的興趣和專長
長久下來就能改變現有的生活

我們是無數勤奮中的無名英雄
在今夜我們就卸下身心的疲憊
放下白天的煩惱把心情放輕鬆
去散步呼吸新鮮空氣活絡筋骨
讓生活一天比一天過得更開心

第 *1273* 首．領悟苦難與逆境

苦難磨練出人生的圓滿
逆境砥礪出進取的人生
這能幫助我們向上提升
讓我們有了目標和方向
知道接下來該怎麼努力
才能讓自己上正常軌道

無論要面對順境或逆境
也不怕要歷經多少磨難
都阻止不了我對的步伐
我可不想在逆境中沉淪
只有選擇從逆境中奮起
讓逆境成我前進的動力

我承認有段荒唐的過去
讓我有今是昨非的感嘆
然而只要遭遇多少難堪
我就能得到多少的覺悟
我需從跌倒的地方爬起
闖出一條對的生活道路

我應該接受考驗與折磨
不斷的克服困難與挫折
才能穿越塵世中的荒涼
我應該認清什麼是挫折
不再苟且偷安隨波逐流
才能從中更快的站起來

（繼續第 1273 首. 領悟苦難與逆境）
我應該還有翻身的機會
哪怕是幻象我也不在乎
也要微笑著與挫折交鋒
因為我從沒有放棄努力
我不會再為一點小挫折
就否定自己而輕言放棄

第 *1274* 首. 回想自己不堪的過去

（詩歌未譜曲）

回想自己不堪的過去
屢遭命運無情的打擊
連朋友也一個個離去
感覺好像被世界拋棄
是你一路支持我到底
我才有繼續衝的勇氣
是你給我信心和動力
我才有希望重新爬起

回想你曾釋放的善意
幫助我也成就你自己
那些觸動心靈的回憶
好到我捨不得去忘記
只等你把愛重新燃起
將它化為幸福的火炬
我就把善意傳遞下去
幫助更多人解決難題

（繼續第 1274 首.回想自己不堪的過去）
回想愛你我曾經猶豫
不安的感覺藏在心底
差點因此錯失了良機
好險沒有跌落到谷底
是你給我奮鬥的勇氣
要我把握成功的機遇
要我一直堅持走下去
才有今天美好的天地

回想愛你我沒有勇氣
有些祕密總不敢提起
常看在眼裡放在心裡
只能默默地敬佩著你
這是我判斷出了問題
沒有聽取各方的建議
總在試探裡徘徊猶豫
害怕未來沒有好結局

回想愛你我冷靜分析
分析我們之間的差異
才發現自己走不出去
少了許多人生的經歷
我們的故事並不美麗
是我一廂情願的心意
感覺有種莫名的距離
讓無助的情緒在心裡

（繼續第1274首.回想自己不堪的過去）
回想愛你就像在夢裡
醒來的世界依然清晰
美麗得讓我不可思議
你說夢的場景很神奇
感覺可以永遠在那裡
但要先考量它的實際
還要多了解愛的問題
才不會給愛帶來壓力

回想愛妳的那一刻起
你就走進了我的心裡
成為我最美好的記憶
有了你一切變得順利
感謝你對我一心一意
給我許多建議和鼓勵
我會好好的奮鬥下去
讓我們生活更有意義

回想我倆美好的過去
能遇見你是我的福氣
雖然感情已隨風淡去
但我還保有愛的活力
好想我們還能在一起
好想我們還能愛下去
好想讓日子回到過去
繼續我們未了的情意

第 1275 首.那麼多如果糾結在心田

（詩歌未譜曲）

如果還能回到從前
曾經的纏綿
相看兩不厭
那是多美麗的詩篇
如果夢還能實現
曾經的心願
相愛到永遠
那是多麼幸福的畫面

如果不能回到從前
最初的依戀
甜蜜的時間
那是多麼心痛的哀怨
如果夢不能實現
幸福的路線
走到預期的終點
那是多麼令人失望的相戀

那麼多如果糾結在心田
有一丁點模糊的概念
是無知冒著很大的風險
踩痛了我們的底線
走成一段無法挽回的今天
現在的種種好像變了天
只怕幸福已經離我們遙遠
眼前所見的並非那樣耀眼

（繼續第 1275 首. 那麼多如果糾結在心田）
我們都經不起時間的考驗
無法再回到從前
像沒有交集的兩條直線
燦爛的日子也消失不見
我們曾經許下的諾言
需要努力才能實現
現在只停留在上面
沒有向前的意願，已註定是無緣

第 1276 首. 從不害怕失敗的你

努力吧從不害怕失敗的你
失敗對你而言已不是難題
是敗中求勝逆中求順而已
因為你會尋找失敗的原因
會從錯誤中找到正確方向
讓失敗成為成功的墊腳石

努力吧不怕失敗打擊的你
失敗對你而言非窮途末路
因為你已從中記取了教訓
會用它累積你成功的經驗
在經驗中不斷成長和學習
讓你失敗的機率降到最低

（繼續第 1276 首. 從不害怕失敗的你）
努力吧堅持你美好的夢想
失敗對你而言只是個經歷
因為你不會把挫折當失敗
不會因為別人看輕就放棄
你總是能堅持在對的路上
不受任何失敗挫折的影響

努力吧儘管一路挫折相伴
失敗對你而言只是個考驗
因為你在困難中磨練自己
在失敗中吸取寶貴的經驗
在挫折中不斷地成長上進
最後就有機會來翻轉新局

你說你需要更多時間努力
說失敗對你是學習的開始
說你已經盡了最大的努力
不會浪費時間在錯的事情
要先做最重要和最急需的
才能達到事半功倍的效果

你說成功不能只是靠運氣
需要歷經無數失敗的考驗
說失敗是讓你成功的開始
如果還能堅持就不要放棄
說挫折是往成功必經之路
無論成功和失敗都要努力

（繼續第 1276 首. 從不害怕失敗的你）
你說沒有失敗就沒有成功
說失敗是讓你轉變的契機
要有失敗的經歷才能成功
人生也不能以成敗論英雄
我覺得你說的話很有道理
讓我明白成功需不斷努力

第 1277 首.
感謝「那麼多『用心』（它們）」啟發了我的智慧

我「被世俗迷惑的心（它）」已漸漸醒悟
而「它」主宰的人曾是「執迷不悟」的我
現在「它」要我自信的迎接新挑戰
以成功為原則收穫想要的人生
為理想與目標勇敢地闖過險阻
讓我在任何困境中都能有出路

我「被寄託的夢想（它）」無法被人領悟
而「它」猜不透的曾是「三心二意」的我
現在「它」找到口耳相傳中的成功
要我好好的努力為夢想而奮鬥
要我按部就班地照著計劃前進
把所有的希望都寄託在我身上

我「被發現的美好（它）」學會自我欣賞
而「它」廝守的人曾是「粗心大意」的我

（繼續第 1277 首.感謝「那麼多『用心』(它們)」啟發了我的智慧）

現在「它」抓住機遇讓我重新開始
要我繼續努力去保持它的信念
要我遵守這個信念一直到成功
才不會讓我缺少發現美的眼睛

我「被遺忘的初心(它)」堅守自己本色
而「它」愛的人曾是「虛有其表」的我
「它」從不隨波逐流也不自甘墮落
但「它」在乎的理念卻常被我忽略
現在「它」對我狂熱令我受寵若驚
讓我感動得從今以後不再迷惑

我感謝「那麼多『用心』(它們)」啟發了我的智慧
精彩我的人生也豐富我的心靈
感謝「它們」的傾訴給我帶來希望
現在我必需去培養堅強的意志
學習化挫折為動力的人生智慧
才有能力的去面對任何的挑戰

這一生一切從一顆慈悲心開始
不管順境或困境都要懂得感恩
這一生不能忘的是善良的初衷
無論成功或失敗都要學會知足
這一生最該擁有的是醒悟的心
時間再多金錢再多也是一場空

（繼續第 1277 首. 感謝「那麼多『用心』(它們)」啟發了我的智慧）

所以我必須把握當下好好努力
冷靜地去面對各種困難和挫折
即便是日子過得再苦再不順利
也要做出令人滿意的學習成績
讓自己以後的生活過得有意義
才不會兩手空空的度過這人生

第 1278 首 .領悟苦中作樂的人生

人生不如意事十之八九有苦有樂
再怎麼會精打細算終究不如天算
即使盡力了仍會有種種的不如意
只有不去糾結那八九成的不如意
多想一二成的好事心情自然開朗
身體自然健康前途自然幸福美滿

有些舒適圈的人不懂吃苦的涵義
或許他們不想任勞任怨的過一生
殊不知安逸已讓他們失去了鬥志
失去追求繼續前進的勇氣和動力
讓他們漸漸地跟不上時代的步伐
隨時都有可能被這個社會所淘汰

越是舒適的生活越應該居安思危
因為危機往往出乎我們意料之外

（繼續第 1278 首. 領悟苦中作樂的人生）
它不會預先提醒我們存在的漏洞
我們應該未雨綢繆才能遠離災禍
為此越困難就越要懂得知難行易
然後用知行合一解決當前的困難

人的一生都在努力化辛苦為幸福
但有少數人還沒學到其中的訣竅
而苦中作樂正等著他們前去領悟
等著他們去調味苦中作樂的心情
營造愉快的氣氛轉移壓抑和苦悶
然後開始追求更高層次的幸福感

越是能苦中作樂的人越懂得勤奮
因為他們特別能吃苦特別不怕苦
所以吃苦不是問題努力才是關鍵
關鍵在於有意義和有目標的吃苦
而吃苦也不只為了過舒適的生活
還為了讓自己的人生經得起考驗

所以不管多難都要學會苦中作樂
因為苦中作樂是一種知足的智慧
一種生活的態度和一種自我滿足
它能讓我們在苦日子中找到樂趣
在挫折和困難中找出奮鬥的泉源
激勵我們為將來的幸福繼續前行

第 1279 首．領悟漫無目的的旅遊

我曾獨自一人漫無目的的旅遊
就這樣遊走在陌生與熟悉之中
靜靜地感受別樣的幸福和滿足
不是因為我喜歡就此打發時間
而是想更積極的走一步看十步
讓自已有機會欣賞更多的美景

而沒有計畫本身就是我的計畫
沒有目標就把沿途風景當目標
沒有方向就隨著自己的感覺走
因為我有充足的時間出門散心
走一些陌生的路看陌生的美景
可以隨心所欲地走到哪玩到哪

這種沒有行程壓力的感覺真好
沒有時間的催促到處都是收穫
可是走著走著越走越遠越迷糊
像隻迷途羔羊有點迷路的感覺
走了很久還沒走出陌生的地方
最後只有在原地等人指點江山

迷路是成長過程中必經的階段
吸取它的教訓才能專心的認路
勇於接受它的考驗才能有出路
假如不幸真的迷路也不要恐慌
要先冷靜下來回到熟悉的地方
然後就此休息以減少體力耗損

（繼續第 1279 首. 領悟漫無目的的旅遊）
然而漫無目的的旅遊看似單純
其實有很多變數等著我們排除
心中該有個地圖才能繼續往前
但是已經開始的旅遊就別放棄
因為只要有決心就不怕沒出路
只要有勇氣就能找到正確的路

第 1280 首.人總抱著希望成功

人總想擁抱希望對目標盡最大的努力
總想努力達成內心嚮往的生活與目標
不想接受失敗帶來的絕望打擊和痛苦
但也要仔細想一想成功是失敗的累積

而成功最快的捷徑是學習別人的成功
以有效的方法吸取其中的技術和經驗
但如果相似度太高會缺乏創新和突破
所以不適用於任何環境和人物及時空

因此成功的方法大家都會也學習得到
但現實中會出現一些難以實現的窘境
所以同樣方法在不同人身上會有不同
除非它純屬於技巧和一些簡單的操作

我們大部分都從自己的角度來看事情
所以要學歷史才能客觀分析人的特性

（繼續第 1280 首. 人總抱著希望成功）
我想只有學習成功人士的毅力和想法
才能在相同方法之下完成相同的成功

其實成功的人永遠不認為他一直很成功
他只是比別人更正面積極懂得控制自己
因為他知道該怎麼努力才不會錯過良機
所以他永遠一步步踏實前進不容易出錯

第 1281 首 . 領悟「孤獨與獨處」

我已經找到面對孤獨的最佳方法
會利用獨處的時間提升自我能力
會與朋友保持聯絡、分享彼此的快樂
會在重要時刻給予朋友支持與協助
因為我知道 :「孤獨是成長必經的路」
『祂』要我圓滑世故、要我放下無謂的傷感
學會孤芳自賞、學會厚道做人
才能讓自己充滿自信與活力
勇敢的面對自我、改變現狀

我不怕孤獨，毋需擺脫孤獨
已習慣一個人面對所有
能把日子過成一種安寧
無奈「寂寞」催促我打開心扉
要我一遍遍地擦亮朋友的招牌
學會與別人建立關係

（繼續第 1281 首. 領悟「孤獨與獨處」）
可這年頭不知怎麼了
有時也需一個人獨來獨往

回想那段獨處的過程，隨緣自在
雖然被寂寞包圍、被焦慮和恐懼糾纏
但最終多了獨立思考的時間
可以幫我跨出孤獨的封鎖線
放下執著去感受周圍
學會樂在其中、勇於逐夢
把精力都留給工作跟學習
為自己的美好明天努力奮鬥

我不想孤獨得被人淡忘
也不想自我陶醉的流落街頭
只是習慣了寂寞已不覺得寂寞
然而我的一生還有許多獨處的時間
但這不代表我會孤單、寂寞與無聊
反而越是獨來獨往內心越安靜平和
越是從心所欲不逾距越能隨遇而安
越是懂得孤獨、越能自省，生活越充實

人的一生最初孤獨的出生、最終孤獨的死亡
讓孤獨佔了大半生的光彩
且都在孤獨中「循環往複」
只有領悟孤獨學會享受孤獨
坦然接受自己、完善自己
才不會害怕孤單、無聊和寂寞

（繼續第 1281 首.領悟「孤獨與獨處」）
才能真正走出煩悶和不安
走出自閉走向成熟與獨立

其實我的朋友不多，知心的人少
原因是我個性內向、社交能力不好
不懂得取悅和滿足朋友
常在孤獨路上一個人堅強
才讓朋友一個個從我聯絡簿上消失
幸好還有寂寞和孤獨陪伴著我
成為我生命中最精彩的篇章
但『祂』並不會為我而傾斜
要我走進孤獨，安心地選擇獨處
用自信的腳步跨越心理障礙
走出人際關係的困境
自在地與人群互動

第 1282 首.你說：「只要有好的分享，就有快樂。」

你說：「只要有好的分享，就有快樂……」
我說：「我喜歡，分享你的快樂……」
你說：「生活中，充滿各種各樣的樂趣；只要能深入觀察，細心體會，就會有收穫。」

我說：「你見人就笑，開出心花朵朵，那芬芳已流入我心深處。現在你的快樂之花，已讓世界充滿了花香，為生活增添了色彩，吸引更多人的注意和追求。」

（繼續第 1282 首. 你說：「只要有好的分享，就有快樂。」）
你說：「只要捨得分享，快樂就在你身邊；就能得到更多的快樂；可以讓自己先開心起來，能讓更多人跟著快樂；也讓自己不再起伏不定，能重新找回快樂的自我。」

我說：「我喜歡，分享你勝利的喜悅；分享你更多的經驗與心得；因為你，從不要求任何人給你回報；只會把自己努力得來的幸福，與大家一起分享。」

你說：「這樣才夠朋友，交往才會長久。」

我說：「喜歡跟著你生活，樂意分擔你的憂愁；在冰冷時給你溫暖；在夜行中照亮你的道路；在成功時有福同享，困難來臨時有難同當。」

你說：「就讓快樂，在臉上洋溢著笑容；從早到晚笑咪咪；把快樂分享到永久。」

第 1283 首. 為了讓夢想變成理想

為了讓生命更輝煌未來更美好
得縮短夢想與理想的差距
把困難和挫折——踩在腳下
但也別忽略了廝守的現實
才不會讓生活失去重心
在夢想的路上蹣跚踉蹌

（繼續第 1283 首. 為了讓夢想變成理想）
為了努力使夢想成真
我不能踐踏生活敷衍人生
也不能妄圖奇蹟帶來的夢幻
我得找回人生奮鬥的方向
用理想填補現實的缺憾
在現實上覆蓋一層希望

為了讓夢想不是徒然的空想
不是隨意開口的目標
更不是一句空洞的口號
我得努力為自己插上一對的翅膀
然後用執著豐滿它的羽翼
讓它飛得更高更遠更穩定

為了踏上追求夢想的征途
我歷經了艱難和困苦
那時候外在的環境充滿疑懼
逼迫的壓力也在後面追趕
但我沒有因此頹廢沮喪
反而克服困難的勇氣加倍

為了讓夢想變成理想
讓理想變成今日的成功
我得著手實際可行的目標
並訂下計畫一步一步執行
其中不能後退只能勇往直前
如此才能有所進步有所成長

第 *1284* 首 .謝謝你改變了我的一生

（詩歌未譜曲）

不想你為我前途擔心
就想踏踏實實的做人
但我必先擺脫困境
全力地朝夢想前進
才能讓未來更加光明

希望自己多一點好運
能贏一個精彩的人生
聽你溫柔的聲音
甜甜的沁入我心
享受那幸福的氣氛

我的人生不是一帆風順
謝謝你幫助我回復平靜
我會記取教訓
找出失敗原因
突破困境再創高峰

謝謝你改變了我的一生
讓我有反敗為勝的決心
有你我好幸運
前途無限光明
生活也更加穩定

第 1285 首.謝謝你教會我很多本領

你比我想像中還要堅強
是我夢寐以求的好搭檔
在你的世界我不會迷路
在你的字典我不會迷惑
你那種百折不回的毅力
即使遭遇生活最大危機
也能輕易地把障礙剷除
把困難全部都拋在一旁

把困難全部都拋在身後
你比我想像中還要堅強
是值得我學習的好榜樣
你的世界我看不到絕望
你的字典我查不到困難
你那種百折不回的毅力
即使遭遇生活最大危機
也能輕易地把障礙剷除
把困難全部都拋在一旁

你比我想像中還要樂觀
是最適合我模仿的對象
你看見的天是那麼的藍
路是那麼寬 人那麼善良
你那種樂觀向上的心態
即使生活給你再多打擊
你也能笑笑的面對人生
輕易地把不好情緒收服

（繼續第 1285 首. 謝謝你教會我很多本領）

你比我想像中還要成功
是百年難得一見的人才
你正確地選擇人生道路
並能下定決心全力以赴
你那種吃苦耐勞的精神
即使經歷無數次的磨難
仍能面不改色沉著應對
開創屬於自己的一片天

你不斷的學習充實自己
是為了找到更好的出路
你讓困難沒有容身之地
創造出不同凡響的人生
上進的精神值得我學習
謝謝你教會我很多本領
讓我找到了成功的方向
去完成自己設定的目標

第 1286 首 . 領悟心如良田

人人心中都有一畝良田，只要努力耕耘
勤勞播種，會讓夢想的幼苗成長和成熟
人人心中都有一個美夢，只要回歸現實
化想法為行動，就有一條條成功的路走
人人頭上都有一片藍天，只要花點心思
好好彩繪，會出現一個個夢幻般的城堡

（繼續第 1286 首. 領悟心如良田）
人人腳下都有一方淨土，只要腳踏實地
果斷地行動，就能踏上追求幸福的征途

人人都知道，太消極活不出精彩的人生
都明白荒廢太久的心，種不出善良種子
都認同「胡適名言」要怎麼收穫先那麼栽
都希望以樂觀的心態，來迎接美好生活
而心就像一畝良田，需要好好耕耘修行
若不用心去管理整頓，即使種再多善因
都無法取得美好成果，都只是白費工夫
所以要盡心盡力，才能提升自己的境界

雖說是努力可能失敗，付出可能沒回報
但也別讓心中良田，長滿雜草漸漸荒蕪
我們要拿起堅定的鋤頭，除去眼前禍害
要時時耕耘種滿莊稼，以減少雜草數量
然後才能照著理想的進度，來成功立業
或許途中有難以預料，難以監控的變化
但只要盡心盡力，把一切逆境化為助緣
把危機化為轉機，就能改變一生的命運

第 1287 首. 繼續光榮歲月

一段歷史肯定我光榮的歲月
讓我一點一滴的努力有回報
這不是我運氣好有貴人相助

（繼續第 1287 首. 繼續光榮歲月）
而是我在這場夢裡保持清醒
才能無所畏懼一路披荊斬棘
最後把美夢轉化為具體行動

如今我想走入歷史拜訪聖賢
靜靜感受「有則改之無則加勉」
盼能取眾人之長以補己之短
為此我應該向優秀的人學習
把握他們留下來的優良傳統
才能準確知道 如何截長補短

其實我的幸運全來自好心態
「祂」要我減少沒有必要的壓力
以適當方式管理好自己情緒
所以我不會把難過當成難過
即便是難過，我還是會撐下去
撐到有能力，發揮自己的專長

我覺得人生沒什麼好害怕的
雖然生命中充滿挫折和考驗
但如果選對方法來提升效率
從自身出發來尋找問題所在
從更寬廣的角度來計畫目標
就能有效地解決問題和危機

我認同沒有不勞而獲的人生
也認同沒有坐享其成的好事

（繼續第 1287 首.繼續光榮歲月）
相信每個成功背後都有辛酸
因此我需要勇氣來面對挑戰
需要耐心去克服所有的困難
才能成功地過好人生下半場

第 *1288* 首.你是我最美好的歲月

（詩歌未譜曲）

為了你，我會闖出一番事業
為了你，我會盡量做到完美
因為你是我最美好的歲月
我已習慣有你熱情的包圍
只有你能幫我把希望放飛
只有你讓我嘗到成功滋味

為了你，我肯定要有所作為
為了你，我會做好人生定位
因為你是我最美好的季節
我願意為你等過四季輪迴
願意為你跨越千山和萬水
即便是困難也不半途而廢

為了你，我情願去承擔一切
為了你，我願意和你同進退
因為你是我最嚮往的光輝
只有你肯幫我掌握住細節

（繼續第 1288 首.你是我最美好的歲月）
只有你能幫我做最好準備
讓我延宕的問題得以解決

因為你能讓我更幸福一些
因為你能給我更多的愉悅
是你肯定了我的光榮歲月
讓我的美夢得以繼續發揮
為此我必須盡心盡力去追
不能在這場夢裡獨自沉醉

因為你給我無數次的機會
因為你願意教我分辨是非
跟著你的天空是多麼明媚
陪著你的生活是多麼順遂
你是我一生中最好的憑藉
你是我故事中最好的結尾

因為你常給我鼓勵和安慰
因為你給足我勇氣去面對
我的世界時刻希望有你陪
我的人生因你而充滿愉悅
擁有你的人生才算是完美
擁有你的生活才算有智慧

第 1289 首 . 我已懂得聚散隨緣

（詩歌未譜曲）

想你的日子一天又一天
等你的消息一年過一年
思念總在半夢半醒之間
繞了一大圈又回到原點

真的想你千遍也不厭倦
甜蜜的幻想是你的笑臉
好想讓時間再回到從前
再把快樂的日子過一遍

記得你常對我說夢中見
我說夢裡的世界好遙遠
遠得不知何時得償所願
你說我們可以通過考驗

你說各忙各的感情不變
我說忙或不忙依然思念
雖然思念總是虛幻無邊
但緣分讓我們緊密相連

現在我已懂得聚散隨緣
不強求緣分不讓你為難
更不怕終年累月的孤單
因為我已學會順其自然

第 1290 首.我不能太心急

為何我總是心急呢？
是衝動構成緊張的現場
是情緒強迫理智退讓
為此我必須練就一身冷靜的本領
不再性急地踐踏問題
不再慌張地就下判斷
不再急忙地敷衍了事

一陣狂風吹歪了我的傲骨
一場暴雨讓我陷入誤區
原因是我空虛得失去重心
沒能在風雨面前站穩腳步
現在我已不再那麼輕浮了
但我得在眾人監督的目光中
編織一個完美的故事結局

我不能再自以為是地高聲喧譁了
也不能再消費所有人的好意
我必須澈底敲醒自己困惑的大腦
記起冷靜思考在召喚
記起失敗教訓在嘮叨
記起最終歸宿在窗外徘徊
記起心急只會給我火一樣的脾氣

捫心自問我沉重的心情
一顆冷靜不了的心在火炬中閃動

（繼續第 1290 首. 我不能太心急）

無法得到緩解，即使慢慢來也會出錯
這可能是我做事比較衝動
少了瞻前顧後的意識，多了患得患失的毛病
忘記了事前計劃和事先準備
以致無法聽見震耳欲聾警告聲

我知道急躁的情緒解決不了問題
有害無益會給自己壓力
會影響身心健康也容易忙中出錯
為此我不想隱沒在失望中
從而失去正確的判斷
我得冷靜下來清理思路
分析各種可能的情況才會少走一些彎路

第 1291 首. 我為生計奔波的日子

在為生計疲於奔命的日子裡
就這麼迎來苦難深重的折磨
我被現實無情地追趕
被瞎忙的歲月擾亂了行程
被打壓得離失敗很近
但我始終懷抱著初衷
盡可能激盪出更多的熱情

我不敢相信有關命運的預言
不敢奢望太多的溫暖與感動

（繼續第 1291 首. 我為生計奔波的日子）
我只想在黑暗中保持對光明的印象
想讓時間去爭取我成功的機會
雖然它們散發著苦澀的味道
但我還是要拋棄優越的生活
才能順利地轉換成功的跑道

我不能再裝扮無知的笑容
不能讓大風吹散真實的消息
不能讓夢想繼續在廢墟的門前守候
我得有一顆積極進取的心
給自己一個堅持的理由
用樂觀積極去度過危機
才能變得更加堅強更加成熟

我必須保持習慣性的努力
不能在失落的日子裡絕望
雖然哪些快樂情節非常美好
但我的成功還欠點火候
必須在時間的溶爐中燃燒
才能發展出人格的強度
來承擔更重要的是的任務

第 1292 首. 如果不貪便宜我又怎會受害

那麼多騙人的招數堅持創新
為達目的不擇手段

（繼續第 1292 首. 如果不貪便宜我又怎會受害）
只為了打消我的顧慮
那麼多花言巧語、挖空心思
連哄帶騙、不懷好意
妄想有一個完美的劇本
那麼多冒充、假戲真做
搭起比生命更熱烈的舞台
迎合各自需求的眼睛
猶如一場荒誕的鬧劇

如果不貪便宜我又怎會受害
如果不是耳根子軟
我又怎麼會被人牽著鼻子走
如果不亂了陣腳
我又怎會跌進痛苦的深淵
如果早知是騙局我又怎麼會上當
這麼多假設總結了經驗教訓
看起來很有威脅性
能避免下次重蹈覆轍
我又怎能無視於這種告誡

我不該把警惕心放逐
任其過顛沛流離的生活
不該讓不肖之徒抓住我心的弱點
不該傻傻地做為他們磨練騙術的對象
不該自以為聰明
只想佔便宜，不想吃虧
這麼多不該，埋伏著危機

（繼續第 1292 首. 如果不貪便宜我又怎會受害）
漫過我的警戒線
我又怎能不給自己留個餘地
我只有改正缺點才能避免失誤

循著哪些牽強附會的情節
我走在信任與懷疑的途中
招惹多少路人驚嘆的目光
莫非我等不到幫助的那一刻
需獨自採取應對的措施
但我絕不埋怨個人的不幸
會讓悲哀超越理性
會放棄對自己不利的機會
會去掉貪心不再中騙子們的圈套

第 1293 首 . 終於，我因你而改變

終於，我明白了你對我的心
你溫柔的叮嚀像明媚的陽光
你費心的糾正像位啟蒙老師
你心太軟、太善良、惹人喜愛
這不是你優點太多
而是你缺點太少
也因為這樣你才到處受歡迎

終於，我想通了你得到的快樂
你以積極正面的思想

（繼續第 1293 首.終於，我因你而改變）

去收斂所有的埋怨
使快樂成為習慣
讓阻礙與折磨幫助你成長
讓貧窮和苦難鍛鍊你身心

終於，我看清了你堅強的世界
你不怪現實的殘酷
不埋怨苦難的折磨
不糾結於一片灰暗的天空
不迷惑於耀眼的光芒
不強求未來無限的可能
你已拾回失落的本性

終於，我愛上你鮮明的立場
認同你正確的觀點
肯定你良好的具體行為
對你有更高層的領悟
你豐富的表達形式
和失敗再也沒有牽連
你是人們美麗的想像

終於，我接受時間考驗的改變
遠離了慌亂與徬徨
有了努力向上的決心
能誠實地面對現實
現在我想將自己推向一個好方向
想重新生命的價值與意義

（繼續第 1293 首. 終於，我因你而改變）
盡力達成你要求的目標與理想
然後踏進你所創的新境界

第 *1294* 首 . 一路有你陪我

（詩歌未譜曲）

勇敢的你，認真過努力過
再多折磨，你也欣然接受
這讓我以為，努力就會成功
卻不知失敗，正在靠近我

我想跟著你，一起為理想奮鬥
直到有所進展和突破
可你說計劃好，再一起走
以免出差錯，就無法補救

我自知觀念落後，跟不上潮流
可能達不到你的要求
可我想學習你，讓自己更成熟
期盼你好好指導我

我不在乎機運與努力的結果
因為你會向我證明什麼
我多想贏得這場人生的戰鬥
希望一路有你陪我

第 1295 首 . 走出感情的誤區

愛你就如愛一座冰山
你攝氏零度以下的冷
寒氣逼人幾乎要凍僵
我需要太陽般的熱情
才能維持一定的感動

而我心因寒冷而不安
只有發出熱烈的顫抖
才能擺脫當前的困境
我渴望有你一絲慰藉
讓我有信心面對一切

而冷漠與熱情的交替
是你給我唯一的施捨
我必須幻想有個希望
才能走出感情的誤區
找到融洽相處的方法

第 1296 首 . 你忙吧，當我是燈光

（詩歌未譜曲）

我寧願相信你很忙
也不相信你是假裝
只要你告訴我真相
我不會纏著你不放

（繼續第 1296 首. 你忙吧，當我是燈光）

我不想你對我這樣
不想你當我是荒唐
沒什麼事也說很忙
都不在乎我的感想

是不是感情走了樣
是不是交往出狀況
我們的世界空蕩蕩
已走上虛無的遠方

我不想隔著一道牆
想要飛越沒有翅膀
想要攀登沒有力量
只能任隨命運擺盪

我們擁抱不同立場
越是勉強越是受傷
你忙吧當我是燈光
讓我幫你照亮前方

第 1297 首. 你說，苦過才知甜蜜

人生中有許多無奈和身不由己
你說，苦過才知甜蜜才懂珍惜
說要盡力才有機會，才有好成績
我說就讓那甜蜜在我們之間繼續

（繼續第 1297 首. 你說，苦過才知甜蜜）
生活中有太多的難題和該放棄的東西
你說，有些故事永遠沒結局
說我們必須學會取捨、學會放棄
才能夠活在自己世界裡隨心所欲

我想陪著你一起努力
想鍛造出更好的自己
你說敢於堅持是一種勇氣
一生幸福靠努力

我想陪著你開創天地
想讓自己不再是空虛
你說，把無奈化為進步動力
才能堅持住人生最高真理

附錄

福佑的小説（短篇）之 1

「鴉片流毒滿中國，外夷橫行遊街頭；收得黃金滿載回，哄得支那暈滿頭。」這是清末年間中國所受的遺毒。

我的曾祖父生於道光年間，此時正值鴉片大量輸入，付出的竟達三千多萬兩。林則徐等奏請嚴禁：「菸不禁絕國日貧，民日弱，數十年後，豈惟無可籌之餉，抑且無可用之兵」

太祖父亦染上抽鴉片之惡習，把祖業之生意敗壞下來，只剩十幾甲田。時曾祖父十有五，一日太祖召曾祖父來：「阿廣，爹知道你飽讀詩書，現在國家落得國弱民貧；全是中了外國人的毒。你要爭氣為國家盡點心力。爹不行了，爹中毒太深，沒有好好教你。你要教子孫們不辱覃家之宗，能抬得起頭做一點光宗耀祖的事來」

太祖去逝後，曾祖更加發奮讀書……待續。

福佑的小説（短篇）之 2

太叔自從太祖過世後，更加頹喪終日默默不語。太叔他為人正直飽讀詩書，滿腹經綸。不好仕途，喜好賞詩、雲遊、飲酒。時勢使得太叔頹喪不振。

曾祖一心一意的勤讀苦讀，希望能仕途一振一展抱負。

（繼續福佑的小說（短篇）之2）

一日太叔叫曾祖來到面前：「阿廣你今年年紀也不小了，覃家只有一個香火，要早點成家承續覃宗。你和阿秀還好嗎？太叔等著抱孫姪子，我老了這是我唯一的願望了。

至於你勤於仕途，太叔看也不妥；政局如此紛亂人心惶惶；上面不能拿出治本的方法，下面的小官吏又有何辦法，自身難保啊！」

曾祖：「太叔你放心，我和阿秀很好。我會早一點成家的。

至於仕途一途，我會一試。

這是報國的一途，或許我會投筆從戎，天下興亡匹夫有責。太叔你就別擔心了。」

太叔：「那就早點成親，叫人看個日子。」~待續下回

福佑的小說（短篇）之3

阿秀和曾祖自幼青梅竹馬，兩情相悅。曾祖：「阿秀，我叔父要我早點成家；問我們倆的事，妳覺得如何？」

阿秀低著頭：「你自己決定嘛！」曾祖：「阿秀，妳知道我是愛妳的，妳嫁給我吧！」阿秀：「阿廣，其實我早就是覃家的人了，我從小住在覃家；老爺子也沒把我當丫環看待，待我像女兒一樣。你也沒有看輕我是個丫環，待我這麼好，我還有什麼要求呢！」

兩人默默不語擁抱著。

看好了日子就是初三，再過三天曾祖準備和阿秀成親。他們不打算舖張，只邀了一些親朋好友，也不收賀禮。

由於老爺子去世不久，加上年關不好，稻粱欠收、到處鬧飢荒，百姓貧窮難度日。

（繼續福佑的小說（短篇）之3）

恭喜：「新娘子好漂亮」。

曾祖忙裡忙外，忙著招呼客人。

太叔端坐正堂準備受禮，他眼看著自己的姪兒成了親了，了卻了心一件心事。一拜天地二拜高堂、夫妻對拜送入洞房。新娘子送入了洞房，便是新婚熱鬧的開始。賀客盈門，恭喜之聲不絕於耳。

曾祖心情異常的興奮，他看到他的好友~明君、胡達、覃勝、覃聞、廣君、玉樹、治強、炎祥、枝泉、建新、正明等人的笑臉和祝福，他感到無比的幸福和高興。所謂佳人良友，齊聚一堂，天下事何樂之有？其一得矣。——未完待續下回

福佑的小說（短篇）之4

他們共飲著酒，他們是「志同道合」的朋友，各有抱負、理想。各有才華：胡達是一個一心一意想效法「洪秀全」的人；明君卻想學「曾國藩」；廣君想推翻滿清；覃勝覃聞是兄弟他們都是，悲天憫人的文人；玉樹治強，他們想學日本人自強運動（明治維新），來救中國；炎祥枝泉卻想學外國的武力武器來抵抗外夷之敵；建新正明想為滿清皇朝效忠，來救中國；他們一夥道不同途的志合，時常聚在一起談天下國家之大事不休。

今天又聚在一起，明君：「廣兄你是我們兄弟中最長，也是第一個成家之人，你有何打算。」

曾祖：「各位，我覃某人成家乃為延續我，效忠中國之香火；他可以延續我的志願繼承我的遺志。我一人犧牲而有代代覃家子孫繼續努力，我死又何憾。」

（繼續福佑的小說（短篇）之4）

好：「大家為廣兄乾一杯。」他們那天飲得很醉，盡興而歸。

曾祖喝得有六、七分醉，入了洞房。曾祖母：「阿廣，你怎麼喝得這麼醉。」。曾祖：「我高興，天下之樂事我都有之，我又何醉之有；第一我娶了我最愛的人，娶了最美麗最溫柔最愛我的人。第二我有了那麼多志同道合的弟兄，一起可以效忠國家。第三我覃家香火可以延續，我的子孫可以繼承我的志願。阿秀妳要教我兒子，告訴他~我的理想、我的為人。」曾祖母：「阿廣你喝醉了」。

曾祖：「阿秀，我好愛妳，我死而無憾。」此時曾祖母哭了起來。

曾祖：「阿秀妳怎麼哭了。」

曾祖母：「你說要照顧我一輩子，不和我分離，怎麼洞房之夜就講這種話。」曾祖抱她入懷依偎著……

未完待續下回……

福佑的小說（短篇）之5

曾祖自從娶了曾祖母，二人恩恩愛愛形影相隨。曾祖更是書不離手，已到了考試的時候。曾祖收拾了衣裝，赴京趕考。二人依依不捨——

曾祖：「阿秀我此去考試至少數十日才會回來，家中事，妳要多費點心。太叔身體不好，妳要好好照顧他。」

二人新婚不久，便要分離難免依依不捨。曾祖出發赴京趕考，他希望能藉此仕途來達成自已的心願，為這多難的國家做一點挽救。

（繼續福佑的小說（短篇）之 5）

放榜後曾祖不幸落榜，但他不因此憤世嫉俗也沒心灰意冷。反而詩興大發，想起了唐代的詩人~「張繼」他寫的「楓橋夜泊」，領悟了落難的心緒。覃家雖無賀客盈門，但也少不了喜氣~曾祖母有喜了，照例曾祖好友又是一聚暢談。

覃勝：「廣兄雖然你仕途不順，但香火有繼將來有何打算？」

曾祖：「我希望能重振家風，盡力保家衛國；幫助地方發展。但各位也能依自己的理想去做，我們各有發展，到時能互助。」

他們又談了一些國家大事。

曾祖：「阿秀辛苦妳了，今後更要靠妳照顧覃家。」曾祖母：「你放心，我會好好的照顧這家，你放心的去做吧！」

曾祖此後便大力的整頓家業，盡心盡力的向地方官建議並幫忙——

未完待續

福佑的小說（短篇）之 6

此瀘溪祖居，位洞庭湖旁利於灌溉之便，易於發展。但多年來深受鴉片之毒所害，百姓民不聊生而飢。便有不少混混利用外夷之威憾人，百姓更加疾苦。

曾祖曾計劃著，如果仕途高中就可以，上書朝庭減低地方賦稅；和嚴查鴉片之輸入，並以縣為中心打擊宵小混混。但這已是夢想，不能實現了。

胡達此時正吸收一些惡棍，並利用外夷之威組織勢力，一心一意想反清。曾祖知道此事，便調查清楚；他感慨~胡達怎

（繼續福佑的小說（短篇）之6）

麼變得如此。

便休書一封給胡達：

「胡達吾兄足下：弟知悉汝欲效法「洪秀全」而推翻滿清，但正值此國難當頭；外有列強內有飢寒百姓民不聊生。身為中國一分子，應當效忠國家，盡力改革挽救。當不可藉機謀變，如此將更加害中國於不能復強——」

胡達亦去信，書中言：「廣兄大鑑：汝之信吾已收，汝之言不過，但滿清如此腐敗已不可救藥。

汝甘心為走狗賣命，是不智之舉。吾結黨增勢，想喚起中國有血性之分子，自救推翻滿清；自立維新，並不想與汝為敵，望兄汝自深思——」

未完待續下回——

福佑的小說（短篇）之7

曾祖收信一嘆，胡達到底太冒險；他想反清勢必拿自己的性命開玩笑，然而他又想國家當如何自救呢？。

曾祖想著先把家業整頓好。

覃勝、覃聞他們二人常發表對國家和外夷入侵的文章。有一天他們二人被捕入獄，罪名是誹謗國家撰寫不實報導；鼓吹反動思想。曾祖知悉盡力調解，但勢不能挽。上面言之：汝欲干涉加以叛亂之罪名，二人被處死刑。曾祖哀泣不能救之，自責。

玉樹、治強二人出國留學，學習日本之維新、武器的製造、國勢之改革。

（繼續福佑的小說（短篇）之 7）

炎祥、枝泉留英。明君投筆從戎，加入「曾國藩」之列。建新、正明二人依附權勢，弄權貪汙行賄。

曾祖：「想來痛心啊！這國家到底要如何救」。

接著而來的是更多的條約，更多的外夷入侵，更多的毒品流入；曾祖更感越加的無能為力。

祖父習魁生於一八四二年，正值鴉片戰爭結束。中國訂定了第一個喪權辱國的南京條約。此後鴉片之流毒更不可收拾。後來美英等紛紛向中國訂約通商，開拓租界。中國遂成為世界各國的市場，陷入了次殖民地的地位。

自鴉片戰爭失敗後，中國蒙受割地賠款的奇恥大辱。人民對外加深憤恨。而外夷方面已經窺破中國武力之薄弱，和內政之腐敗；一有機會就不惜用武力肆行侵犯。百姓更加深對滿清腐敗和外夷之侵略的痛恨。

未完待續下回——

福佑的小說（短篇）之 8

「胡達」此時更加排外，他原本吸收的一些無賴之徒；後來為了避罪選擇入教，轉而欺壓良民。當時的官吏大都怕與外敵接觸和交涉，為此不惜偏袒「教民」。結果遂成了普遍排外的心理，胡達憤而加入「白蓮教」。

「白蓮教」本有他自己的民族意識，和嚴密組織，流行於「華北」一帶。

而「山東」風俗強悍，人民對西洋人士的凌辱既不滿；就相繼加入「白蓮教」，習拳弄棒的與外相抗衡，是為「義和拳」的民間組織。經「山東」巡撫「毓賢」獎勵並為改名為「義和團」。

（繼續福佑的小說（短篇）之8）

胡達便想藉此團之力，達成反清之夢。

此時「玉樹」、「治強」二人歸國。他們二人去「日本」習得「日本」的明治維新和武器製造方法。「明君」為他們引入清庭。

此時「左宗棠」擔任「陝甘」總督，率湘軍入「陝」平「回亂」。

治強、玉樹二人隨其肅清「陝西」「回」部，再進軍「甘肅」光復「金積堡」。「陝甘」始定定。

後到光緒初年，清廷更命「左宗棠」督辦「新彊」軍務。他克服了種種困難並力排「英」人之阻撓，於「光緒」四年(1878年)；全部平定「回亂」，到這時才告結束。明君、治強、玉樹三人，同效「清庭」。但治強、玉樹二人不願清庭如此腐敗，心力欲救但乏力；終以圖謀變而遭清庭予以處刑。

炎祥、枝泉二人留「英」歸來，二人於「英」受外國革命思想和民主風氣所染，深知欲救中國必推翻滿清，始能自救。「建新」、「正明」二人更 助紂為孽，橫行無阻終被「革命分子」予以謀殺。

「袁世凱」繼任山東巡撫——

未完待續下回

福佑的小說（短篇）之9

「袁世凱」繼任山東巡撫，一反「毓賢」為敵；並竭力剿除團民（義和團），團散~民也已逃亡。

直隸總督「裕祿」又受他們的煽惑，向朝廷保荐朝臣如：「剛毅」、「徐桐」等極力讚許。

（繼續福佑的小說（短篇）之9）

這時「慈禧太后」正為捕殺「維新運動」諸人，受外人譏諷。而極端憤恨外人。以婦人之見，企圖藉義和團之力，殺盡在京外人以洩憤。

「光緒」二十六年義和團入京，其眾十數萬，猖獗強橫。其中自平民至「王公」皆奉若神明，設壇禮拜。

「義和團」進而燒教堂、殺教士、折毀鐵路、電線、燒洋房、禁西書；凡洋人所有者，一律仇視。

京師秩序大亂，再攻各使館；殺德使:「克林德」。日本使館書記「杉山彬」亦難逃劫難死於甘軍營官之手。且傳檄各省捕殺外人。

當時除山東、兩江、兩廣、兩湘不奉命外，直隸關東諸省殺害都甚烈。

不久英、俄、德、美、意、日、奧、法等八國各派兵艦組織聯軍，攻陷大沽直入天津。

義和團潰散，直隸提督「聶士成」，陣亡，總督「裕祿」自殺。

光緒二十六年，聯軍進攻北京，二十日城破。

「慈禧」和「德宗」逃避宣化，旅往西安。

「胡達」亦於此役中不幸於難。

曾祖眼見滿清腐敗，無力改革遂辭返鄉。時於西元 1880 年返時已年六十有餘。祖父「習魁」於此國難之秋多研習兵法，留學英國各地。

曾祖於西元 1900 年過世，享年 80 有餘。祖父「習魁」生於此國難之秋，又受歐風民主思想，經濟工業進步之影響。並加入了革命反清之行烈，加入「興中會」。

未完待續下回——

福佑的小說（短篇）之 10

祖父「習魁」生於西元 1842 年，此時正值滿清腐敗，列強侵略多事之秋。祖父從小就被曾祖教以忠勇愛國之思想，以及對曾祖之好友的事亦知悉如耳。加上留學英日等各地，深知要救中國勢必推翻滿清政府，喚起國人自治自救不可。祖父所生的家鄉，在地方上還稱得上大家族，也是一脈單傳。

曾祖是地方望族之後，又有良田十數甲，生活上還算富裕。祖父自小便入私熟，學習經典之道，但祖父志不在詩書。平日窮研經典之道，但也專注時勢局變。他的幾個好友，常暢談自己的抱負，治國理想。常請問老師一些奇怪之問題。老師以為他們思想反動有問題，常加以制止；但是都不能解答他們心中的疑問。祖父自小就有一青梅竹馬的戀人，和一群志同道合的友伴。他們時常存著反動的行動。有一次他們一起去遊玩，在路上遇上清兵；在路上橫行欺壓良民。他們便爬上樹上，用彈弓發動攻擊；打得清兵落荒而逃。他們又常利用各種方法，打擊外國人；和阻擾鴨片之流入。祖父的女友名「小蘭」，以及一些好友「明昌」、「落石」、「達祥」、「陳達」、「吳親」、「春明」、「李鳳」等人——是一群好動而又反動的年輕人。「明昌」的父親是買賣鴨片的生意人，「落石」是種田的，「達祥」的父親，是外國人的走狗，「陳達」的父親是廟祝，「吳親」是孤兒，「春明」的父親是富商，「李風」的父親當外國的洋兵，他們在一起便搞出許多有趣又危險的事來。 但是卻都抱著不讓外夷和滿清得勢的前提——

未完待續下回——

福佑的小說（短篇）之 11

「小蘭」的父親和覃家是世交，交情很好。「小蘭」長得很美、很甜，聰明又懂事。她和祖父的感情很好。祖父也很喜歡她。他們二人時常共商大事，共談心語。

他們有一群人時常玩在一起，談在一起。 有一天他們又聚在一起，「落石」:「『明昌』你父親那又進了多少鴨片害人」。祖父:「落石你不要這樣講」。「小蘭」:「我們何不想一個計劃，使「明昌」的父親不再買賣鴨片害人」。「陳達」:「這樣也不行啊，也不只明昌的父親賣鴉片；只讓他一人不賣，別人也會賣」。

「吳親」:「那麼怎麼辦？，鴉片害死人了」。他們齊道：「『習魁』兄你頭腦較好，就想一個辦法嘛！」。

祖父:「這個嘛——只有一個辦法：第一是讓買的人沒錢~就沒人買，第二就是調包」。「春明」:「這個太難了」。祖父：「不難不難，讓大多人沒錢很簡單~就是要由「春明」你來負責」。「春明」:「你不是開我玩笑吧！」。祖父:「調包就是要靠『明昌』你來負責」。「吳親」:「那這事到底要怎麼做？」。祖父:「調包其實很簡單，我們把真的鴉片換走；換上一批假的，滲一些解鴉片的藥」。使他們沒錢也很簡單~就是用便宜的日用品去換他們的錢。至於調包之事，『明昌』你有何意見？」。

「明昌」:「我是沒意見，就是怕危險。那麼多的貨，怎麼調包啊！」

祖父:「我們可以請些運貨的人，趁那天你爹不在時調包。至於那些材料，我負責」。於是便進行調包一事，結果順利達成。而賣又沒人有錢買，只好轉走轉到別地。發現假藥，便和外國人發生了爭執。結果那地區買走的人，「明昌」的父親自己賠錢便不賣鴉片。「明昌」之父害怕此藥從他那出，怕以後

（繼續福佑的小說（短篇）之11）

會有麻煩，從此不敢再賣鴉片。

此事成功後，他們又聚在一起。「明昌」:「我父親從此不賣鴉片了」

未完待續下回——

福佑的小說（短篇）之12

「達祥」:「我父親甘為外國人走狗，賣國為榮。我不知道該如何勸說」。「小蘭」:「你的父親只是一時為利益權勢昏了頭，忘記了自己的本分」。「落石」:「我們要想個辦法，教訓教訓他」。祖父:「這到簡單~「達祥」之父平日為人，欺壓良民、仗勢欺人、賣國為榮；這就要利用，外國人來教訓他一番。首先要制造一些事端~就是要一些人，去鬧外國人住的地方。「達祥」其父便會率人來攻，我們便利用其不注意攻擊他們；趁他們在逃之際，就找人修理「達祥」之父。又叫人趁其，人不在時續鬧外國人之處。如此「達祥」之父鐵定被革職」。「小蘭」:「這樣不好吧！那以後叫『達祥』他們怎麼過活」。祖父:「那總比以後，被人當漢奸活活打死好吧！只要他有心改過自新，我們大家便會幫他找到出路」。如此便照此去做，果然收其效。

於是他們又聚在一起談論，「李風」:「我父親為洋人之兵，我不知如何是好」。「落石」:「中國兵不當，跑去當洋兵只打中國人；這種人早晚是死於非命」。「小蘭」:「我到有一法可救他，「李風」之父仗洋兵之勢欺人。我們可以使洋兵制裁他——，如此又是一試又大功告成。

往後他們常聚在一起，商談如何用計，去破壞一些害國害民的事。在他們心裡早已激起反清建國之思想，只待一日時機成熟。

（繼續福佑的小說（短篇）之 12）

隨著時間的流逝，祖父已四十 多歲。「西元」1884 年，祖父告別了家鄉出國留學。祖父和「小蘭」於「西元」1862 年成親，生一子「文明」。時間的逝去，年輕時的伙伴早已各奔前程，各自離去了。

未完待續下回——

福佑的小說（短篇）之 13

祖父在外居留了 6 年，於「西元」1890 年才返國。他在「英」研習了各種治國的方法。民主、工業、經濟發展——等內容。回國不久開了一家紡織廠，成為家鄉獨樹一支的工業。

祖父忙於培養人才，外銷賺取外匯。一方面招集同志，圖謀反清之役。於「西元」1894 年赴「港」接受了「國父」「孫先生」的革命思想，大力支持革命。「西元」1900 年「拳亂」發生。

「國父」命「鄭士良」在「廣東惠州」起義，不幸失敗。

「庚子拳亂」後國人對清廷的昏庸，既感痛恨憤怒。對於「俄人」的欺凌，亦復切齒。於是海內外掀起廣泛的革命運動。祖父奉命安守「湖南」。

並藉紡織廠之名，共謀「義」事。

祖父紡織廠之生意日益興大，之後增加廠到紡識十廠，財力雄厚。

並全力支持「國父」革命之需。

由於紡織廠，「革命志士」日眾；祖父為了分散滿清注意力，常調動各廠員工。 並時常調換各地的志士。

（繼續福佑的小說（短篇）之13）

此時「落石」和祖父碰頭，祖父並力尋往日之同伴。惜「春明」叛國

「李風」、「陳達」已壯烈成仁，只剩「吳親」、「李風」數人。

然而只有「落石」仍不懈於救國之途，「吳親」早已喪志惰落了。

「落石」:「『魁』兄數年不見，我知你去『英國』，但數年不回我以為你已當了外國奴了。這十年我仍不忘救國之志，雖然我書讀得少；但是我知道有位『孫中山』先生，他倡導革命鼓吹民主，我便決定跟隨革命了。『李風』、『陳達』二人壯烈犧牲，我今仍苟活」。「落石」說著頹喪。

「落石」:「我就知道『魁』兄，你永遠是我們的榜樣；我只知道有位『孫中山』先生知識過人，但現在我更知道我們『魁』兄留英數年回來，會給我們失面子嗎？」。哈哈——二人擁抱後，飲酒暢談。

未完待續下回——

福佑的小說（短篇）之 *14*

祖父因於祖母早逝，為利於革命需要娶了「帆江」之女於「西元」1911 年生我父親，祖母亦不久於民國 3 年（西元 1914 年）過世。

伯父「文明」繼承起了祖父的事業，祖父退居幕後從事策劃。

祖父前後曾參予，大小各役數十次，資助不訾。祖父為了使滿清，不注意其事業；便漸隱居起來。交代伯父~「文明」，

（繼續福佑的小說（短篇）之 14）

不要管「革命」之事，專心事業，並撤「革命志士」於廠外。由於「黃花崗」一役壯烈的失敗，使「革命黨」人在「珠江流域」，於短期內所從事大舉的計劃，受了頓挫。於是「黨人」把軍事目標轉移到「長江流域」一帶，成為「武昌起義」之導火線~。是所謂鐵路國有的問題。「宣統三年」(西元 1911 年)，「清政府」「郵傳部」尚書「盛宣懷」，主張由政府借外資將全國鐵路幹線，收歸國有；因此下了鐵路幹線國有的命令。這一命令原無可厚非，但當時卻不能得到民間的諒解。一因「滿清」親貴，擬借築路名義大借外債，供應自己揮霍。二因對於原有股本償付辦法不公平，使紳商蒙受損失。因而「湘、鄂、川、粵」人士，紛起抗爭組織「保路」同志會；其中以「四川」尤其激烈，發生了普遍之騷動。 罷市、停課，政府用武力制止拘捕代表。

未完待續下回——

福佑的小說（短篇）之 15 完結篇

於「護路」風潮，「湖北」的「革命黨」人積極佈署運動「新軍」。「清吏」也已有警覺，調遣重兵嚴密防範，並且迅速破獲「革命機關」搜去名冊。文告逮捕「革命同志」，當時「新軍」中人以名冊被搜去，人人自危。因時機緊迫本定「八月二十五日」起事，「武昌」「革命黨」人決定提前於「十九日」，夜（十月十日）發難；「湖廣總督」「瑞澂」驚慌遁逃。「新軍」統制也渡江到「漢口」。二十日「革命軍」佔領了「武昌」，公推「新軍」協統「黎元洪」為「中華民國」政府軍「鄂」軍都督。連克「漢口」、「漢陽」，照會各國領事；領事團即宣告中

（繼續福佑的小說（短篇）之 15）

立，承認我為交戰團體~表示中立。

這次「武昌」起義，就發難的武力，說「新軍」各營向「楚望台」軍械庫集中的，不到三百人；真正「革命同志」不到幾十人，所有槍枝都沒子彈，臨時設法得到的不過七十發。

而「清軍」當時在兩萬人以上，以弱對強 以寡擊眾，一舉成功。真是革命精神最高表現，「武昌」起義後八十三年，第二年元旦「中華民國」已告誕生。

父親生於民國元年（西元 1912），和祖父相差七十一歲。祖父由於奔波勞碌，積久成疾於民國三年(西元 1842~1914 年）冬逝世享年 73 歲。

祖父臨終前交代伯父「文明」，要照顧好父親，照顧事業；讓父親繼續完成他革命的遺志。

福佑的小說，由「合理」撰寫本人的太祖（西元 1776~1836）、曾祖（西元 1821~1900）、祖父（1842~1914）三代跨越清朝 138 年的覃家故事。

其間描寫了由「乾隆」皇帝登基後 40 年起算起，至「宣統」皇帝，以及建立「中華民國」的部分歷史經過，和覃家祖先的血淚奮鬥史。

於本人的父親生前，斷斷續續的口述概要，經本人加以歷史考證，以及參考各類歷史書籍無誤後由「合理」完成這部「覃家先祖列傳」。

雖不算輝煌，但也是平民百姓，對國家的一分忠誠，和歷史的交代。

國家圖書館出版品預行編目資料

覃合理詩歌集／覃合理著.　--初版.--臺中市：白象文化事業有限公司，2022.7
面；　公分
ISBN 978-626-7105-50-4(上冊：平裝). --
ISBN 978-626-7151-03-7(中冊：平裝). --
ISBN 978-626-7151-10-5(下冊：平裝)

863.51　　　　111002751

覃合理詩歌集（下）

作　　者　覃合理
校　　對　覃合理
發 行 人　張輝潭
出版發行　白象文化事業有限公司
　　　　　412台中市大里區科技路1號8樓之2（台中軟體園區）
　　　　　出版專線：（04）2496-5995　　傳真：（04）2496-9901
　　　　　401台中市東區和平街228巷44號（經銷部）
　　　　　購書專線：（04）2220-8589　　傳真：（04）2220-8505
專案主編　李婕
出版編印　林榮威、陳逸儒、黃麗穎、水邊、陳媁婷、李婕
設計創意　張禮南、何佳諠
經紀企劃　張輝潭、徐錦淳、廖書湘
經銷推廣　李莉吟、莊博亞、劉育姍
行銷宣傳　黃姿虹、沈若瑜
營運管理　林金郎、曾千熏
印　　刷　基盛印刷工場
初版一刷　2022年7月
定　　價　350元